TANXUN
SONGCI BEIHOU
DE LISHI
CHENYAN

文 浩◎著

回首萧瑟处

探寻宋词背后的历史尘烟

陕西师范大学出版总社

图书代号　WX17N0640

图书在版编目(CIP)数据

回首萧瑟处：探寻宋词背后的历史尘烟／文浩著．—西安：陕西师范大学出版总社有限公司，2017.5
ISBN 978－7－5613－9128－0

Ⅰ．①回… Ⅱ．①文… Ⅲ．①宋词—诗歌欣赏 Ⅳ．①I207.23

中国版本图书馆 CIP 数据核字（2017）第 085845 号

回首萧瑟处：探寻宋词背后的历史尘烟
文浩　著

责任编辑	/ 张建明　徐　娜
责任校对	/ 杨继顺
封面设计	/ 鼎新设计
出版发行	/ 陕西师范大学出版总社
	（西安市长安南路 199 号　邮编 710062）
网　　址	/ http：//www.Snupg.com
经　　销	/ 新华书店
印　　刷	/ 西安市建明工贸有限责任公司
开　　本	/ 700mm × 980mm　1/16
印　　张	/ 16.75
字　　数	/ 160 千
版　　次	/ 2017 年 5 月第 1 版
印　　次	/ 2017 年 5 月第 1 次印刷
书　　号	/ ISBN 978－7－5613－9128－0
定　　价	/ 45.00 元

读者购书、书店添货或发现印装质量问题，请与本社高等教育出版中心联系。
电话：(029) 85303622　（传真）　85307864

目 录

【家国·天下】

快意笛剑自风流
　　——苏东坡和他的影子偶像 / 3

许身报国釜奔鱼
　　——陷入民族与家国悖论的风云人物 / 12

沉香亭北唱落花
　　——一代歌神眼中的大唐荣与衰 / 20

以泪为马渡红尘
　　——一代"哭神"唐衢的另类传奇 / 31

悲夫长城空自毁
　　——檀道济的悲剧之源 / 37

嶙嶙瘦马啸西风
　　——东汉的这些死硬分子 / 51

【江湖·庙堂】

半山闲云半山梅
　　——挣扎在仕与隐之间的王安石式文人 / 65

自古高人最可嗟
　　——困扰辛弃疾们的终极难题 / 82

捐尽浮名方自喜
　　——有谁能视虚名为粪土呢 / 98
功成何以身难退
　　——权力之船最是易上难下 / 111
缘何不羁爱放纵
　　——《六逸图》中隐秘的文人心路 / 126
万事怎能不称好
　　——从水镜先生到历史的周期率 / 150
可怜芳兰当门生
　　——这些神人为何能辨天灾却躲不过人祸 / 159

【英雄·美人】

绿窗谁是画眉郎
　　——可怜画眉温柔手，"五日京兆"可杀人 / 173
冰肌玉骨桃花血
　　——花蕊夫人难解的宿命 / 184
别有乾坤蕴履中
　　——鞋子的历史与文化内涵 / 195
一斛明珠照楼空
　　——用苏轼词的"金线"串起的几个珍珠般的歌姬侍妾 / 211
奈何韦郎误玉箫
　　——痴情女子薄情郎的故事为何总是重演 / 228
以何报怨堪英雄
　　——从肚量胸襟看生命的格局 / 245
画扇怎不悲秋风
　　——诗意的弃妇依然是弃妇 / 253

【家国·天下】

快意笛剑自风流

——苏东坡和他的影子偶像

众所周知,陶渊明、李白、韩愈有一个共同的铁杆粉丝,那就是苏轼。

东坡视陶诗为珍宝,甚至到了舍不得读的地步①;对韩愈的人品文品,他给予了"文起八代之衰,而道济天下之溺;忠犯人主之怒,而勇夺三军之帅"②的极高评价,还将韩愈当作他超越时空的知己,为自己与韩愈同是魔羯座而沾沾自喜③;对李白他更是心向往之,曾托伪李白写了一首《李白谪仙诗》挂在墙上,众人被唬得一愣一愣的,老顽童却在一旁得意地偷笑。

不过,东坡虽然视这些大咖为偶像,但纵观东坡一生,其所承的衣钵却并不多。陶渊明"不为五斗米折腰",东坡却"身如

---

① 苏轼:《东坡题跋·书渊明羲农去我久诗》云:"每体中不佳,辄取读,不过一篇,唯恐读尽后,无以自遣耳。"
② 苏轼:《潮州韩文公庙碑》。
③ 苏轼:《东坡志林·命分》云:"乃知退之磨蝎为身宫,而仆乃以磨蝎为命,平生多得谤誉,殆是同病也!"

不系之舟"①，虽有不与浊世同流合污的傲骨，却无挂印归田园的决绝。李白"天子呼来不上船"②，东坡对皇帝是"感恩之泪，欲涨溟波"③，有忠君报国的执着，而少放浪形骸的不羁。韩愈独尊儒术而斥佛道，东坡则兼容并包，将儒释道杂糅融合，少愤青之偏激，而多智者之圆通。

然而，有一个人，东坡虽未时时将其挂在口边、尊为偶像，但在他的诗词中，却经常浮现出这个人飘逸的身影，以典故的形式，来言明自己内心的志趣与坚守。更重要的是，东坡本身的为人行事风格，与此人也多有相同之处。

梅花三弄的风流

先看东坡的一首《昭君怨》：

谁作桓伊三弄，惊破绿窗幽梦？新月与愁烟，满江天。

欲去又还不去，明日落花飞絮。飞絮送行舟，水东流。

这是一首送别词。那年江南的早春二月，朋友柳子玉就要远行，与东坡依依惜别。笛声悠悠，拨乱离人心绪；江枫渔火，愁煞如钩新月。明日乘着一叶扁舟，就要浪迹天涯，纵有千般不舍，却无法阻止江水滚滚东流。既然不能送君千里，那就让缕缕飞絮代我伴君前行吧。

词以黯然离愁起，以难舍却释怀终，有感伤，更有随性；有

---

① 苏轼：《自题金山画像》。
② 杜甫：《饮中八仙歌》。
③ 苏轼：《谢量移永州表》。

深情，也有洒脱。这里面的笛曲，就是著名的"梅花三弄"，作曲者是桓伊，即词中的"桓伊三弄"。

桓伊是东晋名士，不仅因战功在朝中担任要职，而且还是当世乐者翘楚，尤工笛曲，被誉为"江左第一"。一天，桓伊乘车途径建康（今江苏南京）青溪，忽然被人拦住，称青溪中泊着的一艘小船中，一个叫王徽之的人听说他善于吹笛，想请他吹奏一曲。

王徽之的名字，桓伊素有耳闻，知道此君乃王羲之的第五子，才华横溢，怪诞乖张，是个有趣率直之人，但官职比较低微。而那时桓伊已经身居高位，王徽之这种行为显然很是唐突失礼。不过，桓伊并不介意，他默默下车，坐在河岸的胡床上，为船里的王徽之吹奏三调，笛声婉转，韵味深长。狂士王徽之听得痴了，待回神过来，才知道桓伊早已飘然离去。

一曲长笛三弄，将一个率性而为的狂生，和一个声名显赫的名士，长久定格在中国文化的册页中，成为豁达大度、随性随心、不拘俗规的风雅基因，潜移默化地影响着一代又一代书生文人。苏轼"上可以陪玉皇大帝，下可以陪卑田院乞儿"，才高八斗，却从不盛气凌人；身负盛名，也不忘乎所以，持权柄时平和淡然，遭贬谪时随遇而安，其温润诚挚性格的形成，恐怕也是有这个基因的功劳在内。

筝歌谏言

桓伊可以说是一个文武兼备的全才。风雅起来，他可以化作不食人间烟火的缪斯；而骑上战马，拿起长剑，他亦能变成一腔血勇的铁血男儿，驰骋疆场，指挥万马千军，挫劲敌、杀贼寇，筑起钢铁长城。

那时，北方符坚的前秦，刀锋所指，无不披靡。东晋将领袁瑾、朱辅叛降前秦，固守寿春（今安徽寿县）。桓伊作为淮南太守，参与到寿春攻坚战之中。前秦派大将王鉴、张蚝统领步兵、骑兵两万人救援，被桓伊联合南顿太守桓石虔迎头痛击，敌将大败溃退，寿春终被攻破，叛将也遭擒获，桓伊因此晋升为西中郎将、豫州刺史。后来，前秦皇帝符坚亲率百万大军南侵东晋，在谢安的指挥下，桓伊又与谢玄、谢琰等人一起，以少胜多、力挫强敌，取得了淝水之战的重大胜利，他也被封永修县侯、右军将军。

淝水之战后，谢安功高震主，而小人奸佞此时又瞅准时机，捕风捉影、挑拨离间，疯狂地诋毁诬陷，晋孝武帝对他的猜忌日益加重。谢安感到危机四伏，知道这样下去终究难免遭难，因此深感忧惧。

这时，桓伊出手了。

一次，孝武帝召桓伊饮宴，谢安等人在旁相陪。酒宴气氛热烈，孝武帝心情大好，知道桓伊吹笛"江左第一"，便请他吹奏一曲，桓伊领命。一曲过后，放下笛子，他对皇帝说，臣古筝的技艺虽然不及笛子，但也足以演奏并歌唱与之相配，请允许臣为陛下弹筝歌唱，并让自己的奴仆吹笛伴奏。孝武帝欣然应允。于是奴仆吹笛，桓伊弹筝而歌，唱的却是三国曹植所做的《怨歌行》:"为君既不易,为臣良独难。忠信事不显,乃有见疑患。周旦佐文武,金縢功不刊,推心辅王政,二叔反流言。待罪居东国,泣涕常流连……"说的是周公忠心耿耿辅佐文王武王以及周成王,却遭到管、蔡二叔的诋毁,被周成王猜疑打压,哀叹为忠臣之难,道尽怀忠心之苦。曲调哀婉凄清,歌声悲愤苍凉,一曲终了,酒席间的欢愉和谐顿时无影无踪,气氛一下子凝重起来。

这歌曲无疑是不合时宜的,不仅扫了大家的兴,更是让皇帝没了面子。但桓伊哪管这些,他就是要当众揭一揭这些昏君佞臣卑劣阴毒的假面具,就是要驱一驱朝中那肮脏虚伪的浊流。不合时宜就不合时宜吧,如果时时事事都合了那些人的时宜,忠臣良将更无出头之日,朗朗乾坤更无见日之时。也许,凭一人之力,无法改变什么、扭转什么,但更重要的是态度问题,站出来、说出来,我桓伊即可问心无愧。

众人都被桓伊的歌惊住了,一时鸦雀无声。而旁边的谢安已经泪流满面。他禁不住起身越座,走到桓伊身旁,用手理顺桓伊的长须,叹道:此时此举,可见阁下非同一般之人啊!而高高在上的孝武帝也因此有所触动,面露愧色。

苏轼的桓须

近七百年后,苏轼因乌台诗案,被贬谪到黄州,过起了一没权、二没钱、三没朋友的"三无生活",甚至连基本的生活保障都难以为继。这一年腊月初二,阴雨过后,又有微雪飘落,处在人生低谷中的苏轼,顿感生命的阴冷寒彻骨髓。就在这凄风苦雪的时刻,黄州知州徐君猷竟携酒冒雪来访,畅饮纵谈,宛如老友。东坡又得知,徐君猷已向朝廷上书推荐自己,为他极力鼓与呼。于是,几杯酒下肚,他胸中暖意顿生,不由得感慨,这肮脏的浊世之上,原来自己并非茕茕孑立,总有一些人,不因威权而聚散,不以浮名而取舍,始终在默默支持着他这个惶惶终日的犯官。心中难免万分感慨,遂填《浣溪沙》三首,其中一首写道:

雪里餐毡例姓苏。使君载酒为回车。天寒酒色转头无。

荐士已闻飞鹗表,报恩应不用蛇珠。醉中还许揽桓须。

风雪朔朔,苏武餐毡能耐寒;美酒飘香,太守送炭来相探。天寒地冻,杯酒虽微心却暖;古道热肠,荐才之恩怎报还。醉眼蒙眬,似见桓伊古筝弹;酒酣耳热,犹闻怨诗保谢安。

自然而然,东坡将自己比做了遭受不白之冤的谢安,而将徐太守看作仗义执言的桓伊,感恩之心溢于言表。也许,正是因这种面对浊世从不绝望,置身黑暗永不放弃寻求光明的心态,才支撑着他一路从黄州走到惠州、儋州吧。

桓伊这种侠客般的拔刀相助,对苏轼的内心肯定是影响至深的,不然,他不会在他的诗词中反复运用这个典故:

《陪欧阳公燕西湖》:"不辞歌诗劝公饮,坐无桓伊能抚筝。"

《次韵答邦直子由》其二:"潇洒使君殊不俗,樽前容我揽须不。"

《游东西岩》:"慷慨桓野王,哀歌和清弹。挽须起流涕,始知使君贤。"

《次韵和刘贡甫登黄楼见寄并寄子由》:"不矜持汉节,犹许揽桓须。"

其实,谢安只是东坡在一个特定时刻的写照,更多时候,桓伊才是他的平常本态。桓伊那种轻个人得失、重社稷祸福、仗义执言的士大夫情怀,虽历七百年沧桑巨变,还是遗传到了他骨子之中。

新党当政时,他眼见新政诸多弊端使黎民遭罪,从来不去躲避那些得志小人的锋芒,上书痛陈新法利害,被新党当作旧党的一面旗帜,遭到疾风暴雨般打击;而当旧党得势,看到新法被不分良莠一刀切地废除,他又挺身而出,为新法中那些有利国家百姓的好措施鸣不平,被旧党当作叛徒打压。

在常人看来,苏轼既为新党所恶,又为旧党所不容,其政治表现简直愚蠢至极。但他从未生出过一丝一毫的悔恨之感。他知道,自己既不忠于新党,也不忠于旧党,他只忠于自己的内心,忠于自己的良知,忠于对江山社稷的责任、黎民百姓的悲悯。他曾经拍着自己的肚皮问家人,此中所装何物?有的说是文章,有的说是智慧,他皆不以为然,而听到爱妾朝云说"学士一肚皮不合时宜"时,他才捧腹大笑。不合时宜,是苏轼的政治操守,不也正是桓伊的人格金线吗?

兼济天下何须发达

在乱世或者险恶的仕途上,坚持直面向前,其实比貌似潇洒的遁世归隐需要更大的勇气。魏晋为何多"竹林七贤"之类的狂狷名士,究其原因,恐怕是不堪忍受黑暗与污浊,而又无力扭转糟糕的局面，只能悲观地选择遗世独立吧。独善其身固然值得尊重，然而，这个世界即使再令人绝望，终究需要有人站出来激浊扬清，不抛弃、不放弃，于绝望中寻找希望，否则，世界真就会永远沉沦腐朽下去，直至毁灭。

桓伊无疑就是这样的勇者。当时的东晋，外有五胡虎狼跃跃欲试，内有昏君佞臣当道，民变此起彼伏，可谓内忧外患，帝国大厦摇摇欲坠。桓伊面对这个破烂摊子，咬牙坚持做好自己该做的事。他治理豫州十年，施善政安抚百姓，很是为民称赞。后来到了江州，理顺荒政，救济灾民，又得到百姓的信赖。真是走到哪里，功夫就下到哪里，于这黑幕中擦出一抹难得的亮色。

东坡也一样。虽然政敌的倾轧、小人的攻击让他一度生出"世事一场大梦，人生几度秋凉"[①]的萧索情绪，甚至想"挟飞仙以遨游，抱明月而长终"[②]。但是，对自己的政治抱负和理想，他终究无法释怀。面对一次又一次的打击，他不逃避、不妥协、不自暴自弃，坚信"暴雨过云聊一块，未妨明月却当空"[③]。在主政一方的时候，修堤浚湖、救灾恤民、革新除弊、为民请命，杭州、密州、湖州、颍州，无不留下他勤政爱民的美谈。而在被放逐的日子里，他仍然不忘初心，更是以一种"不可救药"的乐天派精神，继续在困境中坚守着自己的本分和情怀：兴办学堂传道授业，建水磨坊，推广插秧工具秧马，舍药救民，甚至策划修建

[①] 苏轼：《西江月》。
[②] 苏轼：《前赤壁赋》。
[③] 苏轼：《慈湖夹阻风五首》。

了惠州东西二桥和广州自来水工程,"问汝平生功业,黄州惠州儋州"①,真可谓穷也兼济天下。

诚然,东坡从未将桓伊当作偶像,但桓伊所具有的儒家士大夫那种耿介之风、浩然之气、济世之情,却如同润物无声的春雨,在不知不觉中滋养了他的精神家园。

也许,正因为有桓伊的笛剑共风流,才会有东坡的快哉万里风吧。

---

① 苏轼:《自题金山画像》。

许身报国釜奔鱼

——陷入民族与家国悖论的风云人物

南宋词人陈亮与辛弃疾一样,都是著名的"鹰派",主张不忘靖康之耻,收复失地、北定中原。在一首和辛弃疾的《贺新郎》中,他这样写道:

老去凭谁说?看几番,神奇臭腐,夏裘冬葛!父老长安今余几?后死无仇可雪。犹未燥,当时生发!二十五弦多少恨,算世间,那有平分月!胡妇弄,汉宫瑟。

一股"胡未灭、鬓先秋"、英雄迟暮的苍凉悲愤难以释怀。

时间,不仅对复国志士是"杀猪刀",对沦陷之地的遗民来说,更是"孟婆汤"。词中"犹未燥,当时生发",化用南北朝"生发未燥"典故,说的就是这个意思。

南北朝是大分裂时代。南朝,为中原士族衣冠南渡所建,虽朝代频迭,但始终是汉族政权;北朝,由所谓的"五胡"割据,后由鲜卑拓跋氏统一,建立北魏。南朝宋文帝刘义隆有志于中原,欲收复河南地区,便派使者向统治河南地区的北魏太武帝拓跋焘下通牒:"河南旧是宋土,中为彼所侵,今当修复旧境,不关河北。"拓跋焘闻之大怒,说:"我生头发未燥,便闻河南是我家地,此岂可得河南。"(宋书·索虏传)意思是说,我自乳臭未干之时,就知道中原是我们北魏的地盘,想夺我中原,你们真是痴心妄想!"生发未燥"的典故由此而生。

陈亮的担忧

南宋和南朝宋虽然相隔七百年,没有一点关系,但南宋初期的状况却与南朝宋时有些类似。那时,中原被异族的铁蹄征服,并入金国版图,"亡国奴"的伤口鲜血淋漓,大宋遗民时刻被痛苦和耻辱折磨着,于是,暴起抗争此起彼伏。但是,随着时间的推移,北宋的记忆越来越模糊,民族的感情也越来越淡薄。时间稀释了耻辱,中和了仇恨,也蒸发了血性,即便还有如辛弃疾一样,亡国之痛渗入DNA,从沦陷区一路杀出的铮铮铁汉,可难以否认的是,人数已经越来越少,势头越来越小了。这样下去,十年之后呢?二十年之后呢?一百年之后呢?恐怕到第三代、第四代……第N代遗民时,真的会"无仇可雪"、数典忘祖了吧。

陈亮的担忧哪里是杞人忧天,简直是一语成谶。

铁甲珊珊渡汉江,南蛮犹自不归降。东西势列千层厚,南北军屯百万长。

弓扣月,剑磨霜,征鞍遥日下襄阳。玉门今日功劳了,好去临江醉一场。

这首《鹧鸪天·围襄阳》气势磅礴,颇有金主完颜亮"提兵

回首萧瑟处
探寻宋词背后的历史尘烟

百万西湖上,立马吴山第一峰"① 的狂傲霸气。但这个立志击破襄阳、征服"南蛮"的词人,血管里流淌的却是纯正的汉人血液。

这就是张弘范,元朝初期最重要的将领之一,破襄阳、灭南宋、击败文天祥和张世杰的主要指挥官。他是忽必烈平定天下最锋利的尖刀,也正是这柄尖刀,在崖山上"勒石纪功",让崖山成为千百年来所有汉人心中永远之痛。

对于这样的人,国人习惯用一个词来定义:汉奸。简单而快意。张弘范也正是这样被牢牢钉在那些民族主义者树起的耻辱柱上,难以翻身。

然而,在张弘范看来,这简直是天大的笑话。

香蕉人

不妨再来看张弘范的另一首词《木兰花慢·征南》:

混鱼龙人海,快一夕,起鹍鹏。驾万里长风,高掀北海,直入南溟。生平许身报国,等人闲、生死一毫轻。落日旌旗万马,秋风鼓角连营。

炎方灰冷已如冰,余烬淡孤星。爱铜柱新功,玉关奇节,特请高缨。胸中泠然冰雪,任蛮烟瘴雾不须惊。整顿乾坤事了,归来虎拜龙庭。

作者主动请缨、浴血沙场领兵南征,视"生死一毫轻",为

---

① 完颜亮:《题临安山水》。

的并非什么功名利禄，而是"生平许身报国""整顿乾坤"。其志向不可谓不远大，其胸怀不可谓不宽广，其境界不可谓不高远，尤其是"归来虎拜龙庭"一句，一片忠君爱国的拳拳之心呼之欲出。不看历史背景，仅就词说词，哪里有一点汉奸卖国贼猥琐下作的影子？如果此人不是开国功勋、治世能臣，那绝对是一个奥斯卡影帝。

让张弘范来为自己辩护，他一定会说：我未做过一天大宋子民，怎么就成了奴颜婢膝的卖国贼？我在内心深处从未将自己归入过汉族之中，怎么就成了卑鄙无耻的汉奸？

其实，以现在流行的说法来定义，张弘范应属"香蕉人"之列。

1238年，张弘范出生于易州定兴（今河北定兴），距离北宋灭亡的1127年已经过去了一百一十一年；其父张柔出生时，"靖康之变"也已过去六十三年；即使对于张弘范的祖父来说，"靖康耻"恐怕也只剩下一缕模糊的记忆。而且，自石敬瑭割让燕云十六州开始，定兴就处于宋辽的拉锯战中，而后历经金、元，恐怕再上溯几代，张家也难以对宋朝产生"故国不堪回首月明中"①的感情。陈亮所担心的"无仇可雪"早已变成了现实。一出生就持有大元帝国"身份证"的张弘范，确实是"生头发未燥"便只知中原是蒙元之地了。作为一个从小就看惯了"年少将军耀武威，人如轻燕马如飞"②的将门虎子、"官二代"（父亲张柔是元

---

① 李煜：《虞美人》。
② 张弘范：《七律·射柳》。

朝大将），"汉族"对他不过是一个抽象的概念，"大宋"给他的印象无非是懦弱、苟且、无能，而自己的前途已和元帝国的命运血脉相连，无法分开。为国尽忠、为君分忧无疑是最大的政治——当然，此国非宋国，此君也非宋君——这不仅符合自身利益，甚至也符合儒家的价值观，他根本别无选择，也无需选择。

然而，民族主义者怎么会管你什么"生发未燥"。你是汉人，就当驱除鞑虏；你是宋裔，就该与蒙元势不两立。

金庸先生的《射雕英雄传》中，就塑造了这样一个英雄。郭靖也是"生发未燥"时就在蒙古草原上打滚了，后来更是跟蒙古贵族交情深厚。哲别是他师傅，拖雷是他兄弟，成吉思汗是他崇敬的大汗，他则是蒙古的金刀驸马。可以说从出生那一刻起，他就未受到大宋的一丝恩惠，甚至杀父仇人还是宋朝军官段天德，而蒙古则给了他一切。按理说，当蒙古大军挥师南下灭宋之时，他没有理由不成为急先锋。

然而，后面的故事众所周知，郭靖不但没有帮助蒙古南征，反而舍生取义、血战襄阳，最终以身殉国。

同样是"香蕉人"，郭靖能做到的，你张弘范为何做不到！

回答这个问题之前，不妨再看另一金庸小说中的英雄——萧峰。

萧峰其实是一个镜像版的"香蕉人"——张弘范是"汉皮蒙心"，萧峰则是"契丹皮汉人心"。虽然胸口纹着狼头、血管中尽是契丹血，但萧峰也是"生发未燥"就吃汉人奶水，长在大宋的天空下的，对于宋国和汉人，有着难以割舍的感情。可他毕竟是契丹人，当身份大白之时，他深爱的宋国，挚爱的汉人给了他无情的痛击，他也只能远走他乡，回归辽国。按照《射雕英雄传》的套路，萧峰应该像郭靖一样，将母国的利益看得比天大。郭靖为了母国大宋，力阻蒙古大军；萧峰就应该为了母国大辽，吞并宋国。

然而，后面的故事也是众所周知，萧峰为了阻止辽国侵宋，毅然断箭自尽于雁门关外。

同样是"香蕉人"，郭靖能做到的，你萧峰为何做不到！

按照民族主义者的标准看，萧峰是否应该归属于"辽奸"之列呢？

当然不能。无论是评价郭靖、萧峰，还是衡量张弘范，如果只是在民族和血统的圈子里打转，终究是剪不断、理还乱。毕竟郭靖只是虚拟的文学人物，现实中，更多的是"张弘范"。何况，张弘范也没有个像郭靖母亲一样的"祖国情结启蒙者"，来给他从小灌输忠宋国、爱汉人的思想，他的价值体系和是非观念从来都是蒙元模式的。不是汉人，何来汉奸？不属宋国，何谈卖国？

对这一点，与张弘范同时代的宋人精英们反而看得比我们更明白，态度也更豁达。被张弘范俘虏的民族英雄文天祥，对于吕文焕、留梦炎这样的降元宋臣，不是痛骂，就是作诗讥讽，而对与他惺惺相惜的敌人张弘范，则从未留下任何不敬之词。与文天祥一道为南宋战斗到最后一刻的邓剡，拒绝了张弘范的招降，获释后却做了张弘范儿子张珪的老师，可见邓剡与张家私交颇深，的确是公私分明。

"汉人"拓跋焘

再回到"生发未燥"上来。说这话的北魏太武帝拓跋焘，理直气壮，火气很大，汉人索要河南这事简直是对他鲜卑列祖列宗的大不敬。但他心里其实很清楚，自己的列祖列宗，上溯到头，很可能就是汉人，只不过他不愿承认罢了。

据《宋书·索虏传》载："索头虏，姓拓跋氏，其先李陵后也。陵降匈奴，有数百千种，各立名目，索虏亦其一也。"《南齐书·魏虏传》也说："魏虏，匈奴种也，姓托跋氏……匈奴女名托跋，妻李陵，胡俗以母名为姓，故虏为李陵之后，虏甚讳之，有言其是陵后者，辄见杀，至是乃改姓焉。"

"飞将军"李广的孙子、西汉名将李陵，出征匈奴，因寡不敌众被俘投降。汉武帝误以为李陵助匈奴练兵，将之灭族，断了李陵归汉退路。李陵从此便娶了几个匈奴女子为妻，在匈奴开枝散叶。其中一个名叫拓跋的女子，所生子孙，即是如今的鲜卑人拓跋氏。

血缘血统犹如花岗石，固然坚硬异常，但在时间之河的冲刷下，在另一种风俗习惯、思维模式的打磨下，终究会变得面目全非。硬要将二者放在一起比较，无异于以煤炭比金刚石——虽然二者主要成分都是碳元素，但截然不同的经历，终究将二者分于两个平行世界之中。

在《襄阳答王仲思》中，张弘范这样写："麾下雄兵山有虎，目中穷寇釜奔鱼。"只是，讲究职业道德、"许身报国"的张弘范,枉自执掌如虎雄兵,视南宋君臣武将为釜中之鱼,但在只讲血统血缘的民族主义者眼中,反而更像一尾无助的"釜奔鱼",可以随时点燃民族大义之火,将之熬煮得体无完肤、死无葬身之地。

沉香亭北唱落花

——一代歌神眼中的大唐荣与衰

一

若干年之后，当李龟年在江南鹫峰寺弹着琵琶，悲歌"明眸皓齿今何在？血污游魂归不得①"的时候，一定会清楚地记起，天宝二年的那个春日：皎白的月光下，他扯着醉醺醺的李白，穿过姹紫嫣红的牡丹花丛，急匆匆奔向沉香亭，亭里，明皇李隆基和太真正笑吟吟地等候着他们。

而此时，宴会上，对于那个认30岁的贵妃为干娘，跳起胡舞来旋如陀螺的五十来岁的大胖子安禄山，他其实也与众人一样，只是觉得好笑。却哪里想到，大唐的千古盛世即将终结在这个胖子胡人手中。

李龟年虽歌乐精湛，深受明皇恩宠，但毕竟只是小小乐工，这种宫廷宴会，本上不得席面。岂料明皇兴之所至，竟命人赐他

---

① 杜甫：《哀江头》。

美酒一杯，请他唱李太白那《清平调》助兴。他受宠若惊，跪拜谢恩，将酒一饮而尽后，悠悠咏唱，歌声犹如华清池泉眼涌出的温泉，云蒸霞蔚中透着香艳和柔媚，带有一种迷离沉醉的缥缈感，在殿内萦绕漫漶，真不愧他大唐第一歌者的美名。循着歌声，明皇和贵妃仿佛再次穿越时空，回到那夜的沉香亭内。

那日，拂面的夜风已无寒意，一轮圆月刚刚升上柳梢，兴庆池水泛着波光，揉碎那一池月色；池东的沉香亭前，大团大团的牡丹花开得正浓，大红、深紫、浅红、通白，连在一起，分明就是一匹华美无比的锦缎。是时，香气氤氲，月影朦胧，一派春江花月夜的佳境。

美景如无美人入画，岂不失色？风雅如明皇者，自不肯暴殄这大好春光，便请来太真妃杨玉环共赏牡丹，又挑选那梨园子弟中的佼佼者，携新曲十六部前来助兴。

李龟年是梨园翘楚，自然在应诏之列。他手持檀板，毕恭毕敬率领梨园众子弟侍立在旁。对于眼前这风流皇帝和绝色妃子，他是发自内心地崇敬和爱戴。这不仅仅是因恩主对他礼遇宠爱有加，曾赏赐他数万缠头[①]，更主要的是，此二人在音乐舞蹈上的造诣之高，令他由衷敬服。

明皇精通音律，擅长作曲，操弄得一手好丝竹，尤其能打羯鼓。一次，明皇问李龟年练习羯鼓曾打坏多少鼓槌，他答：打坏五十根。明皇听了哈哈一笑，说：这个你就不行了，我打坏的鼓

[①] 古代歌舞艺人表演完毕，客以罗锦为赠，称"缠头"。

槌足足装了三竖柜。这当然不是自吹。同为羯鼓爱好者的宰相宋璟,就形容明皇打鼓"头如青山峰,手如白雨点"。唐南卓《羯鼓录》载:

(玄宗)尤爱羯鼓、玉笛……尝遇二月初诘旦,巾栉方毕,时当宿雨初晴,景物明丽,小殿内庭,柳杏将吐。睹而叹曰:对此景物,岂得不与他判断之乎?左右相目,将命备酒。独高力士遣取羯鼓,上旋命之临轩,纵击一曲,曲名《春光好》,神思自得。及顾柳杏,皆已发拆。

早春二月,明皇一曲《春光好》的羯鼓打毕,竟催得柳、杏开花吐芽,虽不免夸张,却足见羯鼓水平神乎其技了。杨玉环也"善歌舞,邃晓音律",特别是李隆基作曲、杨玉环编舞的"霓裳羽衣舞",更是惊世之作,乐曲时而朗如珠玉,时而恢宏壮阔;舞蹈则既雍容华美,又飘逸若仙,端的是盛唐气派。白居易特作《霓裳羽衣歌》赞曰:"千歌百舞不可数,就中最爱霓裳舞。"

抛开地位上的尊卑,也许,李龟年更愿意将这对神仙眷侣当作自己艺术上的知音。他渴望与皇帝分享琵琶弹奏的心得,他享受为"霓裳羽衣舞"配乐的乐趣,他沉醉于贵妃那曼妙舞姿中不愿醒来,他更喜欢唱歌给懂他的人听,譬如,在这个美妙的春江花月夜。

不过,他刚要歌唱,明皇忽然说道:赏名花,对妃子,焉能用旧曲旧词唱呢?他听了微微一怔,不解地看向皇帝。皇帝心情正佳,并不在意他的愚钝,笑着命他拿着御用金花笺,去寻那待诏翰林李太白前来,即刻作《清平调》三首呈上。

对这个李太白，李龟年还是比较了解的。

在入朝之前，李太白早已是享誉文坛，名动长安了。传说此人嗜饮酒、善作诗、爱舞剑、喜交游，为人才华横溢，狂傲不羁，颇有任侠之风，人称"谪仙人"。只是仕途颇为不顺，年逾不惑仍不得其门而入。直到去岁，由玉真公主和贺知章推荐，才被召入朝中，封为待诏翰林。

明皇对这个独领诗界风骚的大名士，倒是喜爱得紧，整日让他陪侍左右，吟诗作赋，毫不介怀他的放浪形骸，而他也愈加恣肆。

李龟年出得宫来，也不踌躇，知道这档口，李太白必然是在做他的"酒中仙"。于是直奔李白常去的那酒楼而来。

果然，李白正在那里"举杯邀明月"，已喝得醉眼蒙眬。李龟年说罢缘由，就急匆匆拉起他赶回了兴庆宫。

醉酒从来不会影响李白的创作，相反，酒精却会变成一把钥匙，打开诗思的潘多拉，让众多匪夷所思、天马行空的意象、意境、灵感喷涌而出。于是，李白半睁的醉眼只扫了一下妃子和牡丹，便借着三分酒意、七分月光，挥毫写下三首《清平调》：

其一

云想衣裳花想容，春风拂槛露华浓。
若非群玉山头见，会向瑶台月下逢。

其二

一枝红艳露凝香，云雨巫山枉断肠。
借问汉宫谁得似，可怜飞燕倚新妆。

回首萧瑟处
探寻宋词背后的历史尘烟

其三

名花倾国两相欢，长得君王带笑看。

解释春风无限恨，沉香亭北倚阑干。

金花笺上墨色尚自淋漓，李龟年就已呈献给明皇。明皇阅罢迫不及待命令梨园弟子调丝竹，让李龟年引吭歌之，自己则亲自吹玉笛伴奏，每吹完一曲将换新曲时，还故意拖长笛声来博美人一笑。太真呢，美目微闭，粉颊含笑，倚着阑干，手持玻璃七宝杯，轻轻啜饮着西域进贡的葡萄美酒，沉醉在诗人那语语浓艳、字字流香的诗中，以及情人情意绵绵的笛声里。

彼时，大唐最风流的皇帝，最美丽的女人，最天才的诗人，最出色的歌者，齐聚于沉香亭内；亭外，还有最皎洁的明月，最撩人的微风，最绚烂的牡丹，最清澈的春水，以及空中萦绕的最美妙的歌声和最多情的乐曲。这些，共同构成了一幅最瑰丽的盛唐画卷，震烁古今，浮现在多少人不愿醒来的梦中，让人心神激荡，却最终成了心中永远的骄傲和难以触摸的痛。

二

四百多年后，辛稼轩在咏牡丹时，仍然念念不忘那大唐最美之夜："最忆当年，沉香亭北，无限春风恨。醉中休问，夜深花睡香冷。"[①]

"苏门四学士"之一的晁补之也是津津乐道："对沉香、亭北

[①] 辛弃疾：《念奴娇·赋白牡丹和范廓之韵》。

新妆。记清平调，词成进了，一梦仙乡。"①

　　这自然更是李龟年毕生难忘的好时光。后来，他经常向别人谈起沉香亭的那个月夜，那时，他总会无限感慨地叹道：以歌赢得如此美誉，没有哪次能超于此，真是一时之极致啊！

　　不过，沉香亭内的这些人都不曾想到，极致之后，紧跟的必然是衰落。

　　当沉香亭内露华正浓之时，安禄山还只是小小的平卢节度使，虽然羽翼尚未丰满，但已然在悄悄蓄势。只是他演技太好，那么多人都被他蒙蔽了。

　　当时，安禄山屈从于当权的奸相李林甫，事事听其意见，如有好话就欢喜得孩子似的乱蹦；如果模棱两可，就反手撑着床说："哎呀，我死定了！"这种憨豆式的表演被他搞得世人皆知，李龟年就曾模仿这般情景，逗得明皇哈哈大笑。

　　可这笑声没有持续多长时间，就变成了惊惶的哀号。

　　李纲在《雨霖铃·明皇幸西蜀》中写道："听突骑、鼙鼓声喧，寂寞霓裳羽衣曲。"其实，那鼙鼓响处，霓裳羽衣曲岂止是"寂寞"！还是白居易《长恨歌》说得更直白："渔阳鼙鼓动地来，惊破霓裳羽衣曲。"而惊破的，又何止是霓裳羽衣！

　　李龟年虽只是一介乐工，但凭借着卓越的艺术才华，得蒙皇帝恩宠，所受赏赐颇为丰厚，衣食住行都豪奢非常。《太平御览》中记载，龟年"于东都大起第宅，僭侈之制，逾于公侯。宅在东

----

① 晁补之：《夜合花·和李浩季良牡丹》。

都通远里，中堂制度，甲于都下。"然而覆巢之下，焉有完卵。大唐的盛世，看起来像是水晶雕刻的宫阙，璀璨夺目；哪知，当渔阳的战火蔓延过后，才发现一切不过是冰雪所筑。就像李清照《浯溪中兴颂诗和张文潜二首》中所云："勤政楼前走胡马，珠翠踏尽尘土埃。"

天宝十四年（755），已是平卢、范阳、河东三镇节度使的安禄山起兵造反。天宝十五年，潼关失守，明皇携贵妃仓皇出逃，长安沦陷，大唐帝国眨眼间就从巅峰跌入谷底。正如谢枋得《风流子·骊山词》中所言："羯鼓三声，打开蜀道；霓裳一曲，舞破潼关。"

华清池的水依旧温滑，但出浴的不再是娇羞无力的杨玉环，而是浑身肥肉的安禄山；大明宫的宝座依旧耀目，只是上面的主人已不再钟情于羯鼓，倒是鼙鼓打得动地惊天；沉香亭前的牡丹依旧娇艳，可美人的青睐、诗人的吟哦，终究改变不了它们变成胡马嘴里草料的下场。

什么开元盛世，什么霓裳羽衣，什么梨园弟子仙乐飘飘，都如辛稼轩《贺新郎·听琵琶》所叹："千古事、云飞烟灭。贺老定场无消息，想沉香亭北繁华歇。弹到此，为呜咽。"

词中的"贺老"即贺怀智，跟李龟年齐名，玄宗时代最著名的琵琶演奏家。当年，他琵琶一弹，犹如天籁，全场寂静无声。可连天的烽火还是湮灭了贺老的琵琶以及沉香亭的风流与繁华。辛稼轩听琵琶，听出了亡国之痛，"弹到此，为呜咽"。

呜咽的人里，自然也包括李龟年。

三

城破了，国亡了，家更是难以避免地散了。那华屋美宅，那万贯的家财，都变成了黄粱一梦。李龟年能逃出来，已然是阿弥陀佛了。

一路南奔，流落到江南时，他已是家财散尽、一贫如洗，只一把琵琶随身。洪昇《长生殿》里，他自叹：

受奔波风尘颜面黑，叹衰残霜雪鬓须白。今日个流落天涯，只留得琵琶在。揣羞脸上长街，又过短街。那里是高渐离击筑悲歌，倒做了伍子胥吹箫也那乞丐。

到了这个时候，或许他才明白，原来自己为之奋斗了大半辈子的那些所谓的事业、尊严、光荣与梦想，那些代表着成功的豪宅、美妾和财宝，那些谄媚和溢美之词，都统统不过是海市蜃楼。

费尽心机得来，却轻而易举失去。当年享受"国家特殊津贴"的特级音乐家、歌唱家，如今竟是沿街卖唱，为三餐奔波，个中滋味，不身处其中，又有谁能体味得到呢？

当然，落拓断魂的，何止他一人。和他一样逃难至江南的长安遗民也有不少。虽然"国破山河在，城春草木深"，但愁也一天，喜也一天，日子毕竟还得过下去，自然也免不了流连于茶楼酒肆，舒缓一下惊惶的情绪，暂时忘掉那些不堪回首的痛苦。于是李龟年就放下身段，到这些繁华喧闹之地以卖唱维持生计。尤其是佳节良辰之时，一些有点家资的小官儿，更愿意请他到家宴或饭局中演唱助兴——他李龟年当年那可是"奏清歌趋承金殿，度新声供应瑶阶"的御用歌手啊，最不济也得是王公贵胄才有资格听他唱歌，平常小官花多少钱那都是不伺候的。如今时过境迁，物是人非，只需一点点小钱，就能欣赏到皇帝贵妃才能听到的歌声，绝对太超值了。

只是，这种助兴，助到最后，往往就变成了败兴。

李龟年与王维交好，摩诘诗是他最爱唱的内容。据说王维那首著名的《相思》另名即为《江上赠李龟年》：

红豆生南国，春来发几枝？

愿君多采撷，此物最相思。

还有一首摩诘诗，名为《伊州歌》的：

清风明月苦相思，荡子从戎十载余。

征人去日殷勤嘱，归雁来时数附书。

也是李龟年的主打歌之一。那一日，在江潭（湖南长沙），湘中采访使的宴会上，李龟年演唱的正是这两首诗。

无论是红豆，还是清风明月，带来的都是相思之苦。这种相思，若放在太平盛世，不过是一杯淡茶，一盏残酒，一封缠绵悱恻的尺素鱼书，一点小儿女的小情小感，说是苦，可最多只是咖啡的苦，苦里面透着的是让人迷恋的香，说好听点是浪漫，难听呢，说是矫情、是无病呻吟也不为过。但这个时候，举国狼烟，遍地尸骨，昨日还恩恩爱爱、卿卿我我，今天就黄土一抔，阴阳两隔；刚刚还锦衣玉食、谈曲论艺，转眼就凄惶如狗，为肚皮发愁；眼看他起朱楼，眼看他宴宾客，眼看他楼塌了，往日的清雅繁华如梦似幻，更显得眼前的凄凄惨惨戚戚，这种苦，就是痛彻心扉的断肠毒药了。

于是，这歌，听者闻之"莫不掩泣罢酒"，而歌者唱之，忆起曾经的光阴，一块块还未愈合的伤疤又一块块揭开，就更是一种折磨了。

这种情形，杜甫是曾亲眼见过的。

那时，正是暮春，杜甫恰好也流落于此。也许，就是在某个脏兮兮的小酒馆里，杜甫刚刚饮尽一杯苦辣的劣酒，那清亮但沧桑的歌声就穿过喧杂的人声撞进耳中，是那么熟悉。杜甫肯定会一怔，感到仿佛发生了时空错乱，继而循声望去，看到店内一个满鬓尘霜的老者，抱着琵琶正"拨繁弦传幽怨，翻别调写愁烦，慢慢地把天宝当年遗事弹[①]"。瞬间，泪水就充满杜甫的眼眶——啊，那不正是在长安时的老友李龟年吗！同是天涯沦落人，而此时此地的重逢，惊喜之余，难免让人感慨人生的无常和命运的作弄。无限唏嘘的杜甫，随机作七绝一首赠李龟年：

岐王宅里寻常见，崔九堂前几度闻。

正是江南好风景，落花时节又逢君。

当年，只有在岐王李范和玄宗宠臣崔涤等权贵府中才能见到的当红歌星李龟年，如今竟沿门鼓板，当街卖唱。江南春光虽好，却已是尾声，落花成冢，满地残红，你我皆白头，繁华成一梦。

[①] 洪昇：《长生殿·弹词》。

回首萧瑟处
探寻宋词背后的历史尘烟

相逢亦是别离的开始。这次文学史上著名的相逢，竟成为后世歌咏离愁别恨的范本。辛稼轩送友杜叔高所做《上西平》便云：

恨如新，新恨了，又重新。看天上、多少浮云。江南好景，落花时节又逢君。夜来风雨，春归似欲留人。

果然，这次相逢不久之后，杜甫就在贫困交加中去世了，一次相逢，竟成永别，《江南逢李龟年》也便是那最后的离歌了。

而李龟年呢，据说在那次湘中采访使的宴会上，他吟唱王维的《相思》和《伊州歌》。那歌声，把所有的兴亡荣辱，所有的沧桑巨变，所有的红尘情缘都融入其中。也许是感情太过浓稠，浓得令他无法呼吸，歌罢，竟然闷头栽倒，气息皆无，只有左耳略有温度。众人都当他是伤心过度，气绝身亡了，只有老妻舍不得他，坚持不准入殓下葬。也确有奇迹，四天后，他竟然真的醒转过来。

只是，这个时候，安史之乱虽已平息，但明皇却成了太上皇，每日孤独地在兴庆宫，在长生殿，在沉香亭，失魂落魄地踯躅，徘徊。那个风流倜傥的皇帝已然作古，那些牡丹也已凋零，贵妃只剩一缕香魂，谪仙重归仙班，大唐的盛世一去不返。春意阑珊处，只留他一个浊世歌者，"空对着六代园陵草树埋，满目兴衰[①]"，纵然将那落花唱成缤纷红雨，也终究不过是化作点点离人泪，所得是沾衣吧。

---

① 洪昇：《长生殿·弹词》。

以泪为马渡红尘

——一代"哭神"唐衢的另类传奇

南宋末期的文坛领袖刘克庄,由于为人耿介,在政坛上一直郁郁不甚得志,几经宦海沉浮、屡遭罢黜之后,到老也未畅快施展自己报效家国的远大抱负。险恶的仕途削平了他的棱角,却也将心境打磨得冲淡平和。这从他晚年的一首《水龙吟》中可窥一斑。

当年玉立清扬,屋梁落月偏相照。而今衰飒,形骸百丑,情怀十拗。久已饰巾、尚堪扶杖,听山东诏。尽后车载汝,营丘封汝,何必在、磻溪钓。

晚悟儋书玄妙。懒从他、锺离传道。不论资望推排,也做五更三老。宋玉多悲,唐衢喜哭,好闲烦恼。问天公,扑断散人二字,赐龟蒙号。

词中用典较多,不易理解。大概意思是说,我年老体衰、归隐多年,对世间一切已看得通透,事事皆愿顺其自然。如若朝廷需要,虽是耄耋之龄,也会尽兼济之力、春蚕到死;如若不然,亦愿处江湖之远、独善其身,做一个乡村野老、遁世散人。为了

回首萧瑟处
探寻宋词背后的历史尘烟

凸显自己的通达,他用了一个典故:唐衢喜哭,以唐衢的执拗反衬自己的随性。

哭,从来不被世人看作大丈夫所为,古今中外,概莫能外。但凡以丈夫自居的人,都会想尽办法不让眼泪流出来。例如,武人伤悲,会把泪水化作烈酒,灌入愁肠;文人心碎,会把泪水凝成文字,长歌当哭。

唐衢也是一个文人。他所处的大唐,是中国文学的灿烂星空,能够在这片星空中闪耀出属于自己的星光,唐衢肯定是有过人之处的。但他的走红并非因文学——据说他也曾作诗千首,却无一首流传下来——真正令他闻名于世甚至名垂青史的,正是他的眼泪。

他的眼泪,一度是别人眼中的笑话。

一次,他游历到太原,受邀参与当地驻军长官举办的一个酒宴。席间宾客觥筹交错,正当酒酣耳热之际,忽然一声悲鸣于众人的高谈阔论中异军突起,由低泣而号啕,由细雨而滂沱,然后以铿锵之势撞击着所有人的耳膜,震颤着大家的神经。犹如正在演奏《欢乐颂》却横插进来锐利的刹车声,热烈和谐的气氛被硬生生搅散,众人先是惊愕,再是疑惑,接着是愤然,最后只能无奈地草草结束宴会。

一介落魄文人,竟以痛哭的方式,驱散满堂赳赳武夫,也真算得一件奇事。由此,"唐衢善哭",天下闻名。

唐衢为何要在酒宴之间以哭扫兴呢?是情之所至,还是故意为之?史书没有给出解释。不过,看看唐衢所处的时代,略可猜出一二。

那时，大唐刚刚经历过安史之乱，各大节度使拥兵自重，藩镇割据愈演愈烈，四分五裂的祸根已开始萌动。太原，正是河东节度使的治所。此时，面对这样一群心怀鬼胎、各打小算盘的军阀，想想大唐帝国曾经的辉煌，眼前山河的破败凋敝与糜烂的酒池肉林形成刺目的对比。于是，对家国沉沦之忧、对军阀割据之愤、对百姓苦难之愁、对无力回天之恨，纠结在一起，紧紧勒在心上，勒出了血，从眼中渗出的就是泪了。悲从中来，悲从中来啊，唯有淋漓一哭，方能纾解心中之痛。

而这放诞、不合时宜的痛哭，又有谁能解其中滋味呢？换来的无非是厌恶的白眼、嘲讽的怪笑。

不过，唐衢向来不在乎这种不屑，即便面对全世界的白眼，他依旧是想哭就哭，我行我素。

——我表达我想表达的，与旁人何干？

就这样，他将哭当作了一种人生态度："见人文章有所伤叹者"，哭；见忠臣击奸佞，烈士骂逆贼，哭；见"大夫死凶寇，谏议谪蛮夷[①]"，哭；见执手相看、生离死别，哭；见赤地如焚、饿殍盈野，哭……或许，他太过悲观，但他绝不压抑、不做作、不掩饰、不暧昧、不看人脸色、不仰人鼻息。他的哭，不是软弱，不是恐惧，不是惊慌，不是感情泛滥，而是至真、至纯、至性、至诚，是一颗赤子之心的天然流露。

[①] 白居易：《寄唐生》。

只是，谁又能懂呢？

有的。这个人就是白居易。

与唐衢的相知相交，是在另一个诗人李翱的滑州（今河南滑县）家中。对于这个天下闻名的爱哭鬼，白居易竟然与之"一言如旧识①"。这倒不是白居易独具慧眼，实在是知音难觅。当时，白居易致力倡导"新乐府运动"，却因针砭时弊、描摹血淋淋的现实而触怒了达官权贵，处处碰壁。

在给元稹的信中，他这样描述自己当时的处境：

凡闻仆《贺雨诗》，众口籍籍，以为非宜矣；闻仆《哭孔戡诗》，众面脉脉，尽不悦矣；闻《秦中吟》，则权豪贵近者，相目而变色矣；闻《登乐游园》寄足下诗，则执政柄者扼腕矣；闻《宿紫阁村》诗，则握军要者切齿矣②！

那时，俗人说他沽名钓誉、攻击朝廷、诽谤他人，即使妻女朋友也认为他不该惹祸上身，可谓是"贵人皆怪怒，闲人亦非訾。天高未及闻，荆棘生满地③"，简直是四面楚歌，成了过街老鼠。而唐衢对白居易的"新乐府"，不仅"一读兴叹嗟，再吟垂涕泗④"，而且还和诗三十首，甚至将其推崇至与杜甫比肩的高度，堪称目光如炬的难得知己。

当然，也只有唐衢这个不合时宜的哭者，才最理解白居易这

---

① 唐白居易《伤唐衢二首》。
② 白居易：《与元九书》。
③ 白居易：《伤唐衢二首》。
④ 白居易：《伤唐衢二首》。

个同样不合时宜的诗人。白居易是"但伤民病痛，不识时忌讳①"，他唐衢何尝不是"长太息以掩涕兮，哀民生之多艰"，正是"歌哭虽异名，所感则同归②"。

二人一见如故，酒逢知己，喝了不知多少杯，说了不知多少话。然而"却怜相聚日无多③""偶然相聚还离索④"，很快就要分别了。那是冬日的黄昏，黄河的北岸，北风朔朔，大雪如席。二人"日西并马头，语别至昏黑⑤"，说不完的交心话，诉不尽的知己情，却不得不各奔东西。从此之后，二人虽再无机缘相见，但已结为至交，时常书信往来，至死未忘。

遇到唐衢，是白居易之幸；而结交到乐天，又何尝不是唐衢之幸呢？只有白乐天才懂他为何哭泣、为何悲痛。是啊，当所有的人都为眼前的苟且而忧喜，为功名利禄而算计，为生老病死而劳心之时，他这个终身也未中过进士、未混上一官半职、胡须花白还是"五十寒且饥"的落魄书生，却从来"不悲口无食，不悲身无衣⑥"。

当然，喜怒哀乐于自己的私生活、小日子，也并无过错，毕竟那是大多数人的生活。但这个世界不仅需要生存的小聪明、小格局，同样需要大智慧、大格局的愚顽与率直。而这些，白居易

---

① 白居易：《伤唐衢二首》。
② 白居易：《寄唐生》。
③ 郭应祥：《踏莎行》。
④ 苏轼：《一斛珠》。
⑤ 白居易：《伤唐衢二首》。
⑥ 白居易：《寄唐生》。

懂他，知道他眼泪的成分不是柴米油盐，而是家国苍生——"贾谊哭时事，阮籍哭路歧。唐生今亦哭，异代同其悲""所悲忠与义，悲甚则哭之[①]"。

　　足矣，足矣，看到老友这些评价，唐衢应该不会再哭，他该仰天大笑才对，他要笑自己在这个世界上，终于不再孤寂了，即使相隔万里，终究有一人对他的放诞不羁颔首称道。

[①] 白居易：《寄唐生》。

悲夫长城空自毁

——檀道济的悲剧之源

北宋熙宁九年（1076）四月，茂州（今四川茂县、汶川县一带）因修筑城墙侵占夷人土地，边民与官府爆发了武装冲突，州府告急，事件甚至惊动了当朝皇帝宋神宗。神宗委派冯京出任成都知府，并兼任成都府、利州路安抚使，专门收拾烂摊子。冯京到任后，采取胡萝卜加大棒的策略，一边集结军队，一边安抚结盟，终于顺利平息了变乱。

四川是苏轼的故乡，加之又曾受过冯京提携，因此，苏轼专门填了一阕《河满子》来记述歌颂。上片写道：

见说岷峨凄怆，旋闻江汉澄清。但觉秋来归梦好，西南自有长城。东府三人最少，西山八国初平。

能够兵不血刃将兵燹之乱消弭于无形，苏轼自是对冯京推崇备至，以致称赞其"西南自有长城"。西南自然没有长城，这里的"长城"喻指能捍卫边疆的能臣良将。

不过，首创这个比喻的并非苏轼，而是南朝宋征南大将军檀道济。

回首萧瑟处
探寻宋词背后的历史尘烟

檀道济追随宋武帝刘裕南征北战,立下汗马功劳,敌军闻之无不胆寒。到了宋文帝时代,却遭到猜忌,被诓到建康(今江苏南京),惨遭冤杀。逮捕檀道济时,他怒发冲冠,两眼似有火焰喷出,一口气饮尽满斛烈酒,扯掉头上的头巾,狠狠摔在地上,愤然道:你们这是在自毁长城!

可是,"长城"终究还是被毁坏了。北魏听说檀道济已死,无不喜笑颜开,一致认为,檀道济死后,南朝剩下的那些虾兵蟹将都不足为惧!从此,南朝北朝攻守易势,北魏铁骑频频南伐,甚至一度打到长江北岸的瓜步。彼时,宋文帝登城望敌,不由得追悔莫及,叹道:若道济在,岂至此!①

勇,有何用?

的确,如果檀道济不死,历史是另外一番模样也未可知。作为南北朝时著名的猛将之一,道济的勇武几乎令所有的敌人闻风丧胆,后悔与之为敌。

檀道济出身寒微,是个孤儿,由哥哥抚养长大,后来追随当时的东晋大将、之后的宋武帝刘裕起事,经过多年的南征北战,靠着一颗虎胆和两只铁拳,从一个无名小卒打成功勋卓著的镇北将军,实现了草根的成功逆袭。

史书中,檀道济的"勇",就如同《三国演义》里张翼德长坂桥呵退曹兵一样,更多体现为一种强大的气场。

---

① 李延寿:《南史·列传第五》。

416年，刘裕北伐，以檀道济为先锋，攻打后秦。《宋书》记载，檀道济兵锋所向，"诸城戍望风降服。进克许昌，获伪宁朔将军、颍川太守姚坦及大将杨业。至成皋，伪兖州刺史韦华降。径进洛阳，伪平南将军陈留公姚洸归顺"。大军未到，敌人却已被他响当当的名头直接砸懵，基本上兵不血刃就收复了大片旧山河，以及沦陷一百零五年之久的旧都洛阳。辛弃疾《永遇乐·京口北固亭怀古》称赞刘裕北伐是"气吞万里如虎"。虽然主帅是"猛虎"刘裕，但先锋檀道济作为"虎牙"，自然功不可没。

如果说，这些战果的取得，有东晋军队势大、后秦战力不强的因素在里面，从而让人对檀道济本人的威慑力产生怀疑，那么，431年的元嘉北伐，则几乎使檀道济封神。

这次北伐对象，已不再是不堪一击的后秦，而是彪悍的鲜卑人拓跋氏建立的北魏。此时，刘裕代晋立宋，江山已传到儿子文帝刘义隆手里。虽然刘义隆也矢志北伐，但他没有老爹刘裕的谋略和气魄，无论是战略还是战术，都有很大失误，从而导致宋军前期势如破竹，后期战线过长，兵力不足，攻占的城池又都纷纷失守。各地宋军均陷入困境，特别是在撤退时，遭敌军追击，往往会溃不成军、一泻千里。

大势所趋，檀道济也不得不率军撤退。军卒见己方势弱，害怕敌军追击，人心惶惶，军心开始不稳。檀道济却毫不慌张。他命令士兵都披挂整齐，收拾得盔明甲亮，自己则一身白袍，威风凛凛地驾乘战车，率领精神抖擞的战队，有条不紊地回撤，没有丝毫的落魄仓皇之态。鲜卑铁骑虽然几倍于道济之军，但白袍檀

回首萧瑟处
探寻宋词背后的历史尘烟

道济周身散发出的自信、煞气，以及睥睨沙场、视千军万马为无物的战神气质，好像给自己这支人数不多的军队注入了一股凛然不可侵犯的霸气。鲜卑军被唬得不知所措，在占尽优势的情况下，竟然畏首畏尾，不敢靠近，任由檀道济军全身而退。

这次北伐虽以失败告终，但道济的队伍并未损兵折将。进攻时，他气势如虹，撤退时，竟也威风凛凛。由此，北魏对这位猛人从恐惧升华为敬畏，视之为天神下凡，以至于"图之以禳鬼"①，将他的画像当成了辟邪驱鬼的神符。

只是，他的神勇，犹如倚天剑，雄主用之，得心应手，固然能所向披靡，令敌人胆寒；但在庸君看来，却成了悬于头顶的达摩克利斯之剑，唯恐被锋芒所伤，而遭反噬。对此肘腋之患，不除之如何能安睡呢？

智，有何用？

檀道济不仅有勇，而且有谋。不过，他的谋，不是蝇营狗苟的权谋，而是运筹帷幄的智谋；不是目光短浅的一时一事之谋，而是攻心为上的远虑深谋。

还是431年的那次北伐，檀道济在缺兵少将的情况下，接连打了三十多仗，大多获胜。但打到历城后，粮草供应出现了问题，粮食断绝的消息偷偷在军中传播，一时军心大乱。檀道济深知，粮草不仅是军队的胆，更是军队的命，胆可壮，但命难续，

---

① 李延寿：《南史·列传第五》。

于是不得不考虑突围出城。

此时，北魏大军已围住檀道济，又有个别士兵偷偷跑到敌营投降。敌人听说宋军几无余粮，大喜过望：猛虎可惧，但饿晕了的猛虎有啥可怕！便开始磨刀霍霍，打算趁机将檀道济一举歼灭。

不过，鲜卑人的如意算盘还是落空了。因为在一夜之间，粮食竟然被变戏法似的送到檀道济军中。当天夜里，檀道济亲自和军需官一起，大张旗鼓地清点粮草。军需官手里拿着竹筹唱着计数，檀道济则监督兵士用斗量米，搞得动静很大，军中士气也为之一振。第二天清晨，北魏军的探子远远观察宋军的粮车，只见上面装满一袋袋的粮食，白花花的大米从未扎紧的袋口溢了出来，宋军的脸上一扫昨日愁云，全都喜气洋洋。

魏军大吃一惊，擦着额头上的冷汗心道：好险好险，原来檀道济粮草充足，却派人诈降，故意示弱引我入彀，若不是自己精细，岂不是中了这家伙的诡计！于是将那几个"诈降"的宋军砍掉脑袋，眼睁睁看着檀道济出城，不敢围追堵截。

这就是"唱筹量沙"之计，那些口袋中的"大米"，其实都是沙子，檀道济不过是在沙子上撒了薄薄一层真大米而已。

实际上，檀道济的智谋何止如此。如今大家耳熟能详的"三十六计"，就是檀道济熟读兵书、身经百战之后总结出来的研究成果，可谓是理论联系实践的经典教材。

当然，他不仅有战术之谋，更有战略之智。

416年那次随刘裕北伐，他攻城拔寨，俘虏了四千余后秦士

回首萧瑟处
探寻宋词背后的历史尘烟

兵。那时没有《日内瓦公约》，战争中杀降杀俘并不是新鲜事。在此之前，有白起坑杀四十万赵国降卒，项羽坑杀二十万秦军俘虏，李广诱杀八百被俘羌人；同期则有北魏拓拔珪坑杀五万后燕降军，后赵石勒坑杀三万晋军降卒；之后也有薛仁贵三箭定天山，活埋十三万回纥降兵，李鸿章苏州设计杀害八大太平军降将；及至现代，即使有了《日内瓦公约》，日军仍然在南京大屠杀时大肆残害投降的中国士兵。

对于这四千多俘虏，有人向檀道济建议，将之统统屠杀之后，筑为京观。所谓"京观"，就是将敌人的尸骸，封土而形成的高冢，以此炫耀武功、震慑敌军。这在古代战争中是屡见不鲜的。但檀道济当即予以否决。

这倒不是因为心慈手软——战争早已让人对死亡麻木，若是怀有妇人之仁，岂能统军打仗。他考虑的是整个北伐大计，是如何以最小的代价争取最大的战果。

当时北朝的那些国家都是少数民族政权，后秦就是羌人建立的。如果只图一时痛快，杀掉这些俘虏，势必会加剧民族矛盾，激起更大的民族仇恨，也就失去了北伐的正义性，必将遭受到更强烈、更广泛的抵抗，从而使北伐陷入泥潭难以自拔。因此，他宣布：伐罪吊民，正在今日！然后，将俘虏统统释放遣散。这无疑是向所有北方军民释放这样的信号：我乃正义之师，讨伐乱臣贼子，只为救民于水火。这样一来，北方的戎、夷等外族部落都不再惊惧敌视，甚至很多部族纷纷归顺。这也是此次北伐能够取得空前成果的一个重要因素。

只可惜，聪明一世的他，为战谋胜、为国谋强、为民谋福、为君谋利，一辈子殚精竭虑，却没有为自己的命运谋过分毫。到最后，兔未死，狗已烹，终究还是遭了自己主子的黑手。

忠，又有何用？

都说心底无私天地宽。但坦荡磊落的檀道济，面前出现的却是一条英雄的末路。

檀道济算是南朝宋的三朝元老。开国皇帝刘裕对檀道济是绝对信任的。由于道济功勋卓著，刘裕封他为护军、永修县公，食邑二千户，加散骑常侍，领石头戍事，后来又改任丹阳尹，但仍担任护军。

不要小看这几个干巴巴的头衔，它们的背后有很大玄机。

所谓护军，是掌管禁军、选拔武官的高级军事长官，大约相当于国防部长兼首都警备司令部司令，汉代的陈平、周亚夫都曾任过此职。永修县公为爵位，是异姓功臣的第二等封爵。散骑常侍是皇帝的贴身近侍，入则规谏过失，备皇帝顾问，出则骑马散从。领石头戍事，即拱卫首都建康的军事要塞石头城的军事长官。丹阳尹就是京城建康的行政长官，类似于今天的北京市长。由此不难看出，道济被委以了拱卫京畿、总领军政大权的重任。

不过，这些头衔如果与"听直入殿省""给班剑二十人"这两个特权相比，就不值一提了。所谓"听直入殿省"，就是可不经传唤而直接进入宫廷，跟到自己亲戚家串门一样随便。而"班剑"就是一种以木制作、刻饰花纹的礼仪用剑，由武士佩持，用

43

【回首萧瑟处】
探寻宋词背后的历史尘烟

作仪仗，是皇帝赐予有功之臣的一种殊荣。作为臣子，得到这些荣誉不仅体现皇帝的恩宠，也是在向其他人明示不可动摇的信任。

到了文帝刘义隆时代，檀道济被继续加封，"进号征北将军，加散骑常侍，给鼓吹一部。进封武陵郡公，食邑四千户……又增督青州、徐州之淮阳、下邳、琅琊、东莞五郡诸军事"。后来，又"迁都督江州之江夏，豫州之西阳、新蔡、晋熙四郡诸军事、征南大将军、开府仪同三司、江州刺史，持节、常侍如故；增封千户。"[①] 官职爵位之多、之高，让人看得晕头转向。

不过，对于这些眼花缭乱的高帽子，檀道济倒还算清醒，也知道"绝怜高处多风雨，莫到琼楼最上层"的道理，在文帝封他为武陵郡公时，坚辞不受。

但是，这点警醒并不足以让他避免不久之后的那条末路。究其原因，恐怕反而还要归咎于他的坦荡磊落。

宋武帝刘裕死后，太子刘义符登基，是为宋少帝。少帝贪玩丧志、不理朝政，受托孤之命的大臣徐羡之、傅亮、谢晦很是失望，不甘心好不容易打下的江山就这样毁在一个昏君手中，便打算废掉少帝另立明君。但这种天大的事岂能没有手握重兵的檀道济支持？于是暗中将这个惊天秘密告之于道济。

道济明白，徐羡之等人这样做虽然大逆不道，但毕竟也是为了江山社稷和黎民百姓，虽其罪当诛，但其情可悯。天平的一边

[①] 李延寿：《南史·列传第五》。

是先帝钦点、但明显要祸国殃民的少帝，另一边则是千辛万苦夺取的江山、几代人梦寐以求的南北统一大业。想必在考量自己这个重要的砝码放在哪一边时，道济的内心定然会有一番煎熬。废掉少帝，似乎是违背了先帝刘裕的意志，这是不是奸佞之举？拥戴少帝，眼睁睁看着这个荒唐少年肆意糟蹋大宋基业，又无力阻止，这是不是在更深的层面上违背了刘裕的初衷？世事牵绊如此之多，只不过是因为自己在其中罢了。好吧，既然左也是违背，右也是违背，那何不把自己忘掉，选择一个更有利于江山社稷的"违背"呢？事儿想通了，主意也就打定了，就这样，"天平"倾向了徐羡之一边。

大丈夫就是大丈夫，选择的过程虽然很痛苦，但无愧于心的决定一旦做出，心中立即一片澄明，再无丝毫彷徨犹豫。

在即将废掉少帝的头一天晚上，道济进入领军府，与谢晦同住。

废立皇帝，这事听着就让人心惊胆战，何况是亲身参与者呢。虽然谢晦是始作俑者，但真正轮到箭在弦上之时，内心还是惊惧忐忑，难以入睡。恐惧来自对自身命运的不可知：这事成功了，不见得有多好，但失败了肯定糟糕透顶。如此心念，是人之常情，倒也没什么可丢人的。但就在谢晦还嘀嘀咕咕的时候，旁边床上的道济却沾枕即睡，早已鼾声如雷。

后世的范仲淹说古仁人之心是"不以物喜，不以己悲"。六祖慧能有偈语云："菩提本无树，明镜亦非台。本来无一物，何处惹尘埃？"道济此举，正是如此。心中无鬼，所以躺之即睡；

胸中无愧，所以是是非非敢任人评说。道济之忠，实在是大忠；道济之义，无愧于大义。

然而，你能坦然入睡，主子却不能安然入眠。你的大忠大义依然换不回主子的高枕无忧，依然换不掉他的脏心烂肠。

长城，亦不同

居庸关长城有联云："辽海吞边月，长城锁乱山。"一个"锁"字写尽了长城的雄、险、奇、霸。长城东起辽宁虎山，西至甘肃嘉峪关，绵延近两万里，像一条巨大的拉链，横亘于华夏大地之上。昔日，拉链锁闭，拒异族铁骑于塞北荒漠；如今，拉链敞开，迎世界浪潮入泱泱胸怀。这个世界上最著名的军事防御系统，已然变成了中华民族的精神图腾。

不过，同样是长城，不同的地段，在今天却有着不同的境遇。既有成为4A、5A景区、甚至世界文化遗产的八达岭、慕田峪、山海关等国家LOGO；也有破败不堪的乌龙沟、五道梁、横岭城等野长城。这厢张灯结彩，接受顶礼膜拜，那边荒烟蔓草，只与牛羊相约，此中况味，谁能咀嚼得明白呢？

至少檀道济是不明白的。

檀道济有大智大勇大忠大义，确实是护卫国家难得的钢铁长城。"但使龙城飞将在，不教胡马度阴山。"文帝刘义隆也的确曾以李广来类比于他。可是，这一切对于皇帝来说，竟然都可以毫不犹豫地抛弃掉。这不合逻辑，不合常理，难怪檀道济到最后也搞不明白。

436年，朝廷忽然召檀道济进京。妻子向氏非常敏感，劝檀道济不要以身犯险，说越是功勋盖世，就越容易招致猜忌，如今无缘无故召你入京，怕是凶多吉少啊。但檀道济不以为然，表示自己与外敌浴血奋战，保卫边疆，从不曾有负于国家，国家又怎么会负我呢！于是，坦然进京。结果，正如文章开头所述，遭冤杀而死。唐代刘禹锡曾写诗《经檀道济故垒》，感慨檀道济的冤案：

万里长城坏，荒营野草秋。

秣陵多士女，犹唱白符鸠。

在血与火的战争中，道济是智多星，是拼命三郎，但在权力场上的角逐中，他只能算是个头脑简单的莽夫，其政治智慧竟连自己的夫人都不如。

不过，道济并非愚蠢呆傻。

道济的悲剧之处正在于，他是清醒的糊涂人。

说他清醒，是因为他认识到，一人可以主天下，但一人不可以毁天下。眼见少帝刘义符是个祸国殃民的苗子，他必定忧心忡忡，所以当徐羡之等人招呼他废少帝另立明君时，他很快响应，并且义无反顾，成了急先锋。废少帝的头天晚上，他的酣然入睡，以及废少帝那天早晨，"道济、谢晦领兵居前，羡之等随后"[①]，都将他内心的凛凛正气展现得淋漓尽致。说道济是大忠，不是说他对皇帝无原则、无底线、无奈何的愚忠、死忠——若按

---

① 李延寿：《南史·宋本纪》。

这个标准论,他可谓典型的"乱臣贼子"呢。

然而,他的这种"忠",能为新皇帝刘义隆所认可吗?

显然不能。虽然刘义隆是由徐羡之、谢晦、檀道济等人所拥立的,但刘义隆可达不到这些人的境界。通过政变占到了天大的便宜,他自然是高兴的。可他更担心这个天大的便宜,也同样会因政变而丢掉。

李煜的《破阵子》说:"四十年来家国,三千里地山河。凤阁龙楼连霄汉,玉树琼枝作烟萝,几曾识干戈?"李煜这些皇帝们认为,国破了,家也就亡了。换句话说,他们是把家和国混为了一谈。所谓的"家天下"思想,在中国由来已久,"普天之下莫非王土,率土之滨莫非王臣",皇帝不仅是王朝的主人,更把自己当作了天下百姓的家长。他们需要的,不是对"一国"忠诚的人才,而是对自己"一家"忠诚的奴才。

而徐羡之、檀道济这些翻手为云覆手为雨的大佬们,既然可以废掉刘义符,自然也能废掉他刘义隆。特别是他檀道济,不仅自己功高震主,几个儿子也都骁勇善战,部下薛彤、高进之更是勇冠三军,被当时人比作"关羽、张飞"——部下是关张,那他檀道济又能是谁呢?

因此,刘义隆登基不久,就迫不及待地将徐羡之、傅亮、谢晦等拥立功臣,毫不留情地铲除掉了。檀道济之所以被没有列入第一批"黑名单",当然不是如刘义隆所说:"道济止于胁从,本非创谋。杀害之事，又所不关①。"事实上，他当时尚需借檀道济这把快刀来斩杀谢晦等人。所以，当务之急是"抚而使之"，让檀道济继续为他卖命。当摆平了谢晦等人后，等待他的，必然是鸟尽弓藏了。

这就是檀道济糊涂的一面了。既然你只忠于一国，而不囿于一家，面对刘义隆的死亡召唤，为何还要有"从不曾有负于国家，国家又怎么会负我"的念头呢？这不还是把家和国混为一谈了吗？

如果清醒，就应清醒到底，哪怕最后仍免不了被诛杀的下场，也总比稀里糊涂赴死要好。而如果糊涂到底，反而会是另外一番光景呢，比如大唐的"长城"李勣。

李勣也同檀道济一样，能征惯战，智勇双全。他守并州时，在太谷击退突厥，使突厥不敢南侵，唐太宗李世民夸他"贤长城远矣"。但此"长城"与檀道济正相反，是个糊涂的明白人。唐高宗时，高宗李治欲废王皇后，立武则天为后，朝中大臣一片反对。对此事，李勣开始是称病躲避，无奈李治追问到自己头上，听他意见。李勣只是淡淡说了句："此陛下家事，无须问外人。"②

好一个"此陛下家事，无须问外人"，只轻飘飘一句话，就卸去了自己作为顾命大臣的千钧重任，为武则天代唐立周埋下了关键的伏笔。他这个被先帝看重的"长城"，其实是以另一种形式的自行毁掉，当真是糊涂到家；可也因此，他赢得了李治和武

---

① 司马光：《资治通鉴》。
② 欧阳修，宋祁：《新唐书·李勣列传》。

则天的信任，为自己以后能够寿终正寝、生荣死哀交出了投名状——也真是明白到家了。

唐朝诗人汪遵《咏长城》诗写道：

秦筑长城比铁牢，蕃戎不敢过临洮。

虽然万里连云际，争及尧阶三尺高。

意思是说纵然长城坚不可摧，也不能与尧帝一样的仁主明君相提并论。如果反推回去，就是这样的结论：假如朝廷腐朽、皇帝昏庸，就算有铁筑的万里长城，也无法提供有效的保护。敌人攻不破，君主自毁之。

可是，南朝宋文帝刘义隆、唐高宗李治虽不是什么英明神武的明君，但也并非无道昏君，为何还是令"长城"失去作用呢？若说这二人平庸，那汉高祖刘邦、宋太祖赵匡胤、明太祖朱元璋等可都是开国英主，为何同样容不得韩信、彭越、石守信、刘基、徐达等英才而自毁长城呢？

看来，纵然尧阶三丈高，也难免长城空自毁啊。

嶙嶙瘦马啸西风

——东汉的这些死硬分子

  北宋有一个叫贺铸的人，"长七尺，面铁色，眉目耸拔"，长得估计跟 NBA 球星勒布朗差不多，人称"贺鬼头"。他不仅相貌奇伟，为人也是豪迈爽利，嗜酒善武，颇有侠气。不过，他看起来像是草莽粗汉，却偏偏"工语言，深婉丽密，如次组绣"[①]，尤善填词，操弄得一手好文字。不仅如此，此仁兄还心思细密，无论是军务政务，处理得都非常妥帖，才干亦很出色。然而，这么一个能文能武的奇人，却始终怀才不遇，郁郁不得志。他曾填过一阙《行路难》，看似放浪形骸，却充斥牢骚愤懑之情，足见其心绪难平。

  缚虎手，悬河口，车如鸡栖马如狗。白纶巾，扑黄尘，不知我辈可是蓬蒿人？衰兰送客咸阳道，天若有情天亦老。作雷颠，不论钱，谁问旗亭美酒斗十千？

  酌大斗，更为寿，青鬓长青古无有。笑嫣然，舞翩然，当垆

[①]《宋史·列传文苑五》

回首萧瑟处
探寻宋词背后的历史尘烟

秦女十五语如弦。遗音能记秋风曲,事去千年犹恨促。揽流光,系扶桑,争奈愁来一日却为长。

词中"车如鸡栖马如狗"之语,是说所乘之车像鸡窝般局促简陋,所驭之马比狗还瘦小羸弱。这是用以形容壮士困窘寒酸的。此典源自东汉时的朱震,而贺铸在性格上,也的确与此君有相似之处。

徒手搏风车

贺铸字方回,是宋太祖赵匡胤贺皇后的族孙,自己所娶的妻子亦是赵氏皇族的宗室之女。可到他这一代,家道已经开始没落。从17岁出仕,做来做去,不是看门征税,就是维持治安,始终只是芝麻大的闲散小官。不过,虽然他官职低微,为人却很是狂放耿介,凡看不过眼的,管你是豪强恶霸,还是达官显贵,一律直言相斥,丝毫不留情面。在这一点上,他与九百多年前的朱震可谓是英雄相惜。

众所周知,汉朝有两大顽疾,一为外戚专权,一为宦官乱政。到了东汉中后期,这两大顽疾越发严重,眼看大汉帝国病入膏肓,沉疴不起。先是外戚"跋扈将军"梁冀把持朝政近二十年,残暴贪乱,搞得皇帝都快没了活路,便秘密联合单超、具瑗、唐衡、左悺、徐璜五个宦官,铲除了梁冀。但这种"养群狼、治恶虎"的策略显然遗患无穷,帝国很快又陷入一群阉人的变态祸害之中。这些宦官不仅自己为非作歹,而且还将家族子弟安插到全国各地,像贪婪的蚂蟥一样,疯狂地吸吮民脂民膏。

阉党之首单超的侄子单匡,任济阴(今山东菏泽)太守,是其中一条最凶残的蚂蟥。

此时,朱震正在济阴所属的兖州担任从事一职。所谓的"从事",其实不过是州刺史的一个小小幕僚,无钱、无权、无背景,典型的"三无小职员",无论是地位还是势力,跟单匡都不在一个重量级上。单氏叔侄于他来说,犹如唐吉诃德面前的风车;而鉴于阉党一贯的凶残霸道,这架"风车"应该更像一台气势汹汹的大型绞肉机。

朱震并不傻,他如何不知这其中的深浅利害呢。可这又怎样,难道就眼睁睁看着这台绞肉机吞噬一个又一个生命、绞烂一点又一点国祚?大多数人当然也不愿看到这些,但出于本能,大家还是选择愤恨地躲避逃离了。不过,仍然有一些人,他们知道,一旦站出去,无异于以卵击石,可还是义无反顾地,像堂吉诃德一样,挥舞着长矛,或者干脆赤手空拳,悲壮地向前。《孟子》说:虽千万人吾往矣。朱震正是这样一个人。他毅然向上级举报单匡的罪行,并剑指单匡的后台——单超。

本来,这种毫无技巧可言的锄奸法,基本属于自杀式攻击,估计连朱震自己都像后世海瑞骂嘉靖一样,准备好了棺材。不过,幸运的是,他并不是一个人在战斗,兖州刺史第五种,与他不谋而合,几乎选择同一时刻向单氏叔侄发起了攻击。而第五种作为封疆大吏,所搜集到的证据、攻击的力度自然远远超过朱震。单匡落马了,连单超也受到皇帝训斥,不得不灰头土脸跑到监狱里认罪。而侥幸生还的朱震,以其耿直无畏得到世人敬重,以致被编成"车如鸡栖马如狗，疾恶如风朱伯厚（朱震字伯厚）"的谚语广为流传。

瘦骨带铜声

自杀式攻击虽然畅快淋漓，但也的确太过刚烈直接，使朱震看起来有些简单执拗。不过，这就是朱震的个性，就像一枚硬币，缺点有多大，优点也就有多大。

又过了一些年，朱震像蜗牛一样，在仕途上慢慢地爬着，花白胡子一大把，才熬成了一个正处级的铚县（今安徽濉溪）县令。这时，阉党之祸愈演愈烈，朝廷上下已然乌烟瘴气。太傅陈蕃于是与大将军窦武密谋，打算一举清剿这些阉宦。不料，消息泄露，阉宦抢先动手，陈蕃窦武都惨遭屠杀，横尸街头。一时之间，"群小得志，士大夫皆丧气"（《资治通鉴·第五十六卷》）。

消息传到铚县，朱震恸哭不止。

他与陈蕃是多年老友，结识于微末，却是淡如清水的君子之交。朱震不肯借陈蕃攀附上位，陈蕃也不因交情而对老友特殊照顾，不然，朱震何至大半生只奋斗成区区县令？虽说举贤不避亲，但陈蕃应该是深知朱震脾气秉性的。此人太过刚烈，宁折不弯，眼里揉不得半粒沙子，如果将其提携到高层，无异于是把他拉入政治斗争的漩涡，那样恐怕是不仅害了老友，于国家也并无益处。朱震也许不清楚陈蕃的良苦用心，但以他的清高孤傲，或许会在某个清风明月之夜，举一杯薄酒，向着都城洛阳，轻声吟唱：

朋友啊朋友/你可曾想起了我/如果你正享受幸福/请你忘记我/朋友啊朋友/你可曾记起了我/如果你正承受不幸/请你告诉我……

而此时，朋友已然遭到不幸，他如何还能淡定得了？于是，朱震立即奔赴洛阳。出发之前，顺便辞了官。

对于这个来之不易的正处级职位，他为何弃之如敝屣呢？他不是不想当官，不然他也不会在仕途上挣扎了那么多年。但在他看来，做官绝对不是目的，只是忠君报国的途径而已。现在，阉宦竟然图穷匕见，残害忠良，祸乱朝纲，这个官再当下去，又有何意义？辞官，是表明一种不合作的态度，更是在向风车宣战。他已习惯于这种自杀式的对抗，很傻，也很悲壮，很迂，也很磅礴。

洛阳，正笼罩在政变后的白色恐怖之中，人人自危，人人对陈窦二人避之唯恐不及，以至于都没人敢为陈蕃收尸。朱震来了，第一件事，就是大哭祭奠，为老友收尸安葬。第二件事，偷偷找到老友的儿子陈逸，将之严严实实地藏匿起来。

自杀式对抗代价自然很惨烈。阉党很快逮捕了朱震和他的一家老小，对他严刑拷打，逼他说出陈逸的下落。当下，有句网络流行语：有钱，任性；没钱，认命。这话放到朱震身上，则变成：有骨头，任性；没骨头，认命。朱震显然是有骨头的，而且还是那种铮铮作响的硬骨头，所以他非常任性地致死都保持着沉默。

此刻，沉默，是最骄傲的对抗，也是最高贵的宣言："富贵不能淫，贫贱不能移，威武不能屈，此之谓大丈夫。"

陈逸因此得以逃出生天。

偏向虎山行

当然，陈蕃这个人，也的确值得朱震为之两肋插刀。

物以类聚，人以群分，陈蕃能够交下朱震这个死党，是有道理的。因为他俩的性格其实极其相似。

臣闻言不直而行不正，则为欺乎天而负乎人。危言极意，则群凶侧目，祸不旋踵。钧此二者，臣宁得祸，不敢欺天也[①]。

这段话，是陈蕃请求太后清除阉患的奏章开篇部分——说违心话、办亏心事，是欺骗上天、辜负百姓；凭良心说实话，则会受到恶徒的仇恨报复。但权衡再三，我仍然愿意惹祸上身，而不敢泯灭天良！

再来看奏章的最后一句话："愿出臣章宣示左右，并令天下诸奸知臣疾之。"君子坦荡荡，奏章里的每一个字都磊落得像一块块石头——拿去给那些魑魅魍魉看吧，让他们知道，我陈蕃对他们恨之入骨！

好一个"臣宁得祸"，好一个"令天下诸奸知臣疾之"！可谓字字如惊雷，句句似泰山，君子之威仪、凛然之正气、天地之大义，让人为之肃然、悚然、赧然，而"朝廷闻者莫不震恐[②]"。

如此的光明磊落，其实就是朱震举报单氏叔侄事件的升级

[①] 范晔：《后汉书·陈蕃列传》。
[②] 范晔：《后汉书·陈蕃列传》。

版。只是，陈蕃没有朱震那么幸运。

这种当面锣、对面鼓的挑战，固然有春秋遗风，但他的对手显然并非君子大丈夫，更不打算讲究什么宋襄之仁[①]。若论你死我活的斗争，这些心理变态的阉人，远比堂堂正正的陈蕃窦武谋略更周密、手段更狠辣、下手更果决。所以，陈蕃窦武的失败几乎是必然的。

不过，陈蕃的失败也颇为壮烈。他听闻事情有变，阉人占领了皇宫，非但没有仓皇逃避，反而带领属下和学生八十余人，拔出长剑赶赴宫中。遇到阉党众兵，陈蕃毫无惧色，仗剑叱贼。贼兵被他这种"虽千万人吾往矣"的正气所慑，竟不敢近前，直到援军源源不断赶来，包围了数十层，才抓住陈蕃，残忍地将其杀害。

此时，陈蕃已经年逾古稀。

七十多年来，陈蕃这种疾恶如仇的性格、许身报国的志向始终未曾改变。

年少在外求学，父亲的朋友来探望他，看到他的房间又脏又乱，就责怪他。陈蕃却傲然说道："大丈夫处世，当扫除天下，安事一室乎[②]？"

[①] 《左传·僖公二十二年》载："宋人既成列，楚人未既济。司马曰：'彼众我寡，及其未既济也请击之。'公曰：'不可。'既济而未成列，又以告。公曰：'未可。'既陈而后击之，宋师败绩。"宋襄公在与楚国的泓之战中，由于坚持用"君子""仁义"的战术作战而失败，从此，宋襄公的这种战术思想就被称为"宋襄之仁"。

[②] 范晔：《后汉书·陈蕃列传》。

后来，他担任乐安郡（今山东高青）太守。当时权倾朝野的大将军梁冀，让使者送信给他，让他帮忙办事。可对这个嚣张跋扈、连皇帝都敢毒杀的家伙，陈蕃根本不买账，毫不客气地给了个闭门羹。使者不甘心，便冒充他人求见。陈蕃勃然大怒，命令手下狠狠抽了这个狗奴才一通鞭子，竟将其活活打死。虽然他因此被贬为县令，但他毫无悔意，仍旧像一匹桀骜的瘦马，继续在"扫除天下"的理想之路上埋头狂奔，直到生命最后一刻。

幸好，在路上，陈蕃并不孤单。

风雨同路人

在中国历史上，东汉的地位有些不尴不尬。在它之前，是精彩纷呈的春秋战国，是风云激荡的秦和西汉；在它之后，是人所共知的三国魏晋。东汉夹在中间，显得平淡无奇，缺少存在感。其实，东汉并不简单，它也有千古英主，光武帝刘秀的政治智慧和军事才能绝不亚于他的祖宗刘邦和刘彻；它也有旷世奇功，窦宪扫清匈奴之患，燕然勒石，其功绩是卫青、霍去病终其一生也没有达到的；它也不缺乏传奇英雄，班超投笔从戎，勇入虎穴，平定西域，其经历比留下千古名言"明犯强汉者，虽远必诛"的陈汤更为传奇。当然，因为东汉的外戚和阉宦两大毒瘤，政治环境更加恶劣，忠臣烈士反而也比其他朝代更多。因此，与陈蕃一路同行的硬汉不胜枚举。

在陈蕃之前，就有先行者"强项令"董宣。

光武帝刘秀时期，董宣任洛阳令。洛阳是东汉的首都，遍地都是皇亲国戚,地皮硬得很,一般人当这个官,都是如履薄冰,生怕一不留神得罪哪位大神,丢了饭碗是小事,弄不好脑袋就搬家了。

可董宣却毫无心理负担。

湖阳公主是刘秀的大姐,她家的奴仆狗仗人势,大白天竟然行凶杀人,之后躲藏在公主家中,官府捕快对其也无可奈何。没过多久,公主出行,让这个家奴随行,公然招摇过市。家奴以为,有大靠山在,谁能造次?公主以为,有本宫坐镇,谁敢造次?

哪知,行到夏门亭,车队突然受阻。只见一个身穿官服的瘦骨嶙峋老头,左手揪住马车缰绳,右手拎着一把腰刀,如铁杵一般钉在路中,正是洛阳令董宣。

他以刀画地,义正词严地历数公主纵奴行凶等等过失,大声呵斥命令那家奴下车。公主毫无心理准备,一时呆住;家奴也吓得肝胆俱裂,竟然鬼使神差地乖乖下车。董宣立即上前一刀将其斩杀。

公主惊呆了,也气疯了,立即跑到宫中向光武帝刘秀告状。刘秀大怒,马上召董宣进宫,要将他乱棍打死。董宣不卑不亢地说:陛下您是有道明君,好不容易光复了大汉江山,现在却枉顾国法,放纵家奴随意杀人,如此怎能治理天下!我不需您费事,请让我自己了结吧!说罢,一头撞向殿内大柱。刘秀忙让小太监拉住他,却还是给撞得头破血流。刘秀也是贤主,见董宣一片丹心,已幡然醒悟。不过,还是想给盛怒之下的姐姐找一个台阶下,于是命令董宣向公主叩头道歉。哪知,这瘦老头脖子一梗,

59

回首萧瑟处
探寻宋词背后的历史尘烟

表示自己维护国法权威,何错之有,竟傲然不从。刘秀也感到很没面子,就让人使劲往下摁他的脑袋。董宣人瘦,气力却不小,两手撑地,脖子硬挺,死不低头。

公主哪里见过这等死硬分子,激将皇帝道:你还是平民百姓时,藏匿逃犯,官吏尚不敢招惹,怎么当了皇帝,反而治不了一个小小的洛阳令?刘秀哈哈一笑道:天子怎么能和平民一样!然后对董宣说:强项令出!赶紧赏赐三十万钱,将这个硬脖子的洛阳令打发走了。

赏钱被董宣悉数分给手下,从此他打击豪强恶霸更无顾忌,人称"卧虎",恶人闻风丧胆,民间盛传歌谣赞曰:枹鼓不鸣董少平(董宣字少平)。意思是说有董宣在,就不会有击鼓鸣冤之人。

这是前辈。而与陈蕃同时代同行的硬骨头,更是俯拾皆是。

有一年,太子生了重病,汉桓帝命令各郡县购买珍贵的药材进献大内。把持朝政的外戚梁冀就想搭这个顺风车发笔小财,便派遣门客带着他的介绍信跑到各郡县,要求在皇室药品采购清单之外,大量购买其他药材,而这些"政府集中采购"之外的药材,自然就入了梁冀的小金库。其中一个门客被派到了长安,长安被分配的配购药材是牛黄。

此时的京兆尹叫延笃。听说梁冀的门客求见,延笃没有像陈蕃一样将其拒之门外,而是客客气气地请进府中。

不过,当门客拿出梁冀的介绍信,说明来意之后,延笃马上变了脸,立即将门客逮捕,冷冰冰地说:大将军是皇亲国戚,皇子有病，必然会焦急万分进献药方，怎么可能有闲心派人跑到千里之外打秋风！潜台词不言而喻：你就是个招摇撞骗的骗子！一声令下，门客被斩首示众。

延笃这招犹如太极拳，柔中带刚，看起来没有陈蕃那种少林铜砂掌般勇猛刚烈，却在轻描淡写间巧妙一击，在克敌制胜同时，不留一点破绽把柄，让梁冀吃了好一个闷亏。

当然，梁冀也不是吃素的。不久，在梁冀的授意下，延笃被以身体不好不能履职为由，免去了职务。

不过，跟梁冀过不去的硬骨头可不止陈蕃、延笃一两个人。有人干脆就想当庭斩杀了这大魔头。

某一年的正月初一，朝中百官给汉桓帝拜年，等百官都到齐了，梁冀这才右手按着腰间宝剑，倨傲地昂首入内。

突然，一声霹雳般的大喝在殿内炸响，"梁冀！你这逆贼！竟敢带剑上朝、藐视圣上、大逆不道，你可知罪！"呵罢，命令殿上虎贲羽林卫士缴了梁冀的宝剑。

呵斥之人乃是尚书张陵。

古时臣子朝见皇帝，规矩繁多，例如不得大步行走，只能小步快走，不能直视皇帝，不能穿鞋等等，其中最重要的一项就是不可携带兵器。当时，梁冀虽然已经是一人之下、万人之上，但还没有被正式授权可以穿鞋佩剑上殿朝见皇帝。但梁冀从来没将这些规矩放在心上。张陵早已注意到梁冀的僭越，但一直隐忍不发，只为了等到春节大朝时突然发飙，以便达到朝堂上下举座皆惊的效果，让所有人都成为梁冀重罪的目击证人。此时，不可一世的梁冀面如死灰，无言以对。众目睽睽之下，他知道自己的小辫儿被张陵牢牢抓在了手中，于是，赶紧跪倒在地认错讨饶。

张陵毫不手软，下决心除恶务尽，立即上书弹劾梁冀。虽然后来皇帝只是大事化小，罚了梁冀一年薪俸，但张陵的霹雳举动，还是掀起了梁冀凶恶面纱的一角，让世人看清面纱下那张虚弱苍白的面孔，使更多的人醒悟——原来一切反动派真的都是纸老虎。

客观说来，董宣、陈蕃、张陵这些生猛的君子，德行虽高，智谋却并不出众，的确略显志大才疏。不过，这并不能掩盖他们人格的魅力和精神的光辉。还是那句话，他们的个性，就像一枚硬币，缺点有多大，优点也就有多大。在某一件具体的事上，他们的刚烈迂腐也许会导致失败，但从更长远、更高的层次来看，当世界被黑暗笼罩，他们以钻木、击石取得星星之火，用自己的生命努力戳破重重铁幕，虽然看起来简单而笨拙，却使他们成为大家精神世界中的灯塔，给更多的人注入了不屈的力量和抗击的勇气。这种贡献和作用，难道不比那一时一事的成败得失更为重要吗？

江湖・庙堂

半山闲云半山梅

——挣扎在仕与隐之间的王安石式文人

金陵城东偏北,有一山名唤钟山,山势蜿蜒逶迤,形如莽莽巨龙。山中古木蔽日,石间清溪潺潺,随斗折的山路忽明忽灭。偶有翠竹几丛当路,转过去发现竟是芳草萋萋,野花漫坡。林泉深处,有一座古刹,唤作定林寺,黄墙黛瓦,掩映于森森苍柏之中,每到晨昏,就会有悠然的钟声在山中回荡。

此刻,正是辰时,自没有那晨钟暮鼓传出。在寺外不远一个木榫草顶的小亭子中,几个进山游玩的方巾儒生,坐在石凳上休憩,正高谈阔论,聊得火热,内容无非是一些前朝典故、文坛轶事。

几人年纪不大,但个个口若悬河,眉飞色舞,俨然都是纵横睥睨的大宗师派头。其中两个还因某个问题争论起来,像斗鸡一样涨红了脸,脖子上青筋暴突。

忽然,一只"斗鸡"发现,亭子中不知何时来了一个老头儿,黑瘦脸膛,一蓬花白胡须,青衣短衫,头上戴着粗麻布的方巾,手中拄着一支藜杖,整个人土里土气,甚至有点邋里邋遢,

回首萧瑟处
探寻宋词背后的历史尘烟

正坐在栏杆上,眯着眼似笑非笑地看着他们。

儒生感觉老头儿好像在看他们的笑话,有点着恼,斜瞥着那老汉,居高临下问道:你也懂这些吗?

老汉客气地应声:哦,懂一些,懂一些。

"哦?倒要请教尊姓大名!"儒生鼻孔朝天,哼了一声道。

老汉站起身,拱拱手,沉声答道:安石姓王。①

一

山林中复归静阒,偶尔一只不知名的鸟儿扑棱棱飞起,转眼消失在树影摇动的山石间。

王安石依旧坐在那茅亭的栏杆上,只是亭中不见了旁人——他的名字一俟报出,儒生们都被惊得双目圆睁,额角冒汗,一个个慌忙施礼,连声道"有眼无珠""多有冒犯,荆公海涵",然后逃也似的跌出亭子,竟连那定林寺也不去游了。

此时,王安石那黑瘦的脸上,浮现出一丝无奈的苦笑,喃喃自语道:老夫早已不是什么宰相,有何惧哉?真是一群没用的腐儒。不过也好,听来听去,净是些陈词滥调,走了倒也耳根清净。

可心绪一时间却也静不下来,不由得想起曾经在朝中叱咤风云的那些日子。

---

① 刘斧《青琐高议》:王荆公介甫,退处金陵。一日,幅巾杖屦,独游山寺,遇数客盛谈文史,词辩纷然。公坐其下,人莫之顾。有一人徐问公曰:"公亦知书否?"公唯唯而已,复问公何姓,公拱答曰:"安石姓王。"众人惶恐,惭俯而去。

在遇到神宗之前,他曾填过一首《浪淘沙令》抒怀:

伊吕两衰翁。历遍穷通。一为钓叟一耕佣。若使当时身不遇,老了英雄。

汤武偶相逢。风虎云龙。兴王只在笑谈中。直至如今千载后,谁与争功。

如果没有商汤、周文王的慧眼识珠,伊尹、吕尚终究不过一介耕夫、钓叟,结局无非是老死岩壑。这世间有多少怀伊吕之才而无缘明君的人,白白蹉跎了人生?然而,一旦风云际会,贤臣与明君擦出的火花,就足以引爆整个世界,振兴天下的烁古奇功只需在谈笑之间就能轻而易举地搞定,恐怕千载之后,也无人匹敌。他如此羡慕和期待这种传说中的风云际会,如果自己也能有伊吕那样的机会,又何愁天下无盛世、壮志不能酬!

终于,他真的得到了命运之神的垂青——宋神宗赵顼成了他的真命天子。虽然神宗比不得商汤、周文王那样的千古圣主,但是,年轻的天子对他格外器重,在两年多的时间里,硬是将他由江宁(今江苏南京)知府擢为宰相(同中书门下平章事),这就足够了。况且,神宗也算是锐气逼人,胸中素有大志,为推新政,甚至不惜"断然废逐元老,摈弃谏士,行之不疑"[①]。王安石与神宗皇帝志同道合,名为君臣,情同师友。如此牢固的关系,试问哪朝哪代哪对君臣能有呢?那时,他雄心勃勃地坚信,自己那富国强兵的政治理想很快就能实现了。

---

① 脱脱:《宋史·神宗本纪》。

回首萧瑟处
探寻宋词背后的历史尘烟

不过,命运给了他伊吕之机,却吝于再给他伊吕之运。也许是他步子迈的太大了,见识太超前了,措施太激进了,整个大宋王朝都无法跟上他的思维节拍,他面对的阻力,无疑十倍百倍于伊吕。他立志于造福天下,可几乎全天下都与他对抗。当然,他是有名的"拗相公",认准了的事,撞了南墙也不可能回头,见了棺材也不过冷笑几声。政敌的污蔑,何足道;朋友的误解,无所谓;哪怕是亲人的反对,也没关系;甚至不惜抛出"天变不足畏,祖宗不足法,人言不足恤"的惊人言论——今天看这"三不足"不算什么,但一千年前,这话可就是石破天惊、大逆不道了。

然而,光是他一个人有"虽千万人吾往矣"的决绝怎么行呢,你可以百无禁忌,置个人荣辱得失于不顾,一条道走到黑,但"合伙人"神宗皇帝哪里受得了如此大的压力。再者,皇帝已经慢慢长大,不再是当初那个事事依赖于他的弱冠少年,对于大权在握的宰相开始心存芥蒂,处处加以制衡掣肘。再加之自己识人不准,误用了一系列奸佞投机之徒,这些歪嘴的和尚硬是把一部初衷很好的新法念成了"邪经"。特别是他最信任的那个吕惠卿,竟然视他为通往权力顶峰路上的绊脚石,在他背后捅起了刀子。他的得力助手、大儿子王雱也在与吕惠卿的角逐中,激愤而死。一时间,皇帝的摇摆猜忌,爱子的英年早逝,干将的背叛挑拨,变法阵营的分崩离析,各种势力的轮番攻击,像汹涌的巨浪一样,连绵不绝地袭来。此时,即便他心比铁坚,也已经心力交瘁,心灰意冷。于是,熙宁九年(1076),王安石第二次辞去相位,外任镇南军节度使、同平章事、江宁知府,不久就辞去所有职务,彻底退居金陵了(今江苏南京)。

如今,他无官一身轻,整日骑着头毛驴,到钟山中访寺探幽,真个成了闲云野鹤。他在《诉衷情》中自况:

练巾藜杖白云间。有兴即跻攀。追思往昔如梦,华毂也曾丹。

尘自扰,性长闲。更无还。达如周召,究似丘轲,祗个山山。

他本就不是个贪恋富贵权势的人。在他眼里,权力和高位不过是实现自己政治理想的工具而已,如果梦想幻灭,那些劳什子还有什么可留恋的呢?

此刻,他呆呆地在茅亭中坐着,日头已然过顶,这才发觉自己竟然坐了小半天。他拄着藜杖慢慢站起身,心想:这样清清静静,什么也不想,什么也不做,一天就无声无息地过去了,不也挺好吗?一首《钟山即事》便脱口而出:

涧水无声绕竹流,竹西花草弄春柔。

茅檐相对坐终日,一鸟不鸣山更幽。

二

在那阕《诉衷情》中,他似乎世事洞明,把一切都看得很是通透:万丈红尘三杯酒,千秋大业一壶茶,无论是辅佐周成王成就王道的周公和召公,还是政治理想终生未酬的孔子和孟子,到最后能怎样呢?终究不过是黄土一抔罢了。

很显然,这阕词颇具"看破放下"的禅味。事实上,此词也

回首萧瑟处
探寻宋词背后的历史尘烟

确是与一个名叫俞秀老的佛教徒的唱和之作。

归隐之后的王安石,从繁杂紧张的公务中解脱出来,有了大把大把的时间需要打发。一般的文人退休之后,基本上就是喝喝酒、品品茶、听听曲、看看戏、写写诗、下下棋,研究研究美食、捣鼓捣鼓花花草草。可王安石偏偏不这样。

王安石虽然名列"唐宋八大家",却绝非传统文人,没有那些所谓"风流才子"的酸文假醋、矫揉造作,对什么"名士高人"标榜风雅的风花雪月、茶酒美馔也一概不讲究,毫无情趣可言。

据说他生性邋遢,不梳头、不洗脸,衣服上总是油渍斑斑,被人讥为"囚首丧面而谈诗书"[①]。在吃上他也是个白痴。某次宴会之后,人们终于发现宰相大人的最爱原来是鹿肉,证据就是他不吃别的菜,只吃鹿肉丝。他的夫人听说了,问鹿肉丝在何方位?答曰:摆在他正前面。夫人说,下次把鹿肉丝放在远处。结果,下次饭局时,他只吃跟前的一道菜,远处的鹿肉丝反而一筷子也没动。仁宗时,王安石为知制诰,有次宫内举办赏花钓鱼宴,各种钓鱼饵料被盛在金碟中置于几案之上,哪知竟被他吃了个精光。在饮酒上,他毫无兴趣,甚至非常厌恶嗜酒如命的诗仙李白,说李白的诗"识见污下,十首九说妇人与酒"[②]。对于品茶,他算是个"野蛮人"。一次,王安石拜访蔡襄,蔡襄亲自洗涤茶具煮水泡茶,用极品茶招待。可荆公居然从怀中掏出一包平

[①] 苏洵:《辨奸论》。
[②] 胡仔:《苕溪渔隐丛话》。

时吃的药剂，倒入茶汤中一饮而尽，还大呼：大好茶味！把蔡襄惊得目瞪口呆。而为其他文人雅士津津乐道的美女歌妓，他也概无兴趣。在常州做官时，他以刻板严厉著称，脸上难得看到笑容。一天在酒宴上，有歌女表演，他忽然大笑。大家感到很是惊奇，以为是歌女的色艺令太守开心。后来有人询问因由，才得知，他哪里是注意到什么歌女，不过是席间苦思《易经》，"豁悟微旨，自喜有得，故不觉发笑耳"。①

更能说明问题的是，有宋一朝，填词之风蔚为风气，乃至和"唐诗"一样，成了一个时代的标签，下至布衣穷儒如柳永者，上至高官显贵如晏殊者，也不论是赳赳武夫如岳飞者，抑或窈窕淑女如易安者，无不以填词为雅事、乐事、能事。只有王安石，视填词为末流，不屑为之，还曾鄙视晏殊"为宰相而做小词"②，其一生作诗近一千八百首，而词作不过二十多首，且绝大多数为退隐后之作。

所以，从骨子里他就不是个文人雅士。南宋沈作喆在《寓简》中说他"刻意于文而不肯以文名，究心于诗而不肯以诗名"，很是精准。他其实是天生的政治动物，对于他来说，无论是从政还是为文，都不过是实现政治抱负的桥和船。

如今，远离了庙堂的是是非非，身上的政治标签已经揭掉，身处山野江湖，追求精神的超脱、回归内心的宁静，就该是应有的状态。可他不嗜茶酒，不好美食，不擅琴棋，不喜女色，如何

---

① 彭乘：《墨客挥犀》。
② 惠洪：《冷斋夜话》。

度过一个个漫长的白日和黑夜呢？

那就参禅吧。

王安石做宰相时，为力救时弊，矫世变俗，倡言有为，似乎与佛法的"出世"并不相容。其实，对于佛教他并不排斥。熙宁五年（1072）在与神宗谈论佛教时，他认为"佛书乃与经合，盖理如此，则虽相长远，其合符节"①，儒释相异，但也有相通之处，甚至想援佛入儒，以经世致用。退居金陵后，他四处闲走，每天骑着毛驴，"或坐松石之下，或田野耕凿之家，或入寺"②，对佛家有了更多的接触和更深的了解，向佛之心也越来越重，借助佛教"治世"的想法逐渐变为运用佛教"治心"。

于是，赞元禅师、克文禅师等高僧，以及俞秀老等居士被他引为至交，经常与之谈禅论佛、诗词唱和。如这四首《望江南·皈依三宝赞》，皆饱含对佛教的虔诚：

皈依众，梵行四威仪。愿我遍游诸佛土，十方贤圣不相离。永灭世间痴。

皈依法，法法不思议。愿我六根常寂静，心如宝月映琉璃。了法更无疑。

皈依佛，弹指越三祇。愿我速登无上觉，还如佛坐道场时。能智又能悲。

三界里，有取总灾危。普愿众生同我愿，能于空有善思维。三宝共住持。

---

① 李焘：《续资治通鉴长编》。
② 王巩：《闻见近录》。

很显然，王安石的参禅礼佛，不是纯粹地打发时间、修身养性，而是意欲"永灭世间痴""六根常寂静""能智又能悲"。借佛的那双慧眼，彻底看透世间的一切纷纷扰扰，化解郁结胸中的一切恩怨情仇，寻求内心深处真正的宁静，摆脱那些"贪嗔痴"的纠结束缚，变为一片闲云，悲悯地从高空之上俯视陆地上的万事万物、芸芸众生。

三

其实，王安石这次进山，原本是来邀定林寺的赞元禅师游山的。那时节，元宵佳节虽然刚过不久，但天气却忽然暖了起来，据说钟山里的野花都已绽放，浐亭边的溪水新涨，他便再不耐家中的寂寥，骑着驴子进山找赞元来了。

岂料在寺外的茅亭中，几个腐儒的这个小插曲，却令他游赏之心大打折扣。眼见天已过午，他便踅进寺中，也不让小沙弥通报赞元，独自到自己那间禅房休息。

灯火已收正月半。山南山北花缭乱。闻说浐亭新水漫。骑款段。穿云入坞寻游伴。

却拂僧床褰素幔。千岩万壑春风暖。一弄松声悲急管。吹梦断。西看窗日犹嫌短。①

躺在僧床上，只听窗外春风鼓荡，似乎暖风过处，都会是一片新绿。他本就有午睡的习惯，此刻在松涛阵阵中，不知不觉进

---

① 王安石：《渔家傲》。

回首萧瑟处
探寻宋词背后的历史尘烟

入了梦乡。梦中,时光倒流,似乎又回到变法的肇始之时。如今,旧党当政,新法岌岌可危,是不是在变法之初就埋下了隐患?如果一切可以重来,很多事一定可以做得更好。至少,不会再瞎了眼睛提携那个卑鄙小人吕惠卿。或者自己可以不那么急躁,多讲究讲究方法策略,争取更多人的理解和支持,也许新法就不会至此境地……这样想着,忽然一阵悲急的羌管之声袭入梦中,将他惊醒。细听之下,原来是那东风忽然骤了,松涛便如急管繁弦般大作起来。只可惜,梦中的自己,刚想重新收拾旧山河,就这么被莫名其妙地断送了。他无奈地坐起身,看看窗外,夕阳映照,一片残红。

他退隐之后,潜心参禅悟道,后来干脆将自己的田产房舍都捐给了寺庙。本以为如此虔诚,自己的凡俗之心定然已经消散。哪知,内心深处,仍然还有波涛翻滚,这也真着实令他郁闷。

其实,以他的脾气秉性,禅可参得,道却难悟。《避暑录话》说他"不耐静坐,非卧即行"。岂止是坐不得枯禅,其火性傲气也似与禅宗讲究的平心静气不大相符。

据说,荆公有一老仆,汲泉扫地,很是勤快,甚中荆公之意,经常对其大加夸赞。但某次老仆失手碰倒灯檠,惹得荆公大怒,竟将之逐走了。然荆公其实并非那种对下人刻薄寡恩之人。荆公老年骑驴游走,渐渐腿脚不便。有人劝他改坐轿子,他却正色答曰:"怎么敢以人代畜呢!"[①] 另外,荆公家中有一杂役,为

[①] 邵伯温:《邵氏闻见录》。

钟山脚下一吴姓农家子弟。他将一块旧头巾赏赐于小吴。谁知小吴竟当街卖掉，换得三百文钱。荆公得知后忙命人原价赎回，拿小刀在头巾边缘刮磨，赫然露出金色，原来竟是金丝织就，乃当初皇帝赏赐之物。但荆公并无责备之言，仍将其再次赠予小吴。

所以，荆公的火气大约是借机发泄吧。只是，他的火气来自何处呢？

与之交往颇深的赞元禅师对其曾有评价，说荆公学佛有三层障碍，也有一近道之质。素以天下为己任，怀经世济用之志，却不能充分发挥，于是心便不平，以未平之心，持经世济用之志，此第一障；性格急躁，容易发怒，此第二障；崇尚学问，而不谙佛理，此第三障。不过，他如苦行僧般甘于淡泊，视名利如脱发，此又是难得的近道之质，如果多学佛理，或许可以入道。

赞元禅师的见解可谓一针见血。不过，所谓三障，其实归根结底不过一障而已，亦即"心未平"。

神宗听说退居金陵的老宰相经济拮据，便特意遣使赴金陵探望。王安石很是高兴。可等到使来，才得知只是赏赐黄金二百两，并无他意，不由得心情落寞，初不想接受，后借口为朝廷祈福，将二百金尽数捐给了寺院。其《偶书》一诗云：

穰侯老擅关中事，长恐诸侯客子来。

我亦暮年专一壑，每逢车马便惊猜。

所惊所猜所为何事？虽未言明，却颇耐人寻味。

四

荆公晚年，言行颇多古怪之处。在钟山书院，曾写"福建子"若干遍——吕惠卿即为福建泉州人。在山中游走时，经常"恍惚独言若狂者"①。一次，与门人周稺出行，在松树下小憩，忽然转身没头没脑地对周稺说："司马十二（司马光），君子人也。"如此评价自己的死对头，周稺自然不知该如何回答，只好默不作声。二人继续前行，荆公竟然还是翻来覆去念叨此语。

其实，"拗相公"王安石与号称"司马牛"的司马光（苏轼语），私交本来不错，从私德上来说，都堪称当世楷模。王安石去世后，当政的司马光闻之，拖着病体特意写信叮嘱吕公著："介甫无他，但执拗耳，赠恤之典宜厚"。（朱熹、李幼武：《宋名臣言行录》）。但就是这么两个好人加好友，只因政见不同，遂成死敌。

岂止是一个司马光，为了推行新法，王安石失去的师友太多了。暮年时，他曾对自己的侄子说：年轻时我所交朋友甚多，后来"皆以国事相绝"，如今赋闲了，真想写信问候啊。可等侄子将纸笔准备好了，他却踟躇再三，最终还是长叹一声作罢了。虽然他在《清平乐》中自言："丈夫运用堂堂，且莫五角六张。若有一厄芳酒，逍遥自在无妨。"一副我自坦坦荡荡，哪管什么时运不济、众叛亲离，今朝有酒便可潇洒放荡的不羁超脱之态。但那只是他梦想中的一种状态，现实中，他其实无时无刻不在经受内心的自我煎熬，所谓"心未平"才是他闲适外衣之下的真实状况。

---

① 邵伯温：《邵氏闻见录》。

这还不算，时不时地，还会有外面的小石子投入他的心海。元丰七年（1084），因触怒新党而被陷于"乌台诗案"遭贬黄州的苏轼，奉命迁汝州（今河南汝州），途径金陵时，专门探望老对头王安石。"乌台诗案"中，东坡之所以能死中得活，王安石向皇帝求情也是重要因素之一，此番路过，理应拜会还一还人情。

荆公穿布衣骑毛驴亲自来江边迎接东坡。东坡也是一身便装，帽子也没戴，看到荆公忙打拱道："轼今日敢以野服见大丞相。"荆公笑道："礼为我辈设哉？"昔日政敌前来拜访，荆公心中竟毫无芥蒂，这样的回答可谓大气率直。不过，虽然心怀感激，但显然东坡对遭新党打压之事终究耿耿于怀，此话其实暗藏机锋，而且还挖了一个小坑。荆公言讫，东坡果然有后话跟上："轼亦自知相公门下用轼不著。"① ——在您这里，我也自知是用不着穿官服的。言外之意就是"您从来也没打算让我当官呐"。一句话噎得荆公无话可说。

当然，东坡不是来茬架的，小小牢骚一下，便点到为止。毕竟迫害自己的是新党中的小人，王安石虽为新党党魁，却早已隐退，且也反受其害。此时二人远离政治中心的是是非非，摘掉党争政见的有色眼镜，相互看到的都是士大夫、文学家的本色，说佛论诗，相谈甚欢，也使王安石难得地暂时"心平"了。

忽然，东坡正色说："某欲有言于公。"王安石以为他又要旧

---

① 朱弁：《曲洧旧闻》。

事重提，借机诘难，不由得为之色变。听到东坡表示所言绝非个人恩怨，而是国家大事，这才稍稍安心。东坡问道，如今朝政动荡，西方用兵，东南兴大狱，人心惶惶，此乃衰亡先兆，荆公为何不发一言阻止呢？王安石举起两根手指，对东坡说，此二事都是吕惠卿干的，我退隐山林，怎么敢说三道四。东坡不以为然，说"在朝则言，在外则不言"的确是侍奉君主的常礼；然则皇帝以非常礼对你，你岂能以常礼对之？

王安石听了，不由得激动起来，大声道：我必然会说！可是，话一出口，立即又后悔了，赶紧叮嘱"出在安石口，入在子瞻耳"。（邵伯温：《邵氏闻见录》）。显然还在忌惮吕惠卿的倾轧报复。

瞬息之间，王安石的心不知已在"说与不说"、或者说是"担当与不担当"的抉择中翻滚了几个来回。

时不时就来一次这样强烈的刺激，若想达到禅定的境界，何其之难啊。

五

距金陵城东白下门七里的郊外，一个叫白塘的地方，没有什么人家，只孤零零开着一处小小园林。园子不大，且无围墙，几间房舍简陋，仅能遮风避雨。但园内凿地为池，担土为丘，垒石做桥，遍植楝、杏、梅等花树，葱茏中蜂蝶翩飞，鸟儿啾鸣。一条水渠绕园流淌，与流入金陵的河道相通，中有游鱼嬉戏。人在其间，如处世外桃源一般。

此园因距离金陵城和钟山均是七里,所以取名"半山",是王安石退隐后亲手所建,也是他的栖居之处。荆公曾作数首诗词歌咏,其中一首《浣溪沙》云:

百亩中庭半是苔,门前白道水萦回。爱闲能有几人来?

小院回廊春寂寂,山桃溪杏两三栽。为谁零落为谁开?

王安石每天就从半山园出发,或骑驴进山缓寻芳草,或扶衰野航泛舟入城,或者什么也不做,就在这园中坐看钟山、细数落花。之所以择此处安家,原因大约有二。一是清幽少人,是很妙的隐居之所。他的《菩萨蛮》就写出了半山园的恬静闲逸:

数家茅屋闲临水,单衫短帽垂杨里。

今日是何朝,看予度石桥。

梢梢新月偃,午醉醒来晚。何物最关情,黄鹂一两声。

在这园子里,恍如隔世,不知今夕何夕,俗世的一切似乎都不存在了,只有风月与黄鹂让人心旷神怡。他曾作诗《戏城中故人》,向友人炫耀:

城郭山林路半分,君家尘土我家云。

莫吹尘土来污我,我自有云持赠君。

不难看出,对此园,他甚是得意,竟然意欲以世外高人的姿态向人家赠送一片闲云。

二是园后有一土丘,名曰"谢公墩",传说是东晋名相谢安旧居遗址。对此,他也有一戏作:

我名公字偶相同,我屋公墩在眼中。

公去我来墩属我,不应墩姓尚随公。

回首萧瑟处
探寻宋词背后的历史尘烟

谢安字安石，正与荆公之名相同。谢安曾指挥过淝水之战，打退来犯的前秦，挫败过桓温篡位意图，为东晋保得半壁江山立下了汗马功劳，人称"江左风流宰相"，更有"东山再起"的典故传为美谈。

以王安石的胸襟，自然是不会与谢安石这个700年前的老前辈争什么冠名权的。如果要争，也许是潜意识里要与"江左风流宰相"在千古功业上一较短长吧。抑或谢安石的"东山再起"，其实是处江湖之远的王安石，在最隐秘的内心残留的最后一丝希冀？

半山园中定然是种着梅花的，不然就不会诞生那首著名的《梅花》："墙角数枝梅，凌寒独自开。遥知不是雪，为有暗香来。"半山园的梅花，或者说是王安石心中的梅花，即便是处在寂寥无人之处、地冻天寒之时，也还是要散发出自己的清香，在这惨淡的天地之间绽放属于自己的美丽。这难道不是一种无声的呐喊？不是一种倔强的抗争？不是一种执着的坚守？

他曾与俞秀老一起到朋友家做客，酒宴之后散步至一个水亭，看到池塘边的沙地上散落着好几件金盘银碗。他们疑心是奴仆偷来藏匿于此，便通报与管家，得知原来是主人家的几个孩子在这里吃东西，吃完之后就把食器丢下跑去玩耍了。于是，他对俞秀老说："士欲任大事，阅富贵如群儿作息乃可耳。"[①] 你看，即便是一件很平常的小事，他也能联想到修身治国平天下，可见

---

① 惠洪：《冷斋夜话》。

墙角的那枝梅花从来就不曾零落，尽管他很刻意地去用一片片闲云来掩藏，但暗香仍然执拗地散发出来。

他给家取名"半山"，自己也号为"半山"，这当然不是随意之举。所谓"半山"，不上亦不下，入不了禅境，也堕不到红尘；向往天上的那片闲云，心中却绽放着一树梅花。

称作"半山"的，其实何止王安石一个中国文人啊。

自古高人最可嗟

——困扰辛弃疾们的终极难题

纠结辛弃疾整整一生的,不过是两个字。

一个字是"战"。

22岁时,就聚众两千,于济南敌后起义抗金,投奔义军耿京部,次年沟通南宋朝廷,谋划南归。谁知回营途中,得知耿京为叛徒张安国所杀。他怒发冲冠,仅率五十铁骑,千里奔袭,直捣金军大营,于万军之中生擒张安国,马不解鞍,摆脱追兵,回归江左,其彪悍勇猛为一时传奇。南归后,对金国软肋了如指掌的他,向朝廷上陈分兵攻金之策,惜未被采纳。之后十余年间,胸中百万兵、志在驱鞑虏的未来名将之星,只被委任为一些人微言轻的芝麻官,在江阴、广德、建康等地调来调去。虽远离抗金前线,但他从未灭了胸中烽火,先后上书《美芹十论》《九议》,纵论抗金驱敌、恢复中原大计,却仍未被采纳。直到有机缘平定茶商军之乱,38岁时才被授予实权,先后在湖北、江西、湖南任要职,并在湖南创置了一支战斗力很强的飞虎军。这支军队后来成为抗金的重要力量,在与金、蒙铁骑的几次交锋中,胜负各半,堪称南宋军界奇迹。再后来,就是两个阶段近二十年的赋闲期,一腔热血无处抛洒,浑身本领无处施展,直到68岁生命最后一刻,还在高喊"杀贼!杀贼!杀贼![1]"

另一个字是"隐"。

42岁时,正值壮年,刚刚意欲大展拳脚,就遭人攻讦弹劾,罢官回到江西上饶家中开始隐居生活。头一个十年,在带湖庄园,做起了"稼轩居士"。之后朝廷起复,断断续续做了几年闹心的官,很快又遭弹劾,再次回到上饶,在铅山瓢泉庄园又闲云野鹤了近十年。然而,对于一个战士来说,所谓的"隐",其实就是隐隐作痛吧。

战,他所欲也;隐,他所郁也。就是这种"欲郁难平"的拧巴,让他对所谓的隐士充满了复杂的情绪。他在一阕《鹧鸪天》中这样看待那些高人处士:

自古高人最可嗟,只因疏懒取名多。居山一似庚桑楚,种树真成郭橐驼。

云子饭,水晶瓜,林间携客更烹茶。君归休矣吾忙甚,要看蜂儿趁晚衙。

古往今来,为何那些隐士令人羡慕赞叹?还不是因为他们洒脱不羁、超然物外,不被那功名所囿,不受那俗事所扰?就像老

---

[1] 《康熙济南府志·人物志》。

回首萧瑟处
探寻宋词背后的历史尘烟

子的弟子庚桑楚①隐居畏垒山清静无为,传说中的郭橐驼②养苗种树顺其本性。就这样归隐吧,吃自己舂的米,尝自己种的瓜,闲来无事邀三两好友,在树林间煮茶论道。就别学那些蜜蜂,飞来飞去的为谁辛苦为谁甜呢。

看上去,他似乎很满意这种隐居生活,只可惜,一个"嗟"字还是暴露了他另一层心境——"嗟",确有赞叹之意,但若听成一声哀叹呢,整首词的基调是不是就截然不同了?

他之所叹,自是不言而喻。不过,长期的隐居生活,虽未磨去分毫"试手补天裂③"的豪勇之气,但还是让他对那些隐士有了更深刻的认识。

于是,历史上各色各类的隐士,便成了稼轩词中的常客。他时不时就会借这些人的杯酒,来浇一浇自己心中的块垒。

小草,远志

白居易有诗《中隐》云:"大隐住朝市,小隐入丘樊。丘樊

---

① 《庄子·庚桑楚》云:老聃之役有庚桑楚者,偏得老聃之道,以北居畏垒之山,……居三年,畏垒大壤。畏垒之民相与言曰:"庚桑子之始来,吾洒然异之。今吾日计之而不足,岁计之而有馀。庶几其圣人乎!子胡不相与尸而祝之,社而稷之乎?"庚桑子闻之,南面而不释然。弟子异之。庚桑子曰:"弟子何异于予?夫春气发而百草生,正得秋而万宝成。夫春与秋,岂无得而然哉?天道已行矣。吾闻至人,尸居环堵之室,而百姓猖狂不知所如往。今以畏垒之细民而窃窃焉欲俎豆予于贤人之间,我其杓之人邪!吾是以不释于老聃之言。"

② 柳宗元《种树郭橐驼传》言,郭橐驼种树,顺应树自身的生长规律,采取正确的方法,因而使树木茂盛。

③ 辛弃疾:《贺新郎》。

太冷落，朝市太嚣喧。不如作中隐，隐在留司官。"在白乐天看来，隐居的地方很重要，隐于山野林泉，太寂寞太清苦；隐于名利之场，又太喧闹太危险，还是隐于政治漩涡的边缘地带，做一个闲官、干一份闲差、领一份闲钱、养一份闲情、少许多闲事，"不劳心与力，又免饥与寒"，如此中隐，最是理想。

这种典型的"为官不为"行为，当然不值得称道。不过，所谓的"中隐"状态，即使不当尸位素餐的庸官，也还是有人能做到的，譬如说谢安。

谢安字安石，东晋人，所谓"魏晋风度"的主要代表人物，不仅琴诗书画能领风骚，为人也俊朗飘逸，倜傥风流，名副其实的"男神"一枚，很早就声名远扬。加之出身世家大族，对他来说，出仕做官易如反掌。但男神对仕途却毫无兴趣，多次拒绝朝廷征召，隐居于会稽郡东山。

其实难怪他不愿出山，他的这种隐居，可谓一种享受。东山水陆皆通，属于那种僻静但不闭塞的风水宝地；而谢安作为"富N代"，也用不着为眼前的苟且而发愁操心，只是整日与王羲之、高阳、许询等文青游山玩水、风花雪月、言咏属文，诗意地栖居在大地上。据说，千古流芳的兰亭雅集就是那个时候发生的事。

不过，这种诗意的生活在他40岁时不得不终止了。

东晋是门阀制度发展的顶峰，那些高门士族在很大程度上掌握着王朝的实际权力。唐羊士谔诗云"山阴道上桂花初，王谢风流满晋书"，道尽琅琊王氏、陈留谢氏的风光。但这其实是后来的事，东晋初年，谢氏才刚刚发迹，在众多士族中并不特别显眼。谢安作为谢氏家族的精英，虽被寄予光耀门楣的厚望，但那时他的堂兄谢尚、弟弟谢万都已在朝任要职。既然有人充当家族肱骨，生性淡泊的他也乐得清闲自在，因之始终坚持隐而不仕。

可谢安还是有心理准备的。一次，夫人指着那些做官的本家兄弟，悄悄问谢安：丈夫不如此也？谢安掩着鼻子无奈地低声说：安恐不免耳。

果然，没多久，兄弟谢万因北伐前燕失利，遭到罢黜，谢氏家族面临着严重的政治危机。这时候，谢安不得不出山扛大旗了。于是，应权臣桓温之邀出任其帐下司马一职。

谢安出仕实是众望所归，世人知其高才，均叹曰：安石不肯出，将如苍生何！然而，真的出山了，一些人又说起了风凉话。

一日，有人给向桓温进献草药，其中一味称作"远志"。远志叶又名小草，喜生长于山谷之间，有宁心安神、祛痰开窍的功效。桓温问谢安：此药又名小草，何一物而有二称？未待谢安作答，旁边生性诙谐，反应机敏的另一幕僚郝隆，当即接话：此甚易解，处则为远志，出则为小草。

其实严格说，远志与小草并非一物，而是一种植物的不同部分：地上茎叶称小草；地下之根才叫远志。两者功用也不尽相同。郝隆是懂得这些的，说到了点子上：藏于地下为"远志"，谓之处（隐）；钻出地面长出茎叶便为小草，谓之出（仕）。这是典型的一语双关，既回答了桓温的问题，又调侃谢安：你隐于东山时是志向高远的"远志"，一旦出山步入仕途，也不过是如"小草"一般的区区幕僚。

稼轩素来推崇谢安，这个典故自然熟悉。稼轩早年英姿勃发，"壮岁旌旗拥万夫，锦襜突骑渡江初"①，确是人中之龙。可惜归得江左之后，备受冷落排挤，常年赋闲，竟硬生生把一个铁血战士逼成了个放浪山水的隐士。"万事云烟忽过，百年蒲柳先衰"②，转眼几十年过去，正当他以为会壮志难酬、终老山野之时，权臣韩侂胄竟然意欲北伐抗金。于是，他这个64岁的抗金典型，再次被启用为绍兴知府兼浙东安抚使，心中的火焰又一次点燃，开始忙着为北伐备战。可是，这个朝廷早已处处生疮流脓，主战派与主和派明争暗斗、互相倾轧。稼轩这个死硬的"鹰派"很快就成了众矢之的，而他也发现韩侂胄北伐的动机也并不单纯，能力和策略更是令人失望。

此时，他想起了谢安，想起了小草和远志，想起了自己年轻时的重实功而轻虚名，如今却被人家当作招牌幌子来利用。到底是该应铅山故友的召唤，回去隐居做"远志"，还是该继续勉强当"小草"呢？真可谓"是进亦忧，退亦忧"，心里乱得很，不由感慨自己竟不如那清江上自由翱翔的白鸥潇洒自如。

声名少日畏人知，老去行藏与愿违。
山草旧曾呼远志，故人今又寄当归。
何人可觅安心法，有客来观杜德机。
却笑使君那得似，清江万顷白鸥飞。③

---

① 辛弃疾：《鹧鸪天》。
② 辛弃疾：《西江月·示儿曹，以家事付之》。
③ 辛弃疾：《瑞鹧鸪·京口病中起登连沧观偶成》。

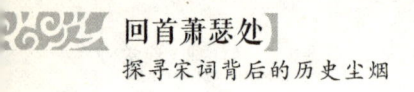

即便是那隐而不隐的谢安,也不会有他这般纠结吧。人家是隐的洒脱,出得决绝,何曾如此拖泥带水、顾虑重重?谢安后来离开桓温,仕途走得风生水起,不仅拦阻住桓温篡逆的步伐,还打赢了淝水之战,在巩固了东晋政权的同时,也使谢家成为和王家并驾齐驱的高门望族。"小草"终究实现了"远志"。

一想到这些,他就会叹息:辛弃疾啊,辛弃疾,你是生不逢时呢,还是遇人不淑,何以竟远志不像远志,小草不似小草?

猪肉,白头

宋孝宗淳熙十四年(1187),一个叫陈德明的犯官被刺配到信州(今江西上饶),与正在带湖隐居的稼轩居士结识。稼轩与之一见如故,经常相互诗词唱和。陈德明本是仁和县(隶属临安)县令,因"赃污不法"获罪,据说,是被诬含冤的。于是,稼轩在词中总是以一副过来人的口吻温言宽慰,其中一首《水龙吟·用瓢泉韵戏陈仁和》的上片这样写道:

被公惊倒瓢泉,倒流三峡词源泻。长安纸贵,流传一字,千金争舍。割肉怀归,先生自笑,又何廉也。但衔杯莫问,人间岂有,如孺子、长贫者。

开篇用调侃的口吻,夸张地称赞陈德明才华卓越、文采斐然;接着说,当年东方朔也曾被人谗言攻击,才高遭妒的事自古从未断绝,你何必太过挂怀,且开怀痛饮,这世间岂有不晴之天,陈平当初那么落魄,最后不也破茧成蝶成为一代名相吗?

这劝人的话,说得多么透亮,多么正能量,听起来,那陈德明哪里是刺配服刑，分明在休假会友享受生活嘛。只是，这善意的鬼话，又有谁信呢？不要说陈氏仍旧愁得肠断头白，就连稼轩他自己，又何时真的看开了呢？

就如同他词中运用的那个典故"割肉怀归"一样，在落拓不羁的背后，又藏着多少辛酸之泪。

"割肉怀归"说的是汉武帝时的奇人东方朔。

东方朔博闻广见，能言善辩，肚子里不仅有各种匪夷所思的机趣，更隐藏着一颗经世济民的红心，经常劝谏汉武帝要恤民生、厚国本、循法纪、守礼仪。当然，他世事洞明，深知汉武帝虽是雄主，但专横霸道、喜怒无常，一言不合，轻则像对待司马迁一样施以宫刑，重则就会被夷族灭门。若既想不负初心，力求有所作为，又想在险恶的江湖中保住小命，全身而退，最好的办法就是先想办法取悦于皇帝，成为皇帝舍不得打、更舍不得杀的"萌宠"，然后再熟练掌握进谏的技巧和火候，在寓教于乐中引导皇帝步入正途。

这事说起来简单，干起来难度实在太大。首先要过的就是自己的心理关——毕竟成为"萌宠"这事，对于任何一个视尊严、气节为生命的传统士大夫来说，都是一种耻辱。不过，为了实现自己的政治理想，东方朔还是毫不犹豫地突破了这种心理桎梏，为自己套上了一身滑稽荒诞、玩世不恭的卡通人偶服，卖萌、搞笑、抖机灵、自污其形。

一年盛夏，汉武帝诏令赏肉给身边的官员侍从。大家等了一天，主管分肉的大官丞却迟迟不来。眼看肉就要腐烂变质了，东

回首萧瑟处
探寻宋词背后的历史尘烟

方朔不耐烦,便拔剑割了一块肉揣在怀里回家了。大官丞来了一看,自然很生气,再加之东方朔平时以其才学和智商碾压了不少人的自尊,正愁抓不到他的把柄呢,这个机会自然不能放过,于是添油加醋向皇帝打了小报告。第二天,武帝让东方朔检讨。他便假装痛心疾首的样子说道:东方朔啊东方朔,受赏赐却等不及,你多猴急啊!倚天宝剑割猪肉,你多爷们啊!不多贪来不多占,你多模范啊!回到家里交老婆,又是多暖男啊!这种明贬实褒的"单口相声"一下就挠到了汉武帝的痒痒肉。东方朔不仅没有受到责罚,反而又得赏一石酒,一百斤肉。就这样,他终于成了汉武帝离不开的"开心果",甚至一次醉酒后在金殿上小便,也仅仅是得了个行政撤职、留朝查看的处分。

可这样一来,那些自诩为直臣的"正人君子"就对东方朔看不顺眼了。当时,皇帝身边有一半郎官都说他是疯子。东方朔却说自己是避世于朝廷中的隐者。有一次又喝多了,他据地而坐,高歌曰:"陆沈于俗,避世金马门。宫殿中可以避世全身,何必深山之中,蒿庐之下。"① 这也就是"大隐于朝、小隐于野"的来历。

然而,有得必有失。令人无奈的是,他的自污自黑,虽然能够在保全自己的同时,换来了更多规谏皇帝的机会,却也因此限制住更大作用的发挥。汉武帝只当他是喜剧演员,烦闷的时候招来开开心,却终不肯委以重任。到最后,东方朔也是"官不过侍郎,位不过执戟",一腔抱负得不到施展,只能是不隐而隐,以

---

① 司马迁:《史记·滑稽列传》。

所谓的"大隐"聊以自慰罢了。

因此，想到壮志难酬的东方朔，稼轩不禁怆然。由是，词的下片戏谑感顿消，下笔处都是凄风苦雨：

谁识稼轩心事，似风乎、舞雩之下。回头落日，苍茫万里，尘埃野马。更想隆中，卧龙千尺，高吟才罢。倩何人与问，雷鸣瓦釜，甚黄钟哑。①

——看起来我在这带湖别墅惬意而居，似乎真的是风轻云淡，不为外物所扰，但谁能真正理解我的心情呢？蓦然回首，漫漫人生路，已是夕阳西下，天地一片苍茫。廓清这个混沌的世界，原本是自己的志向，可是，"旌旗未卷头先白②"，大把大把的好年华，无奈都在这逍遥自在的隐居中消磨殆尽了。自己空有诸葛那经世济民之才，却等不来三顾茅庐的刘玄德，只能眼睁睁看朝中宵小轻狂、群魔乱舞！

江湖，庙堂

辛弃疾的《踏莎行·和赵国兴知录韵》上片抒发的也是这种情绪：

吾道悠悠，忧心悄悄，最无聊处秋光到。西风林外有啼鸦，斜阳山下多衰草。

晚秋时节，西风劲，寒鸦啼，残阳如血，荒草萋萋，他的心莫名就痛了起来。难道真的是多情伤秋吗？当然不是。《诗经·

---

① 辛弃疾：《水龙吟·用瓢泉韵戏陈仁和》。
② 辛弃疾：《满江红·江行和杨济翁韵》。

回首萧瑟处
探寻宋词背后的历史尘烟

柏舟》云:"忧心悄悄,愠于群小。"原来,他虽身处江湖,却仍心忧庙堂,一想到被小人败坏的朝纲,让庸人贻误的战机,而自己却无能为力,心如何能不滴血呢?

那不如就这样归去吧,像陶渊明一样。甚至更极端一些,干脆远遁而去,眼不见、耳不闻,会不会就能心不烦呢?词的下片给出了答案:

长忆商山,当年四老,尘埃也走咸阳道。为谁书到便幡然?至今此意无人晓。①

"商山四老"又称"商山四皓",即东园公唐秉、夏黄公崔广、绮里季吴实、甪里先生周术。秦时为避暴政,四老遁入商山深处;汉初时,高祖刘邦风闻四老德高望重、世人敬仰,便四处寻访,却终不得见。哪知,若干年后,在一次宫廷饮宴中,他发现太子刘盈身后,站立四位须发雪白的老者,询问之下得知,竟是曾苦寻不到的商山四皓。

高祖惊问,为何避我而与太子交?四老答曰:"陛下轻士善骂,臣等义不受辱,故恐而亡匿。窃闻太子为人仁孝,恭敬爱士,天下莫不延颈欲为太子死者,故臣等来耳。"②

高祖心里明白,自己的儿子哪会有这么大能量请来四老,定是太子背后的吕后一手所为。

原来,高祖宠幸戚夫人和其子赵王如意,欲废太子刘盈而立如意。吕后心急如焚,请留侯张良救急。张良指点迷津,说商山

---

① 辛弃疾:《踏莎行·和赵国兴知录韵》。
② 司马迁:《史记·留侯世家》。

四皓为皇上所敬仰,却一直未曾臣服于皇上;如果太子能诚心请四皓出山辅佐,皇上看到后,事情就会有转机。于是,吕后"使人奉太子书,卑辞厚礼,迎此四人"。

自己做不到的事,太子,或者说吕后却做到了。这就好比高祖、吕后、太子在玩"斗地主",吕后甩出商山四皓这颗"炸弹"后,"地主"高祖只能弃牌认输。高祖自知吕后羽翼丰满,已不是自己所能左右的了,不禁悲歌:"鸿鹄高飞,一举千里。羽翮已就,横绝四海。横绝四海,当可奈何!虽有矰缴,尚安所施!"① 废立太子之事只得作罢。

商山四皓为何肯"走咸阳道",出山效力?《史记》未明言,稼轩也说"至今此意无人晓"。他真的不知晓吗?倒是唐白居易在《答四皓庙》一诗中做出了解答:"岂如四先生,出处两逶迤。何必长隐逸,何必长济时。由来圣人道,无朕不可窥。卷之不盈握,舒之亘八陲。"意为自古圣人之道,就应如商山四皓一样,当隐则隐,当出则出,隐则不着痕迹,出则大展拳脚。

这样的理解,想必稼轩定是赞同的。因为看似沉醉于诗酒山水的他,一俟有北伐中原的机会,便也会如商山四皓一样,招之即来、"也走咸阳道"的。千百年的基因遗传下来,这几乎就成了士人的一种本能。

只是,招之即来,便免不了挥之即去。遁而不隐的商山四皓如昙花一现,在完成巩固太子刘盈地位这个任务之后,就再未在

---

① 司马迁:《史记·留侯世家》。

史书中出现。稼轩当然知道这些,由此,那句"至今此意无人晓"包含怎样复杂的情绪,就更让人唏嘘了。

当然,也有另一种看法,那就是四老"事了拂衣去,深藏身与名",完成任务之后,复又隐去了。如陶渊明在《赠羊长史》中云:"路若经商山,为我少踌躇。多谢绮与甪,精爽今何如。紫芝谁复采,深谷久应芜。"

抑或者,是陶渊明让他们在自己的"陶氏精神世界"中再次归隐了吧。

菊花,流云

其实,陶渊明也是辛弃疾的偶像。

作为铁杆陶粉,稼轩经常"读渊明诗不能去手",所筑带湖、瓢泉庄园中的亭台路径,也多以陶诗中的字词意象命名。而在六百多首辛词中,涉及陶渊明的至少有七十二首之多。这些词尤其集中于隐居带湖、瓢泉期间。在这期间,稼轩不仅诗词吟咏渊明,而且身体力行,事事以渊明为模板。"东篱多种菊,待学渊明"[1]"便此地结吾庐,待学渊明,更手种门前五柳"[2]"倾白酒,绕东篱,只于陶令有心期"[3]"停云老子,有酒盈樽,琴书端可销忧"[4]……闲饮酒,醉吟诗,种菊栽柳,读书抚琴,和陶渊明一

---

[1] 辛弃疾:《洞仙歌·开南溪初成赋》。
[2] 辛弃疾:《洞仙歌·访泉于奇师村得周氏泉为赋》。
[3] 辛弃疾:《鹧鸪天·重九席上作》。
[4] 辛弃疾:《雨中花慢·吴子似见和》。

样先仕后隐的稼轩学了个不亦乐乎，更口口声声说"陶县令，是吾师"①"归去来兮，行乐休迟"②。

如此看来，辛弃疾的"隐"，的确很像陶渊明的"归去"。

可若真如此以为，就太天真了。从骨子里说，辛弃疾是迥异于陶渊明的，而最大的不同，也正在于"隐"。

稼轩的死党陈亮，于淳熙十五年（1188）冬来访，史称鹅湖之会。可惜人生难得是欢聚，唯有别离多。十天后，二人分别，稼轩填《贺新郎》曰："把酒长亭说。看渊明、风流酷似，卧龙诸葛。"陈亮"为人才气超迈，喜谈兵，议论风生，下笔数千言立就③"，但终身未仕，其多舛之命运、传奇之经历令人唏嘘，此不赘述。稼轩因此将其比作陶渊明，又说他酷似诸葛亮。很显然，在稼轩看来，陶渊明与孔明应为同类。可是，孔明号"卧龙"，虽自称为"卧"，却毕竟是"龙"，终究是有腾渊行云的志向。孔明之"隐"，当属假隐。

陶渊明是这样吗？

东晋末年的陶渊明，老家浔阳柴桑（今江西九江）倒与稼轩隐居的带湖瓢泉相去不远。东晋安帝义熙元年（405）11月，陶渊明在任彭泽令仅三个月后，就以"岂为五斗米折腰向乡里小儿"为由，解印辞官，作《归去来辞》，回到家乡过起了"采菊东篱下，悠然见南山"的隐居生活，从此无论生活如何拮据，朝

---

① 辛弃疾：《最高楼》。
② 辛弃疾：《行香子》。
③ 脱脱：《宋史·陈亮传》。

回首萧瑟处
探寻宋词背后的历史尘烟

廷如何征召,也再未应仕。

当然,陶渊明也并非天生的隐者,也曾"少时壮且厉,抚剑独行游"①"猛志逸四海,骞翮思远翥"②。但东晋末年的江湖,动荡混乱,不按规则出牌,崇尚的是丛林法则、"拳头政治"。陶渊明的仕途一路走来,要么是五斗米之类的小官,要么做别人的幕僚,磕磕绊绊,颇为不顺,始终找不到自己的定位,反而离自己"大济于苍生"的理想渐行渐远了。

中国士人讲究的是"邦有道,则仕;邦无道,则可卷而怀之③"。拼过,试过,挣扎过,痛苦过,迷惘过,愤怒过,当一切都无法改变之时,陶渊明能够做的,也许只有将自己放逐,归去来兮,击壤以自欢了。

他的归去,一旦决定,就是那样的决绝,不给人留下丝毫的幻想和余地。公元426年,时任江州刺史的檀道济听说陶渊明贫病交加,便专程携酒肉探望,并劝他再次出仕。可对这位权倾一时的大人物,陶渊明毫不给面,当即冷冷回绝,甚至连檀所赠酒食也一并丢了出去。第二年,他作《自祭文》,曰:"余今斯化,可以无恨。寿涉百龄,身慕肥遁,从老得终,奚所复恋!"就在这种心满意足中,他溘然长逝。

这才是真的"隐"。他不像谢安隐于东山、四皓隐于商山、孔明隐于卧龙岗一样,把姿态做得很足,把架势拉得很大,把力

---

① 陶渊明:《拟古》。
② 陶渊明:《杂诗》。
③ 《论语·卫灵公》。

气用得很猛，却在无形中把资本累积得很厚，一旦时机成熟，就欲拒还迎地出山施展自己从未隐去的抱负。他是隐而不遁的，"结庐在人境，而无车马喧"，他的隐居地点不过是乡村和田园；也没把自己当做什么名士高人，刻意地去回避什么人；"问君何能尔？心远地自偏"①。他的"隐"，不是隐身，而是隐心。

据说卓别林声名鹊起时，匿名参加某一个"卓别林模仿秀"，竟连决赛都没进。稼轩学渊明，也类似于此。无论他学得再像，骗得了别人，却如何能骗得了自己？这一点，稼轩心中是有数的。他的《念奴娇·重九席上》下阕云：

须信采菊东篱，高情千载，只有陶彭泽。爱说琴中如得趣，弦上何劳声切。试把空杯，翁还肯道，何必杯中物。临风一笑，请翁同醉今夕。

"只有陶彭泽"自然是推崇渊明所发之语，却也是说，世上只有一个陶渊明，他辛弃疾其实是做不好陶渊明的。渊明之隐，是高空中的一抹白云，就在那里随意舒卷，却没人能够抓得住；稼轩之隐，其实是那云在水潭中的倒影，看似一模一样，可一阵微风，一粒石子，都能使他荡起涟漪，那云也自然就碎了。

当然，隐与仕本无高低优劣之分，只要不反人类、反社会，怎样选择都无可厚非。陶渊明固然只有一个，但辛弃疾也只有一个，少了哪一个，都会是莫大的缺憾吧。

---

① 陶渊明：《饮酒·其五》。

捐尽浮名方自喜

——有谁能视虚名为粪土呢

一

刘克庄晚年有眼疾,致仕归乡,曾作《沁园春》表明淡泊宁静的心迹,词下片有语曰:"曹丘生莫游扬,这瞎汉还曾自配量。"意思是说,不劳烦那些曹丘生一样的人帮我四处扬名,我这瞎老汉是知道自己几斤几两的。

所谓的曹丘生,乃西汉初年人,用现在的话说,算是个自媒体人,靠写软文为生,并以此结交了汉文帝的小舅子窦长君等很多王公贵胄,靠搂抱这些大腿,发了大财。

人一得意,难免忘形,曹丘生也不例外,依凭着人脉广、后台硬,为人便张狂了些,名声自然就不怎么好。大臣季布听说了他的劣迹,很是鄙夷,就给窦长君写了一封信,劝窦长君远离这种巧言令色之徒。但大家都是成年人,好为人师这种事只不过白白招人讨厌,窦长君才不会拿季布的"教导"当回事。

后来，曹丘生想回楚地的老家，知道季布也是楚人，就请窦长君写封信介绍他去见季布。长君告诫他说，季布不喜欢你，你最好不要自讨没趣。曹丘生不以为然，坚持让窦长君写了信。启程之后，曹丘生先派人把介绍信送到季布那里。季布看到信，气就不打一处来，憋足劲等曹丘生来了，一定要给他点颜色。

　　曹丘生抵达之后，毫不慌张，没等季布发难，便突然发问道：楚人有句谚语说"得黄金百，不如得季布一诺"，您知道自己这么大、这么好的名声是如何而来的吗？没等有点发懵的季布回过味来，他又连珠炮似的先发制人：您之所以美名天下扬，还不都是因为我四处帮您做宣传！没有我您能有那么大名气吗？况且你我皆楚人，老乡见老乡，不说两眼泪汪汪，也不至于将我拒之千里吧！

　　季布虽然身居高位，但其实是个粗人，最讨厌说话拐弯抹角。曹丘生这顿直通通的雷烟火炮，竟然颇对他的胃口。转念一想，曹丘生这人不错啊，免费给我做广告，自己这样对待恩人，的确不够意思。于是赶紧将其奉为上宾。

　　对于此事，有人认为季布是被曹丘生的马屁拍晕了，是个十足的蠢货。此言差矣啊，汉初多少开国功勋如韩信、英布、彭越者都惨遭屠戮，季布一个项羽的旧将能够做到汉朝高官，且得到善终，没有点智慧如何能行？季布是个粗人，但绝不是个傻人，他之所以对曹丘生前倨后恭，其实是深谙名气的重要性。

二

　　名气这种东西，和理想一样，看不见，摸不着，却比理想更

回首萧瑟处
探寻宋词背后的历史尘烟

令人魂牵梦萦。张爱玲的告诫尽人皆知：出名要趁早啊，来得太晚的话，快乐也不那么痛快。对于常人来说，名气就是无形资产，有了名气，似乎就拥有了整个世界。将宋真宗赵恒的名言改做"名中自有千钟粟，名中自有黄金屋，名中自有颜如玉，名中车马多如簇"，是不是毫无违和感？所以，当今这个世界，为了出名，有些人简直可以不择手段，甚至连底线都可以不要。

当然，总会有一些不寻常的人，财富是不能满足他们欲望的，在他们眼中，名气有了更妙的功用。比如《水浒传》中的宋江，平日里仗义疏财，扶危济困，挥金如土，甚至连身家性命都能舍得出去，为的就是博得个"及时雨""呼保义""孝义黑三郎"的响当当名头。后来，这个名头的品牌效应就屡次凸显，无论是黑道还是白道，见了他往往是纳头便拜，甘愿马首是瞻。就是在这块金字招牌下，宋江聚齐了三十六天罡、七十二地煞，轰轰烈烈干了一票大事业，正如他在浔阳楼题的那首《西江月》所表现的心迹：

自幼曾攻经史，长成亦有权谋。恰如猛虎卧荒丘，潜伏爪牙忍受。

不幸刺文双颊，那堪配在江州。他年若得报冤仇，血染浔阳江口。

他苦心经营出的名头，其实是实现自己政治抱负的重要工具。

既然名气是这么个好东西，一种类似于今天网络推手的"策划人"也就应运而生。战国时魏国的侯嬴可能是这个行当的祖师级人物。

人才到什么时候都是稀缺资源，战国乱世时尤甚。当时，赵国的平原君、齐国的孟尝君、楚国的春申君、魏国的信陵君，礼贤下士，招养门客，号称"战国四公子"，是各自国家招揽人才的旗帜。

旗帜若想发挥最大作用，必得格外鲜明招摇才行。侯嬴所做的就是要让信陵君魏无忌独树一帜。

侯嬴表面的身份不过是魏国都城大梁夷门的守门小吏，实则其人有勇有谋，属于"隐于市"的隐士。信陵君知道这个门卫不简单，有心招致门下。一天，他大宴宾客，却在开席前亲自驾车跑到夷门去接侯嬴。侯嬴也不客气，穿着破衣烂衫，径直坐到车上最尊崇的左侧座位上。

信陵君为国君之弟，乃一人之下、万人之上的"二把手"。而侯嬴是最低微的"夷门监"。副总裁给保安当司机，而且招摇过市，想不上头条都难。这还不算，行至半路，侯嬴提出要顺路到市场上看望一个屠夫老友。信陵君二话不说，掉头直奔市场。市场上人山人海，正是最佳的信息集散地。侯嬴把信陵君晾在一边，故意与屠夫老友朱亥絮絮叨叨地拉家常，一聊就是一个时辰。信陵君的随从知道，府里还有一屋子宾客等着开席呢，主人却在这儿被一个脏兮兮的老门卫戏弄，而且还有无数小市民看耍猴一样围观，都不禁在心里问候了侯嬴的祖先一千多遍。可信陵君毫无怨言，始终神态恭谨。

唠够了嗑，侯嬴随信陵君回到府中。魏无忌将其引至上座，并隆重向众宾客介绍，酒酣之际，还特意向侯嬴敬酒祝寿。侯嬴这时候终于不再作秀，原原本本告知信陵君，自己之所以如此无礼，就是想让他礼贤下士的美名更盛、传得更广。

其实，俩人都是七窍玲珑心，侯嬴摊不摊底牌并不重要，重要的是，经过二人这一番心照不宣、配合默契的炒作，信陵君的人格魅力指数几乎爆表，以至千里之外的士人都争相依附，各诸侯国"不敢加兵谋魏十余年。"

三

段祺瑞曾手书一联：世人终日忙，无非名利场。此话话糙理不糙。其实，名不仅与利紧连，有时候甚至与性命息息相关。

西汉文帝时有个叫张释之的人，为人刚正不阿，执法甚严。任公车令时，见太子刘启与梁怀王刘揖乘车入朝时违反宫卫令，未在司马门下车，就追上去阻止他们进宫，并以"不敬"之罪弹劾，搞得文帝脱帽赔罪，太后亲自下特赦令才算罢休。文帝是个明白人，知道张释之这个诤臣可用，没有因此怪罪他，反而升了他的官。但太子刘启——即后来的景帝可没那么大度，始终对这个让他大大丢脸的家伙耿耿于怀。

文帝崩后，刘启继位，张释之知道自己即将大祸临头。想激流勇退，辞官归乡，又恐招来皇帝提前报复；想当面向皇帝谢罪，又不知从何说起，于是惶惶终日，如末日降临。

有一个名叫王生的老者，虽是一介布衣，但很受皇帝器重，经常出入宫廷，算是朝廷的一个编外智囊。他擅长黄老之学，颇能堪破世故人心，得知张释之窘境之后，便略施小计，施以援手。

一次朝会，皇帝还没驾到，三公九卿等大臣都在金殿内静候，王生也在其中。王生忽然大声说："我的袜子松了！"然后回头不客气地命令张释之："你，给我系好袜带！"张释之听了，毫不迟疑，跪在地上恭恭敬敬替王生绑好袜带。众臣都吃了一惊——王生再牛也不过是个草根大V，张释之那可是朝廷重臣啊，此举也真够惊世骇俗的。

这自然是二人合计好的一场行为艺术，目的无非是借此扩大张释之的美誉度和影响力。当一个人的名气大到一定程度，再想打他的主意，成本就会大大增加，顾虑也就重了。果然，张释之敬贤尊老的声名因此大振朝野，简直成了贤臣典范，倍受推崇。如此一来，景帝刘启再想杀他泄愤，就需反复权衡"快意恩仇"与"丧失人心"的利弊。景帝的心胸虽说窄了点，但终归不是昏君，博弈的结果只能是忍下这口气。张释之后来虽然到底被贬为了淮南相，但毕竟是保全了性命。

这件事最终成了一个典故，被苏轼写入了《临江仙》中：

我劝髯张归去好，从来自己忘情。尘心消尽道心平。江南与塞北，何处不堪行。

俎豆庚桑真过矣，凭君说与南荣。愿闻吴越报丰登。君王如有问，结袜赖王生。

填此词时，东坡刚刚卸任杭州太守，奉召回京，路过润州（今江苏镇江），偶遇大胡子朋友张秉道。许是朋友赞他在杭政绩卓然，他在词的下片自谦说自己没做什么工作，如果说有什么政绩，那也全赖皇恩浩荡啊。

可这与王生结袜有什么关系呢？

原来，在西汉宣帝时，渤海太守龚遂治理有方，百姓安居乐业。回京向皇帝述职时，属吏王生告诫他：天子若问您是如何治理渤海的，您万不可过多陈述，只说都是圣主恩德即可。龚遂听从了他的建议，果然哄得皇帝心花怒放。

很显然，此王生非彼王生，是东坡搞混了，这词改成"学舌赖王生"可能更符史实。当然，东坡的作风一贯如此，曾杜撰"三杀三宥"典故，遭贬时搞混赤壁遗迹……他是文学家，不是史学家，准确与否不重要，重要的是他想表达什么。

四

典故东坡是用糊涂了，人却是极清醒的。此时，他已经意识到，名气虽然很有用，副作用却也很可怕。

当初，东坡那也曾是名气的既得利益者。

当年，东坡初出眉山，就名动京城。一手把他推成头号"网红"的，便是当时的文坛领袖欧阳修。醉翁每得苏文，便喜不自禁，曾对老友梅尧臣说："读苏轼书，不觉汗出，快哉！老夫当避路，放他出一头地也。"① 甚至向儿子由衷叹曰："三十年后，世上人更不道著我也！②"从此，苏轼大名几乎家喻户晓，他也一

---

① 欧阳修：《与梅圣俞书》。
② 朱弁：《曲洧田闻》。

度有些飘飘然。他初入仕途的第一个上级，凤翔知府陈公弼，曾故意打压他——这并非嫉贤妒能，而是"以其年少暴得大名，惧夫满而不胜也。①"担心他恃才傲物，想给他"败败火"。

其实，苏轼的老爹苏洵，早就担心儿子因才华横溢又不懂得藏锋守拙，而成众矢之的，所以，以车厢前的横木扶手"轼"，作为儿子的名字，就是希望苏轼能做一个有用而又低调的人②。

然而老父苏洵和老上司陈公弼的担心到底还是应验了。在熙宁变法中，反对派苏轼身不由己地卷入到了党争漩涡里。作为旧党中文名最盛、人气最旺的偶像派人物，他很快就成了新党攻击的靶子。这也难怪，木秀于林风必摧之，在战场上，最容易被爆头的一定是那些衣着最鲜亮的家伙。整翻他，旗帜就倒了，后面的事也就容易多了。于是，"乌台诗案"的大棒袭来，苏轼像一只倒霉的棒球，被一记本垒打，击出场外，成了一名可怜兮兮的犯官，贬往黄州，到东坡种地了。

黄州五年多的贬谪生活，像是一盆寒彻入骨的冰水兜头泼下，将陶醉在年少成名幻境中的苏轼，激回到险恶残酷的现实世界。以苏轼的性子，自然不会为自己反对新法而后悔，进而改变自己的政治主张，但舐舐伤口、总结教训一定会有的。这首《满庭芳》恐怕就是对自己的反思：

蜗角虚名，蝇头微利，算来着甚干忙。事皆前定，谁弱又谁

---

① 邵博：《邵氏闻见后录》。
② 苏洵《名二子说》：辐盖轸，皆有职乎车，而轼独无所为者。虽然，去轼则吾未见其完车也。轼乎，吾惧汝之不外饰也。

强。且趁闲身未老，须放我、些子疏狂。百年里，浑教是醉，三万六千场。

思量，能几许？忧愁风雨，一半相妨。又何须抵死，说短论长。幸对清风皓月，苔茵展、云幕高张。江南好，千钟美酒，一曲满庭芳。

如果以《神雕侠侣》中独孤求败用剑的三重境界来考量苏轼，黄州前的苏轼，无疑属那柄"凌厉刚猛"的利剑，锋芒毕露，剑气逼人，夜夜龙泉壁上吟；黄州之后的东坡，则类似于"重剑无锋，大巧不工"的玄铁重剑，灾祸磨去了些棱角，却沉积出了些睿智，雄浑中蕴藏着通达，厚重中包裹着初心；后来远谪惠州儋州，他"胸中亦超然自得，不改其度"[1]"云散月明谁点缀，天容海色本澄清"[2]，便犹如那"不滞于物"的木剑了。

因此，神宗死后，旧党重掌权柄，他东山再起，接连出任要职，但境界已异于之前，早视浮名为蜃影，再不将之放在心上了，甚至避之唯恐不及。这也正是他说"君王如有问，结袜赖王生"的真正原因吧。

五

东坡在《行香子》中说："浮名浮利，虚苦劳神。叹隙中驹、石中火、梦中身。"这话从历经沧桑的人口中说出，自会让人感到阅世的通透与随性的恬淡。不过，如若那些初出茅庐的毛头小

---

[1] 苏轼：《与元老侄孙书》。
[2] 苏轼：《六月二十日夜渡海》。

子也这么说，则必然味道大变，给人的感觉一定是装腔作势，为赋新词强说愁了。

宋真宗大中祥符二年（1009），柳永刚刚25岁，初入京城，参加会试，踌躇满志，意欲一飞冲天。哪知铩羽暴鳞，名落孙山。心中愤懑难平，遂作《鹤冲天》，词云：青春都一饷，忍把浮名，换了浅斟低唱。看似潇洒，实则是故作潇洒，根本就是看不开、放不下、舍不得，不过是徒发牢骚罢了。也难怪仁宗皇帝生气地批示：且去浅斟低唱，何要浮名！跟皇帝赌气，还是太嫩了点呢。

倒是他后来宦海沉浮，官也当了——虽然小了点，名也有了——尽管是青楼薄幸名，事也经了——酸甜苦辣都尝遍，沧桑着一张老脸，填的那阕《看花回》才算是真的有所看透：

屈指劳生百岁期。荣瘁相随。利牵名惹逡巡过，奈两轮、玉走金飞。红颜成白发，极品何为。

有些事情，是做不得急的，到不了一定的年龄，没有一定的阅历，所谓的看破红尘也好，大彻大悟也罢，都不过是矫情，是为自己不敢直面人生的自卑和逃避责任的懦弱寻一个堂皇的借口，充满浓浓的失意味儿。

凡是不经轰轰烈烈就高喊平平淡淡才是真的，都是耍流氓。

所以，天天躺着叫嚷人生如梦而从没拼搏奋斗过的人，往往都是些半生不熟的家伙。不曾拥有过或者接近过大名大利，如何有资格抛弃浮名浮利？

东坡有一首诗，题目奇长——《唐道人言天目山上俯视雷雨，每大雷电，但闻云中如婴儿声，殊不闻雷震也》，诗云：

已外浮名更外身，区区雷电若为神。

山头只作婴儿看，无限人间失箸人。

意思是说，在天目山上俯瞰雷雨，那种能把世人吓得筷子掉地的惊雷，在山上听来，却像是婴儿的哭声一般微不足道。原因何在？在高高的天目山顶，因离放电的云层较远，所闻雷声也就较小；而身处雷电之下，雷霆才会有万钧之势。因此，对于把浮名乃至生命置之度外的人来说，"雷霆之威"起不了丝毫作用。

而要达到如此的境界，需有一个前提，那就是要位于"天目山"上。而处于"天目山"上，必得要历尽辛苦去攀登"天目山"。

这个过程，谁都无法逾越。

六

岂止无法逾越，甚至是难以到达。历尽沧桑也好，无病呻吟也罢，那么多人都口口声声说要淡泊名利，相忘于江湖，到头来，真能淡泊的能有几个？无非是惺惺作态、标榜清高或者掩饰尴尬而已。

这也不能全怨他们。两千多年间，中国文人始终纠缠于儒与道之间。外儒内道，或者外道内儒，抑或儒中有道，道中有儒，儒道互补，正是中国传统士人最常见的人生态度。这种矛盾而调和的心理状态，诚如冯友兰所说，是"极高明而道中庸"①，却也为更多人提供了挡箭牌、遮羞布或者奢侈品。

文章开头，引刘克庄《沁园春》所云："曹丘生莫游扬，这瞎汉还曾自配量。"此句后面接的是这样一句："已化为胡蝶，穿花栩栩，懒陪鹓鹭，佩玉锵锵。"鹓鹭和佩玉均喻指朝官。这话是说自己情愿远离官场，像蝴蝶一样自由自在穿梭于百花丛中。确是一副不屑名利的超然姿态。

可凡是了解刘克庄的人都知道，晚年的后村先生②，有一个难以洗白的污点，那就是与历史上有名的奸相贾似道打得火热。知道了这些，再回过头看后村的这种自白，就显得有些滑稽了。

也有人替后村辩驳，说他一向疾恶如仇，不仅骂过历史上的奸相如秦桧、章惇等，而且也与同期的权臣史弥远、史嵩之势同水火，如何会一反常态谄媚贾似道？就算是谄媚，当时也不止他一个人歌颂过呢。其实要怪，只能怪贾似道那奥斯卡水平的演技，骗过了上至皇帝、下至百姓几乎所有人。"周公恐惧流言日，王莽谦恭未篡时"③，没等贾似道暴露丑恶嘴脸，后村先生就辞世了，所谓依附权奸之辞，实乃天大误会。

也许，这些考证推测所言不虚，刘克庄可能真的是受了贾似道的诓骗蒙蔽，那些所谓的谄媚颂词，并非出于私心，而是发自

---

① 冯友兰晚年曾经亲笔书写一副对联用以自勉，联曰："阐旧邦以辅新命，极高明而道中庸。"
② 刘克庄号后村。
③ 白居易：《放言五首其三》。

【回首萧瑟处】
探寻宋词背后的历史尘烟

肺腑。但以他八十多岁的阅历、六十年的仕途,这种彻底的识人不明,的确有点说不过去,他自嘲为"瞎汉"还真是应了景。

那又是什么遮蔽了他曾犀利如鹰的双眼呢?

原来,刘克庄与贾似道的父亲贾涉交好,贾似道也素来崇敬刘克庄,对他"尤相亲敬""每得公所作,必令吏录之"①。以贾似道当时的权势地位,这种推崇宣扬力度,自然比什么"曹丘生"要高大上很多,影响力也不可同日而语。也许,刘克庄真的认为自己看破了名利,超然物外了,但显然他其实并未修炼到家,在内心深处仍然希望得到别人的认可,特别是贾似道所代表的朝廷正统的认可。有了这个潜意识,对贾似道也就多了几分惺惺相惜、感激喜爱之情,再加之贾似道的高超演技,阅人无数的后村先生还真就走了眼。

所以,面对权势的打压,这个"老江湖"(刘克庄为"江湖诗派"代表人物)没有被拿下,一顶高帽、几颗糖衣炮弹却神不知鬼不觉将其陷入了彀中。

"捐尽浮名方自喜,一生枉是伴人忙。"将陆游《自笑》诗中的这最末一句,送给后村先生,还真比较妥帖呢。

---

① 林希逸:《后村先生刘公行状》。

功成何以身难退

——权力之船最是易上难下

"民国四公子"之一的袁克文曾写过一首诗,劝谏自己的父亲袁世凯,不要称帝开历史的倒车,其末句云:"绝怜高处多风雨,莫到琼楼最上层"[①]。可惜,当头棒喝唤不醒一个装睡的人,袁世凯聪明一世,到底没能抵挡住致命的诱惑,落得个晚节不保,遗臭万年。

贪欲也许是人类最难改变的基因,即使是绝顶聪明的人,其贪婪的DNA可能比蠢驴也只多不少。

宦海沉浮,面对暗礁险滩能及时躲过;仕途崎岖,遇到荆棘陷阱也能另辟蹊径,聪明人的确拥有操控政治、玩转官场的高智商和高情商,他们当中自然不乏成功者。但"时势造英雄",他们的成功其实是综合很多因素而造就的,高智商、高情商固然重要,却并非关键因素。因此,这些成功都不可复制。现实中,更多的还是在一味地向上、向上、通往名利巅峰的途中,勒不住

---

① 袁克文:《感遇》。

回首萧瑟处
探寻宋词背后的历史尘烟

马、刹不住车,一头栽下悬崖,摔得身败名裂的袁大头、张大头、王大头。

当然,从某个角度看,欲望也算是推动历史车轮滚滚向前的一种原始动力。历史的记录者更喜欢让那些野心勃勃的家伙成为书中的主角,演绎一幕幕惊心动魄、波诡云谲的争斗大戏。与这些"进"的典型、"入世"的精英相比,那些看破红尘、超脱物外的隐士,那些冲淡平和、无欲无求的逸者,那些三亩地、一头牛,老婆孩子热炕头的俗人,作为"退"的群体、"出世"的另类,由于缺乏故事性、传奇性、代入感,总是得不到史家的青睐。

不过,例外总是有的。有些人的"退",竟也能退得举世敬仰、退得流芳百世、退得名垂青史。

刘克庄的一首《水龙吟》中,就描写了这惊世一退的盛况:

昔人风调谁高,二疏盛日还乡里。公卿祖道,百城围尽,争传佳事。闻自垂车日,都门外、送车凡几。今世无工,尽置之勿道,熴煌处、独青史。

如果说一首词还不足以说明这一退的历史地位,那不妨找《汉书》一览,内中有专门的列传来更详细地记载。能载入史册的人,当然各有各的优势特点,但专以"退"立传的,应是极其罕见的。

这就是词中的"二疏"——疏广、疏受叔侄二人。

惊世一退

细读《汉书·疏广传》,不难发现,对于疏广疏受叔侄俩的

112

出身、入仕、政绩，仅用三分之一篇幅就交代完毕，而大量的篇幅是叙述二疏的致仕、归乡，以及村居生活。这的确异于其他大多数传记。这样写的道理不言而喻，自是因稀罕所致。这就好比到北极打猎，别人的猎物要么是庞大的北极熊，要么是美丽的北极狐，或者是威武的麝牛，而你却拎回来一只蠢笨的企鹅，在众多的猎物中毫不起眼，却最为珍贵——谁让你打到的是一只史无前例的北极企鹅呢？

二疏是东海兰陵人（今山东临沂），叔叔疏广学识渊博，尤通《春秋》，在家开堂授徒，传道解惑，声名远播；侄子疏受谦恭谨慎，长于礼仪，典雅稳重。汉宣帝时，拜疏广为太子太傅，疏受为太子少傅，叔侄二人都成为太子的老师。"太子每朝，因进见，太傅在前，少傅在后。"[①] 对此殊荣，满朝文武很是羡慕嫉妒恨。

汉代，太子太傅、太子少傅为二千石的官官，相当于省部级高官。这当然不是顶级职位，但却是顶级职位的重要候选人。盘点一下曾经在这两个职位上做过的人，就能掂量出其沉甸甸的分量。在他们之前，有卫绾、邴吉、庄青翟，在他们之后，有黄霸、匡衡、韦玄成。而这些人，都有着相似的任职轨迹：由太子太傅或太子少傅，而荣登百官之首的丞相之位。

其实，这很好理解。一则，皇帝绝不可能把教导储君的重任交付于他不信任、不认可、不欣赏的大臣，既然委以重任，就充

---

① 班固：《汉书·疏广传》。

分肯定了他们的能力、品德和忠诚，让他们总理朝政也是顺理成章之事；二则，作为太子的老师，自然最有可能成为太子最信任的人。太子一朝登基，第一个重用的人理所当然是自己的亲信。

由此，他们的前景其实很明晰，世人可望而不可即的"一人之下万人之上"，对他们来说，已经触手可及，只要他们在这条路上一直跑下去。

可是，任职五年之后，他们却突然选择了退出。

某一天，疏广找疏受谈心，开口就以老子《道德经》中的两句话破题："知足不辱，知止不殆""功遂身退，天之道"。紧接着分析形势：如今我们已官至省部级，算得上功成名就了，如果现在还贪恋权位，恐怕终有追悔莫及之时。最后给出建议：不如我们叔侄一起告老还乡，颐养天年，何乐而不为呢？疏受当即叩头遵命。

二人雷厉风行，当天就请了病假，为隐退预热。三个月后，借口病情加重，向皇帝上书辞官致仕。皇帝批准，赏赐退休金黄金二十斤，太子也赠送了黄金五十斤。皇帝如此厚爱，大臣也很上路，朝中的公卿大夫、乡友故人在他们回乡之日，于东都门外设宴饯行，停在路边的宝马香车多达几百辆，围观百姓为之叹服。

二疏的这个退休仪式可谓风光无限、盛况空前。上有天子恩赏，中有百官捧场，下有百姓传扬，不仅轰动了当时，甚至千百年后仍余音绕梁。四百多年后，以孤傲洒脱闻名的大诗人陶渊明，曾专门作诗称道，诗云：

大象转四时，功成者自去。
借问衰周来，几人得其趣？
游目汉廷中，二疏复此举。
高啸返旧居，长揖储君傅。
饯送倾皇朝，华轩盈道路。
离别情所悲，余荣何足顾！
事胜感行人，贤哉岂常誉！

也许，二疏之退可能是历史上除了二战的"敦刻尔克大撤退"之外，最成功、最有名的撤退了。当然，这是玩笑话。不过，二疏这一退，的确和敦刻尔克撤退一样，隐藏着很多玄机。

第一个玄机，是治国理念问题。汉自武帝始，罢黜百家、独尊儒术。疏广是精研《春秋》的专家，叔侄二人作为太子的老师，所教授的内容自然也均是儒家经典。在他们的培养下，太子刘奭十二岁时通晓了《论语》《孝经》。

可就是这两个儒学大师，其思维方式竟然是道家的。他们在探讨个人得失进退时，思想主旨是老子的"知足不辱，知止不殆""功遂身退，天之道"，而不是孔子的"士不可以不弘毅，任重而道远。仁以为己任，不亦重乎？死而后已，不亦远乎？"[1] 也不是孟子的"生，亦我所欲也；义，亦我所欲也；二者不可兼得，舍生取义者也"。[2]

如此看，二疏难道是"潜伏"在儒家中的道家？

---

[1] 《论语·泰伯》。
[2] 《孟子》。

回首萧瑟处
探寻宋词背后的历史尘烟

其实这也不难理解。汉立朝之初，因百废待兴，遂以黄老之学治国，景帝的母亲窦太后正是黄老之学的铁杆粉丝。随着国势变化，开始勃兴的儒学欲争正统地位，但几个回合下来，却被窦太后狠狠压制。疏广大约正是出生、成长于儒道交锋最激烈的时期，黄老之学难免深入脑髓。后来，窦太后去世，道家遭到抛弃，儒家貌似成为正统的治国之策，疏广因此苦研王道之学，终成儒学大师。所以，疏广的理论体系应该是外儒内道，道为本，儒为用。

然而，帝王之心，尤其是英主之心，岂能简单度之？表面看，汉家独尊儒术，实则行的却是外儒内法。汉宣帝就曾直截了当教训太子刘奭："汉家自有制度，本以霸王道杂之，奈何纯任德教，用周政乎！且俗儒不达时宜，好是古非今，使人眩于名实，不知所守，何足委任！"①

对此，久在帝王之侧的二疏应是心知肚明。既然道不同，自然不相为谋，如若勉强进位，又不肯违逆自己早已定型的治国理念，早晚要惹出祸端，还不如防患于未然，及早退去为好。

第二个玄机，是对君主冷血铁腕的惊惧。二疏在朝为官的这段时期，时局动荡，腥风血雨，各方势力重新洗牌。宣帝刘询是权臣霍光一手扶上皇位的。对霍光，宣帝又敬又怕。而霍光功高震主，难免有些时候让宣帝感到不爽。更糟糕的是，霍光的妻子儿女，依仗霍光权势，简直为所欲为，竟然连宣帝的皇后许平君

---

① 班固：《汉书·元帝纪》。

都敢毒杀。霍光在世时，宣帝隐忍不发。一朝身死，霍家很快遭到清算，被满门抄斩。

这些事，二疏看在眼里，如何不心惊胆寒。帝王历来薄情，一言不合就贬官砍头，任你有天一样大的功劳、海一样深的恩情，说勾销就勾销，半分情面都不讲。东坡赏《二疏图》时，曾大发感慨，说："孝宣中兴，以法驭人。杀盖、韩、杨、盖三良臣。先生怜之，振袂脱屣。"意思是说，宣帝严峻，盖宽饶、韩延寿、杨恽三位贤臣不是被杀，就是被逼自杀。二疏怜惜之余，免不了生出兔死狐悲之感，遂心灰意冷，激流勇退。东坡这话并不严谨，据考证，盖宽饶、韩延寿、杨恽三人其实是在二疏还乡之后才陆续遭迫害而死的。不过，这也从侧面看出二疏敏锐的政治感觉，可谓是先知先觉。

第三个玄机，是对官场倾轧的厌倦。仕途之上，向来是树欲静而风不止。就算得到皇帝宠信又如何呢？皇帝的宠信很可能会成为招来苍蝇的臭鸡蛋。二疏一定还记得在他们之前，汉武帝任太子少傅庄青翟为丞相，引得竞争对手张汤嫉恨，由此二人开始斗法，机谋百出，互相构陷，最后两败俱伤，均身败名裂，自杀而死。而在二疏之后，也曾任过太子太傅的大臣萧望之，在宣帝临死前，被委以辅政大臣重任。太子刘奭即位后，重用萧望之，让他领尚书事辅佐朝政，却遭到宦官弘恭、石显陷害，愤而自杀。树大招风，人红是非多，与其被人惦记算计，不如让朝中同僚放心：人各有志，你走你的阳关道，我过我的独木桥，咱们互不挡路。也许正因他们的识趣，归乡那天，才会有那么多高官捧场饯行。只是不知这些公卿大夫们,有多少是假惋惜、有多少是真高兴。

难退之由

进,需要的是头脑;退,需要的则是智慧。古往今来,这个世界并不缺乏头脑灵光、睿智机敏的聪明人,但真正如二疏一样,能够拿得起、放得下,既能看透,又懂取舍的智者,却是凤毛麟角。为何那些人在两军对垒时可以用兵如神、诡计百出,在指挥战役时可以运筹帷幄、决胜千里,在政治斗争中可以叱咤风云、料敌在先,在社会交往中可以如鱼得水、左右逢源,而一旦面对权力的终极诱惑,往往就变成了扑火的飞蛾?其实想来,不外乎"三不"。

一曰"看不透"。春秋时吴越争霸,越王勾践败于吴王夫差,几乎亡国。大夫范蠡、文种不离不弃,鼓励勾践忍辱负重,与其一起苦心经营,终于得报大仇,灭了吴国。当一切尘埃落定,考验眼力的时候就到了。范蠡看清了勾践的嘴脸,留书一封,飘然离去。但对于曾经并肩而战的战友文种,范蠡不忍看他祸从天降,好心提醒他说:"蜚鸟尽,良弓藏;狡兔死,走狗烹。越王为人长颈鸟喙,可与共患难,不可与共乐。子何不去?"[①] 文种对此话却半信半疑。因为无论是从感情上,还是从道理上,他都无法相信,自己的一片赤诚怎么就不能换来与君王的肝胆相照、荣

---

① 司马迁:《史记·越王勾践世家》。

辱与共？

就这样一犹豫，再想走，已然是无可奈何花落去，一夕生死两茫茫了。一柄长剑递到他的面前，剑刃的寒光映着勾践嘴角冷冷的笑意，让他的心瞬间就凉透了。"子教寡人伐吴七术，寡人用其三而败吴，其四在子，子为我从先王试之。"① 你太厉害了，厉害得让我难以入眠，为了提高我的睡眠质量，你看着办吧。文种默默接过长剑，自刎而死。

那一刻，文种应该会发出一声叹息吧，虽然那叹息很可能被划破喉咙的剑刃所阻隔。他叹息什么呢？思来想去，也许只能叹自己很傻很天真吧。既然人在江湖，就该知道江湖绝不仅是传说中的豪气干云、义气深重。在这里，更多的是险恶的人心、肮脏的交易、残忍的杀戮，是口蜜腹剑、借刀杀人、翻脸无情，是出卖、背叛、猜忌和利用，是明哲保身、落井下石、各扫门前雪、人不为己天诛地灭。如果圆睁着一双人畜无害的无辜大眼睛，向你的上司、同僚、客户、朋友、属下撒娇卖萌，招来的很可能是天罗地网、甚至是血淋淋的屠刀。

当然，像文种这样的老天真终究也是少数。在这种生态系统中，人们很快就都锤炼出一个个七窍玲珑心，想不目光如炬都难。大家都是千年的狐狸，就别玩什么聊斋了。

既然这不是眼力的问题，为何还不能趁早远离是非之地呢？

这就是"舍不得"了。一路走来，磕磕绊绊，沉沉浮浮，能

---

① 司马迁：《史记·越王勾践世家》。

119

回首萧瑟处
探寻宋词背后的历史尘烟

打出自己的一片天,哪一个没付出常人难以忍受的血汗?春种一粒粟,需要多少次汗滴禾下土,才可秋收万颗子?"辛苦遭逢起一经,干戈寥落四周星",到了该收获、该享受、该嘚瑟的时候,怎能风轻云淡地说放手就放手呢?况且,经历了那么多血雨腥风,躲过了那么多明枪暗箭,他们已经累计了足够的自信,自信可以掌控局面、把握方向,降服一个又一个妖孽,攻破一个又一个堡垒。如此,又怎能不踌躇满志呢?比如李斯,素有大志,拜名师学本领(荀子)、找靠山抱大腿(吕不韦)、坑同学害朋友(韩非子)、抵排外露峥嵘(《谏逐客书》)、助秦王扫六合,终于由最底层的小吏,爬到了丞相的高位,实现了自己做粮仓里老鼠的愿望[①]。

既然好不容易住进了"粮仓",如果不好好享受粮食带来的快感,怎么对得起这些年付出的辛苦呢?于是,不择手段保住自己胜利果实的执念,终于将他的"七窍玲珑心"蒙蔽住了。当秦始皇驾崩、面临是遵从始皇遗愿立扶苏,还是矫诏立胡亥的抉择时,赵高一句"君听臣之计,即长有封侯,世世称孤[②]",就乖乖出卖了自己的灵魂,违心地拥立了胡亥为秦二世。可是,一步错,步步错,他到底还是无力改变自己的命运。当他被诛灭三族,和小儿子即将被腰斩于市的时候,不禁追悔莫及,跟儿子抱

---

① 司马迁:《史记·李斯列传》载:李斯者,楚上蔡人也。年少时,为郡小吏,见吏舍厕中鼠食不絜,近人犬,数惊恐之。斯入仓,观仓中鼠,食积粟,居大庑之下,不见人犬之忧。于是李斯乃叹曰:"人之贤不肖譬如鼠矣,在所自处耳!"

② 《史记·李斯列传》。

头痛哭说：如今想跟你一起回上蔡老家，牵着自家的黄狗，出东门追野兔，还能行否？

自然是没机会了。他在粮仓里吃得太肥了，再也钻不出进来时的鼠洞了。

有的老鼠是自己留恋粮仓，舍不得出来，譬如李斯。但也有的老鼠感觉到久居粮仓的风险，已想见好就收，及早脱身。可一则在粮仓中霸占得时间太长了，周围的鼠妻鼠子鼠女鼠侄鼠友鼠门生鼠弟子鼠合伙人，太多太多，形成了一个盘根错节庞大的利益共同体。它们可没有这种敏感性，哪里肯舍得粮仓里的幸福生活。作为首领的他被裹挟其中，也是身不由己，欲罢不能。另则，你说退就退，考虑过粮仓主人的感觉吗？倒不是说感情多么深笃，实在是投鼠忌器——你已然成为这粮仓的老大，一声令下就能把这里闹得底朝天。你所说的"退出"之言，天知道是真心还是假意，是试探还是陷阱；就算你是诚心交权，你的鼠子鼠孙、鼠徒鼠党呢？这些硕鼠，你罩得住，我可惹不起呢。不如虚与委蛇，稳住阵脚，积蓄力量，徐而图之。于是，就出现了这样一个和谐而诡异的场景：鼠王想走，仓主却死死挽留。

此曰"走不脱"，譬如霍光。

霍光历武帝、昭帝、宣帝三朝，执掌权柄二十年，官至大司马、大将军，封博陆侯，女儿是宣帝的皇后，儿子霍禹是右将军，侄孙霍山封乐平侯，任奉车都尉领尚书事，另一侄孙霍云封冠阳侯，任中郎将，女婿、姐夫、孙子等等霍氏家族的枝枝蔓蔓都在朝中任职，有的甚至封侯拜将、手握重权。

121

回首萧瑟处
探寻宋词背后的历史尘烟

对霍光以及他的亲友团来说,这种权倾朝野、成为帝国实际操盘手的感觉,着实太美妙。可对于君上宣帝刘询来说,则着实不太妙,以至于跟霍光在一起时,竟然有"若有芒刺在背"的威胁感。霍光虽然权力欲很强,但并非野心家,而且以他的智慧和练达,他应该是懂得物极必反的道理。因此,宣帝即位之初,霍光就"稽首归政",恳请上交权力。但宣帝"谦让不受",仍让他总领朝政。

而这一次未遂的撤退,注定成为霍光一生中最大的遗憾。他死后不到三年,霍氏家族就被抄家灭门,很快灰飞烟灭了。对此,司马光分析道:"霍光之辅汉室,可谓忠矣;然卒不能庇其宗,何也?夫威福者,人君之器也。人臣执之,久而不归,鲜不及矣①。"假如霍光在天有灵,看到司马光的话,大概会委屈地抗议:我哪里会如此糊涂,实在是"春风无限潇湘意,欲采蘋花不自由"②啊。

退亦有道

人生其实就是一次又一次的赌博,每个人都是被蒙住眼睛的赌徒。有些赌局,感觉玩不下去了,若收了手,曾经所有的投入和付出便都付之东流;若硬着头皮继续,搭上的可能就是身家性命。是放弃那些"沉没成本",还是放手一搏,不知让多少赌徒在纠结中沦陷。退是一件比进更令人头疼的决定。进,一腔血勇

---

① 司马光:《资治通鉴》。
② 柳宗元:《酬曹侍御过象县见寄》。

足矣；而退，则了断之果决、人情之练达、演技之精湛缺一不可。

想明白了进退利弊，疏广当机立断，做出辞官归乡的决定。找侄子疏受谈话，其实不是商量，而是通报。疏受也是明白人，一点即通，二话不说，当即表示"从大人议"。叔侄俩雷厉风行，说做就做，当天就请了病假，撂了挑子，真真是绝不婆婆妈妈、拖泥带水。二疏的全身而退，正得益于这种爽利潇洒——在还未介入复杂的利益纠葛、派系之争，没有受到更深的嫉妒、猜忌、成为别人的假想敌之前，挥一挥衣袖，不带走一片云彩，正可谓回首向来萧瑟处，也无风雨也无晴。

不过，到了一定层次、一定级别，退出已经不再是一个人的事。若想退得从容、退得安全、退得皆大欢喜，还需顾及他人感受。事，大家都心照不宣，却不能直来直去。若让人家尴尬了，自己也就离悲催不远了。如果疏广实话实说，表达对君王薄情寡义的失望，控诉对同僚攻讦倾轧的不满，愤然辞职……估计二疏归的将不是老家，而是西天。范蠡的辞职报告则这样写："臣闻主忧臣劳，主辱臣死。昔者君王辱于会稽，所以不死，为此事也。今既以雪耻，臣请从会稽之诛。"典型的以退为进，将自己置之死地而后生：君主受辱就是臣子的罪过，我之所以还活着，就是为了帮您报仇雪耻，如今国复了，仇报了，请让我承担您受辱的罪责，赐我一死吧。就这么两句话，就把话说圆了，把面子给足了，把感情融通了，既推功揽过，消除了主子的心理阴影，又隐晦地透露出退隐的意向，减弱了主子的猜疑戒备之心，多漂亮。搞得刻薄寡恩的勾践都动了感情，忍不住冲动了一把："孤

回首萧瑟处
探寻宋词背后的历史尘烟

将与子分国而有之。不然,将加诛于子。"① 当然,大家都是聪明人,这些场面话,谁也不会当真,权当是俩好买一好吧。

当然,仅仅会说漂亮的场面话并不够,关键是要在合适的时间说合适的话、干合适的事才行。在这方面,同为秦将、同是"战神"级别、同样想撤退的白起、王翦,就有着截然不同的命运走向。

若论军事才华,白起自是无人匹敌。但也许正因此,他才更加桀骜不驯。长平之战后,秦国再次发兵攻赵,白起因病未能挂帅。可缺了白起的秦军就像崴了脚的博尔特,竟连吃败仗。这时候,白起的病已经痊愈,秦王想让他火线救急。但白起认为此时攻赵不是时候,仍然以有病为由拒绝出征。秦王没办法,只得另派别人,结果还是损兵折将。此时,白起在不合适的时候说了句不合适的话:"秦不听臣计,今如何矣!"秦王听到这风凉话,大怒,强令白起出征。白起又在不合适的时候干了不合适的事,竟耍起了性子,不管丞相还是君王,谁的面子都不给,仍然称病拒不出山。秦王气得火冒三丈,将他一撸到底,贬成大头兵,再次严令他随军出征。半路上,秦王怕他心中不服而生异心,便赐了他宝剑一柄,一代战神就此自刎而亡。

相比白起任性的强退,王翦的火候就拿捏的相当准了。

和白起相似,秦始皇攻楚,也因不听王翦的意见而失败。不得已,嬴政只能请王翦出征。王翦当然也很不爽,但他不像白起

---

① 司马迁:《史记·越王勾践世家》。

那么棒槌，只是象征性地推辞了一下，为自己找回点面子，便答应了出征。出发前，王翦竟与嬴政讨价还价，请求赐予良田美宅给他养老。到了函谷关，又连续五次派使者回朝讨要赏赐。属下见他如此贪婪，忍不住发了通牢骚。王翦无奈解释说，秦王残忍多疑，现在全国的精锐都在我的手上，如果不贪财爱小以示效忠决心，不就会让他怀疑我拥兵自重、图谋不轨吗？这不过是在为全身而退铺路啊。

"事了拂衣去，深藏身与名。"① 这话说得轻巧，实则哪有那么容易。侠客可以有此境界，政客可没这么洒脱。政治的险恶尤甚于江湖，竟能生生把豪迈嗜血的赳赳武夫逼成了影帝，真可谓人生如戏，都靠演技。

---

① 李白：《侠客行》。

缘何不羁爱放纵

——《六逸图》中隐秘的文人心路

《论语》里有这样一句很有意思的话：

子曰："直哉史鱼则！邦有道，如矢；邦无道，如矢。君子哉蘧伯玉！邦有道，则仕；邦无道，则可卷而怀之。"

翻译成现在的话就是：孔子说：刚直啊史鱼，国家政治无论清明还是黑暗，他都像箭一样勇往直前；君子啊蘧伯玉，国家政治清明时他做官施展抱负，黑暗时他就激流勇退、隐逸避祸。

史鱼和蘧伯玉虽然都是春秋时卫国的贤臣，从政哲学却截然相反。对此，孔老夫子竟都大加赞赏。对于习惯了非黑即白、非对即错、非好即坏"二元思维"的人看来，孔老夫子这话实在是没原则。到底是史鱼的做法正确，还是蘧伯玉的行为有理，不应该分个一清二楚吗？

其实，孔子强调的并非对与错，而是表达对个人选择的尊重。儒家推崇的君子之道，重要一条就是严于律己、宽以待人。不能拿自己的道德标准来衡量约束别人。只要不影响不妨碍不损害他人的利益，所有的行为都没错。

不过，话虽如此，但儒家历来主张入世进取，因此对于蘧伯玉的态度，就总觉得有一股深深的无奈和苦涩在里面。也许，对史鱼的刚直，孔子是充满感情地赞叹；而对蘧伯玉的通变，则是出于理智的赞同吧。

这种认识，不经过无数次头破血流和泪流满面，恐怕是无法产生的。因此，中国历史上，越是乱世，像蘧伯玉一样的士人就越多。

东汉末年以及魏晋时期，这样的人更是层出不穷。代表人物即著名的"竹林七贤"：嵇康、阮籍、山涛、向秀、刘伶、王戎及阮咸。这些人或者遁于世外，或者隐于朝中，或者超然于物，诗、书、酒，以及玄而又玄的清谈，成了他们的标签和品牌。

当然不止"竹林七贤"。

故宫博物院藏有一画，乃唐代陆曜所绘的《六逸图》。"六逸"者，即汉末魏晋的六位文人逸士："醉偷酒盗"毕卓，"大肚经笥"边韶、"长笛男神"马融、"五柳先生"陶潜、"木屐藏家"阮孚、"不二药价"韩康。他们种种放荡不羁的行径做派，经过千百年的打磨，都浓缩为意味深长的典故，成了镶嵌在后世诗词中的一颗颗珍珠，至今闪烁着奇异的光芒，令人咂舌称奇。

毕卓：一波浪来喝一口

辛弃疾《水调歌头·再用韵答李子永》云：

断吾生，左持蟹，右持杯。买山自种云树，山下劚烟莱。百炼都成绕指，万事直须称好，人世几舆台。刘郎更堪笑，刚赋看

回首萧瑟处
探寻宋词背后的历史尘烟

花回。

人常道：酒是穿肠毒药。可奇怪的是，明知如此，为何还是有那么多人对酒欲罢不能、毫无抵抗力呢？答案当然有 N 多种，但对于毕卓来说，答案只有一个。

毕卓其实是有些才干的。素有识人之才的西晋重臣胡毋辅之，就很看重于他。当时，他官居吏部郎，也算是高官了。但他对仕途并不怎么在意。他最痴迷的莫过于喝酒，而且经常因喝酒而荒废公事。

酒这东西，看人下菜碟，最是势利。酒入诗人喉，写出的是"举杯邀明月，对影成三人"，化成的是诗意；酒入英雄血，吼出的是"力拔山兮气盖世"，化成的是快意；酒入流氓肚，唱出的却是"翻过了一座山，又拐了一道弯，妹呀妹呀我来到了你屋前"，化成的不过是骚意。而酒入毕卓这种放浪名士的肠中，做出的就是"唯酒是务，焉知其余"①的非常之举，化成的则是游戏人间的颓意了。

譬如说，他这个吏部郎，就做了一件在今天看来匪夷所思的事来。

那个时候，酒大多为家酿。这一日，毕卓正在家自斟自饮，喝得有些醺醺然。忽然间，又闻到一股酒香——这自然不是他面前之酒所散发出来的。"酒精考验"的毕吏部马上就判断出，此酒要比自家的酒好上几倍。他吸着鼻子，循着酒香，摸到墙根儿

---

① 刘伶：《酒德颂》。

那里，知道定是邻家新酿的美酒刚刚开坛。

此时已近三更，毕卓本可等到天明之后再做计较。但奈何肚中酒虫作祟，百爪挠心，哪里还等得了许久、顾得了许多，急匆匆翻墙越户，涎涎涟涟寻酒觅醪，很快找到那坛佳酿，不由分说畅饮起来。

可如此一折腾，邻家主人已然惊醒，发现来了个盗酒贼，急忙跑去捉拿。不用费事，醉上加醉的"酒盗"就束手就擒了。夜半三更，黑漆漆的，主人也不细看，绑起来丢在酒缸旁，又自顾睡去了。第二天一早，主人想起那个"酒盗"，过去一看，大吃一惊，竟然是隔壁的毕吏部，吓得魂飞魄散，连忙松绑道歉。

毕卓却不以为忤，反倒拉着邻居的手涎着脸要求人家在酒缸旁设宴款待。这是还没喝够呐！邻居一脸黑线，赶紧陪着这位大神把酒同饮。一直喝到酩酊大醉，毕大人这才满意而归——当然，回去的时候就不用费劲翻墙了。

盗酒这事，俗人来做，那是没出息，而换作了毕吏部，性质就不同了。既然孔乙己窃书算不得偷，那毕吏部盗酒自然也是风流雅事了。齐白石为此曾画《盗瓮图》，并题诗曰：宰相归田，囊底无钱，宁肯为盗，不肯伤廉。只不过，廉则廉矣，官也的确不像个官呢。

毕卓还有一句名言，就更不像官老爷说的话了，所描述的简直就是酒鬼们的乌托邦："得酒满数百斛船，四时甘味置两头，

回首萧瑟处
探寻宋词背后的历史尘烟

右手持酒杯,左手持蟹螯,拍浮酒船中,便足了一生矣。"① 此种意趣也只有近代那首打油诗可比:"不愿穷来不愿有,只愿长江变成酒。朝日沙滩睡个够,一个波浪喝一口。"这状态,岂不是神仙日子?难怪壮志难酬的稼轩,也要"左持蟹,右持杯",意欲如此了却一生呢。

看来,毕卓喝得也许不仅仅是酒,更是糊涂——难得糊涂的糊涂吧。那时候,东晋王朝刚刚建立,政局动荡,世家大族尾大不掉,甭说他毕卓只是个吏部郎,就算是吏部尚书、丞相三公又能如何?时政已如脱缰野马,眼睁睁见它冲向不可知的前路,自己又无降龙伏虎、力挽狂澜的能力,与其空自嗟叹,不如疏狂图一醉吧。

比毕卓略早一些的一代酒仙刘伶,曾作《酒德颂》,云:"俯观万物,扰扰焉,如江汉之载浮萍。"既然管不了,不如无所谓,索性跳出三界外,将一切都付笑谈中。所以,他们便站在上帝的角度来看这个世界了,世间万物,芸芸众生,自然也包括那些仕宦俗事、官场纠葛,都不过汉江中的浮萍一般,微不足道、可怜可笑。

这种境界当然很高,实在太高,高得虚无缥缈让人摸不着头脑。

记得郑智化有一首歌叫《我这样的男人》,其中一句歌词这样说:"我的影子想要去飞翔,我的人还在地上。"毕卓正是这样

---

① 房玄龄:《晋书·毕卓传》。

的男人。这个世界纷纷扰扰，乱七八糟，剪不断理还乱，让人厌烦、恐惧、抓狂，不如快刀乱麻，斩断尘缘，躲在自己干净简单的精神世界中吧。于是，他选择冷眼旁观，以为滚滚红尘皆被看破，意欲无羁无绊，超脱放纵。

可是，就算他的精神能羽化成仙，但肉体毕竟还要在俗世打滚。这种撕裂的状态，表现出来的，就是荒诞不经了。

陶潜：葛巾漉酒自澄明

辛弃疾：《菩萨蛮·昼夜秋水》云：

葛巾自向沧浪濯。朝来漉酒那堪著。高树莫鸣蝉。晚凉秋水眠。

陶渊明也是爱酒的，这众所周知。

但陶渊明喝酒，与其他魏晋名士，特别是那个酒盗毕卓，还是有些不一样的。

如果说，毕卓喝酒，喝的是糊涂；那么，陶渊明饮酒，饮的就是清醒了。

也许，在"归去来兮"之前，酒在陶渊明眼里和毕卓眼里，没什么不同，都不过是一件哈利波特的隐身斗篷，借助它来拒绝整个世界。

但完全脱离了体制，成了一个社会人，或者更确切地说，成了一个自然人之后，酒对于陶渊明，就有了质的变化。

在陶渊明的《饮酒·其七》中，酒的作用是这样的：

秋菊有佳色，裛（yì）露掇其英。

回首萧瑟处
探寻宋词背后的历史尘烟

泛此忘忧物，远我遗世情。

一觞虽独进，杯尽壶自倾。

日入群动息，归鸟趋林鸣。

啸傲东轩下，聊复得此生。

诗人坐于东窗之下，独饮菊花美酒。窗外夕阳西斜，世界归于沉寂。倦鸟匆匆飞过，天空未留痕迹。天地周而复始，万物如此轮回。菊酒一杯饮尽，此生不过如此。此时之酒，没有令人亢奋的功效，更像是镇静剂，让诗人的心慢慢沉静下来。

在《移居·其二》中，酒不但没有把诗人同这个世界分隔开来，反而成了黏合剂，把他与世界粘为一体：

春秋多佳日，登高赋新诗。

过门更相呼，有酒斟酌之。

农务各自归，闲暇辄相思。

相思则披衣，言笑无厌时。

还有《杂诗·其四》中的恬淡与惬意：

觞弦肆朝日，樽中酒不燥。

缓带尽欢娱，起晚眠常早。

孰若当世士，冰炭满怀抱。

终日畅饮，纵情欢乐；早睡晚起，神清气爽。这种生活，比那些整日为名为利、蝇营狗苟，表面风光、实则很累的俗人，不知要爽上多少倍。这时的酒无法麻醉诗人的神经，让他变得浑浑噩噩，而是醒脑提神，洗净了他一双慧眼，透过世间的纷纷扰扰，看清了自己想要的生活。

他在诗中还说：有客常同止，取舍邈异境。一士常独醉，一夫终年醒①。显然他就是那个"常独醉"的人。看起来，好像他是"举世皆醒我独醉"，可其实在他的世界中，何尝不是"举世皆醉我独醒"呢。

诚然，陶渊明是个不折不扣的避世隐者。如果从这个角度看，无论是隐于野、隐于市，还是隐于朝，都是毋庸置疑的逃避。但陶渊明的高明之处在于，他不像那些人，逃出之后，就摇身变成了一个旁观者，假装自己不属于这个世界。他呢，逃出了那个金字塔结构、世俗的维度的世界，却独辟蹊径，返身发现了一个平面的、自然的维度的世界，并且一头扎进去，与之融为一体。

而酒，就是打通两个维度的那个"虫洞"。

其实，他笔下所谓的"桃花源"，就是那个新世界的形象化展示。在"桃花源"中，一切都是平和、冲淡、顺其自然的，也只有顺其自然，才能找到那个"桃花源"。

因此，当江州刺史王弘有意结交于他，却请他不到，转而在他去庐山的半路上，派陶的老友庞通之设宴款待，并借机拜见时，他坦然以对，同饮同醉，不刻意逢迎，也不顽固矫情。这就是平和、冲淡、顺其自然。

因此，当朋友颜延之做了官、掌了权，送给他二万钱时，他转手就都送给了酒馆，以便以后在酒馆随到随喝。这就是平和、

---

① 陶渊明：《饮酒·十三》。

回首萧瑟处
探寻宋词背后的历史尘烟

冲淡、顺其自然。

因此,当那年九月初九,他在宅边菊花丛中闲坐,采了一手菊花时,恰好王弘送来美酒,他便对菊而酌,大醉而回。这就是平和、冲淡、顺其自然。

因此,他不隐于深山,而是"结庐在人境",有客来访,无论贵贱,只要有酒就摆酒款待,如果他先醉,就对客人说:我醉欲眠卿可去!这就是平和、冲淡、顺其自然。

有一次,一个郡将来拜访他,正赶上他酿的酒糟熟了。这位不速之客丝毫没有影响他做酒的进程,他就像对待邻家老农一样——来了,坐,恰有新酒,一会儿正好对酌——说话间,手边一时找不到漉酒的网布,便随手摘下头上的葛巾来用,滤完,又将头巾扎在头上。①

这酒多么来之不易啊,真是"若复不快饮,空负头上巾"②啊!

但那傻乎乎的郡将哪里晓得,这葛巾漉出的酒,有多么的清澈、澄明、甘美。

边韶:大腹是为五经笥

陈瓘《减字木兰花》云:

淮岑妙境。十载醺酣犹未醒。一腹便便。也读春秋也爱眠。

边韶是个老师。

---

① 以上陶渊明事迹载于南朝梁萧统《昭明文选》之《陶渊明传》。
② 陶渊明:《饮酒·二十》。

边韶还是个胖子。

全世界的胖子都爱睡觉,边韶自然也不例外。而且边韶睡觉,不分时间,不分场合,想睡就睡,绝不含糊。

胖子老师,课堂睡觉,再遇到捣蛋的学生,被戏弄几乎是注定的。

这一天,边老师青天白日的,居然又在课堂上睡着了。

东汉末年,虽然时局混乱,但尊师重教的美德倒还留得一二,不像现在。

所以,学生虽然调皮,却也不敢过分造次,最多不过私下调侃调侃。见老师打瞌睡,一个学生忍不住,小声作了首打油歪诗博眼球:边孝先,腹便便。懒读书,但欲眠。边韶字孝先,这明摆着是在拿老师开涮。

边韶虽然在打盹儿,耳朵却在听八方。歪诗一字不落,听了个清清楚楚。

一般老师如何处之?暴起怒斥?拂袖而去?尴尬不语?边韶显然不是等闲之辈,眼不睁,头不动,只是幽幽说道:"边为姓,孝为字。腹便便,《五经》笥。但欲眠,思经事。寐与周公通梦,静与孔子同意。师而可嘲,出何典记?[①]"

你调皮,我比你还调皮;你打油,我比你更打油,而且这油打得水平更高、更机敏、更犀利。我为啥胖?腹中满经纶;我为啥睡?梦里会圣贤;老师我睡觉,睡得理直气壮,学生你嘲讽,

---

[①] 范晔:《后汉书·文苑列传》。

所嘲可有出处？

这种胖而不蠢、肥而不腻的麻辣老师，自然会让学生服服帖帖。

边韶这话回得固然霸气，但其中虚虚实实，很有玄机。

他说自己的便便大腹，里面装的都是学问，这个应该不是自吹。《后汉书》说他：以文章知名，教授数百人……著诗、颂、碑、铭、书、策凡十五篇。可这满腹的文章，在这浊世之中，到底该不该出售呢？这的确是一个问题。

苏东坡有一次吃饱饭，摸着肚子问：汝辈且道是中何物？一婢女回答：都是文章。另一个说：满腹都是识见。东坡皆不以为然。只有侍妾朝云一语点破：学士一肚皮不合时宜。

可见，腹中的文章和见识，如果无处施展，无疑会变成一肚皮的不合时宜。

其实，儒家思想从其产生之初，就具有强烈的经世传统，所谓的学而优则仕，即是如此。如果货都烂在肚子里，怎不叫人颓然？

但是，面对这个一片混乱的世界，自己肚子里的"货"能发挥出多大的功效呢？能产生多少价值呢？能改变什么呢？与其出卖自己肚中之"货"而让其变成入海之泥牛，还不如留在腹中，用以教书育人、传道授业呢。可是，到底心有不甘啊。自己的初心是什么？而自己现在整天又在干什么？简直是在蹉跎、是在浪费啊！

就这么天天纠结着，难怪他干啥都打不起精神。

所以，睡觉只是一种态度。

所以，他说"静与孔子同意"。所同何意？不言而喻。

所以，后来，边韶到底出仕了，"桓帝时，为临颍侯相，征拜太中大夫，著作东观。再迁北地太守，入拜尚书令。后为陈相，卒官"。①

不过，可惜啊，好像还是如其所料，到底什么也改变不了。

北宋时，也有一个嗜睡的李岩老。一次朋友聚会，大家吃饱了之后下围棋，唯有李岩老沾枕即睡。几局棋后，方一个翻身，迷迷糊糊问："君几局矣？"东坡打趣道："岩老常用四脚棋盘，只着一色黑子。昔与边韶敌手，今被陈抟饶先。着时自有输赢，着了并无一物。②"

东坡这话很有禅机。他把李岩老比做四脚棋盘，因闭目之后眼前便是全黑，所以说棋盘上只有黑子。论睡功，岩老与边韶棋逢对手。为何？还不都是"着时自有输赢，着了并无一物"嘛。

马融：雅笛亦难荡邪秽

陈人杰《沁园春·铙镜游吴中》云：

张禹堂深，马融帐暖，吟罢不妨丝竹声。松江上，约扁舟棹雪，同看梅春。

马融是东汉末年著名的大儒，学识非常渊博，为《孝经》《论语》《诗》《易》《三礼》《尚书》《列女传》《老子》《淮南

---

① 范晔：《后汉书·文苑列传》。
② 苏轼：《东坡志林》。

子》《离骚》作注，算是有汉以来的一座学问高峰。

不过，这个大儒有点另类。

在人们的印象中，大儒的形象应该是这样的：方正，古板，简朴，固执，不苟言笑，甚至有些迂腐。

马融不是这样。

年轻时的马融，是一个才华横溢的翩翩佳公子，很受恩师青睐，恩师甚至还将自己的女儿嫁给了他。晚年时，他开坛讲学，座下弟子数以千计，著名的卢植、郑玄即是他的门生，而后来的刘备、公孙瓒则是其再传弟子。

马融授课的方式与众不同，不是手持戒尺，耳提面命，谆谆教导，而是"尝坐高堂，施绛纱帐，前授生徒，后列女乐，弟子以次相传，鲜有入其室者"。[①]

这种教学形式，即便现在，也属罕见。高堂之上，马融居中而坐，面前有红色的纱帐相隔。纱帐外面，众生席地而坐听老师讲学；纱帐里面，则有女乐伴奏。边听音乐边学知识，如此前卫，就算今天的学生也会双手拥护吧。当然，几百名弟子，不可能都登堂听讲，只有五十余名有资格亲耳聆听教诲，其他学生则只能由这五十多名"尖子生"代教了。话一传就变味，所以，弟子中鲜有学问能与其比肩者。

马融为人做派也异于他人。他生性旷达率性，从不拘泥于儒生的繁缛之节，崇尚豪奢鲜亮，住宅、器物以及衣着服饰，既考

---

① 范晔：《后汉书·马融列传》。

究又时尚，半点"一箪食，一瓢饮，在陋巷，人不堪其忧，回也不改其乐①"的影子也没有。

当然，这些还只是外在的表现，即使涉及到儒家引以为生命的气节等问题，马融仍然是我行我素，让人大跌眼镜。

马融性子孤傲，非常自负，但并非淡泊之人。《论语》中，子贡问孔子：这有一块美玉，是珍藏于匣中好呢，还是找识货的商人卖出去好呢？孔子回答："沽之哉！沽之哉！我待贾者也。"所以，马融也打算听孔夫子的教诲，待价而沽。可当外戚、大将军邓骘慕名而来，请他出任舍人一职时，他却一口回绝了。舍人大约相当于如今的秘书，这自然不是理想的职位，他还不想这么着急把自己贱卖出去。

不过，很快他就自食其言了。当时他正旅居凉州（今甘肃武威），恰逢羌人贼寇扰边，边境混乱不安，粮价飞涨，关内以西，饿殍遍地。马融发现自己处于绝境之中，立即紧急掉头，主动接受了邓骘的聘约。

当然，他很容易就为自己的行为找到了理论支撑：古人有言"左手据天下之图，右手刎其喉，愚夫不为"。我马融胸怀经天纬地之才，却自我扼杀，这事连蠢货都不会干。生命比天下任何东西都宝贵，现在怎么能因为一点点世俗的屈辱，就毁掉我这无价的生命啊！

看看，学习理论多么重要！往大了说，理论可以改变命运；

---

① 《论语·雍也》。

回首萧瑟处
探寻宋词背后的历史尘烟

往小了说，理论可以救命呐。

这个理论，其实指导了马融的大半生。

和初入仕途的那些热血愤青一样，马融开始也是指点江山，激扬文字，粪土万户侯的。他看到朝廷重文轻武，贼寇横行，心中激愤难抑，遂作《广成颂》上书讽谏，主张文武之道，并用不废。可是，这种涉及治国路线的大事，岂是他一个小小校书郎所能左右的，况且，这还是独揽朝政的邓太后亲自拍板决定的，他的讽谏简直是在打领导的脸呐。

邓太后看了《广成颂》之后，果然很生气，后果当然很严重——马融原地踏步十年，无缘升迁。后来，干脆找个借口，将之一撸到底，贬为庶民，并诏令各地方官府，彻底封杀，不得录用。

初出茅庐，一腔热血还未尽情抛洒，就挨了一记闷棍，打入了十八层冰窟，再热的血，也无法沸腾了。

虽然邓太后死后，马融得以逃出"黑名单"，也做了一系列大大小小的官，但那记闷棍带给他的刺激实在太强了，以至于再不复之前"路见不平一声吼，该出手时就出手"的棱角和锐气。甚至在历史上著名的外戚恶棍、"跋扈将军"梁冀祸乱朝纲期间，还为虎作伥，替其起草了诬陷忠臣李固的奏折，并且屈膝谄媚，作歌功颂德的《西第颂》。这也成了他一生中无法抹去的污点。

可是，难道这是他的本性吗？固然，他仍然可以用"左手据天下之图，右手刎其喉，愚夫不为"的理论为自己开脱，但他骨子里到底还是孤傲清高的啊，他卑躬屈膝的时候，那种挣扎，那种痛苦，那种耻辱感，也许比挨一百记闷棍更让他生不如死。不过，无论怎样，一念成佛，一念成魔，刚入仕时他没做到"贫贱不能移"，现在他又没做到"威武不能屈"，按理说，大概可以就此将其归入小人或伪君子之列吧。

但马融哪会这么容易就让人做出鉴定结论。

顺帝永和五年（140），西羌叛乱，朝廷派征西大将军马贤平叛。但官军进军拖沓，眼看就要贻误战机，时任武都太守的马融忍不住上书痛陈利害，并主动请缨率兵征战沙场。虽然皇帝对此不予理会，但这足以证明，原来他的初心还在，他的血，还有温度的。

马融多才多艺，尤擅吹笛，其技艺之高超与后世的桓伊齐名，且有《长笛赋》传于后世。宋词中有"恨马融、一声羌笛起处，纷纷落如雪"①之语，比喻笛艺精湛、梅花零落。汉代应劭《风俗通·笛》解释："笛者，涤也。所以荡涤邪秽，纳之于雅正也。"马融喜笛，大概也有借笛明志之意吧。

然而，理想总是很丰满，现实却实在太骨感。他这样的儒生，无论是书生意气、疾恶如仇，还是委曲求全、依附权贵，终究免不了梦想破灭、处处碰壁。后来，由于陷入梁冀与其弟梁不疑的内讧漩涡，马融惨遭梁冀陷害，遭严刑拷打之后，被处以髡刑流放朔方。流放途中，他自杀未遂。再后来，虽然终被赦免归京，复任议郎，但这回，他的血再也热不起来了，不久就辞官归乡了。

---

① 无名氏：《胄马索·凑韵寄屈子》。

晚年，马融设绛帐讲学，总算是找到了一方可使灵魂栖息的净土。

边韶由讲坛出仕，马融致仕而归讲坛，儒生的经世致用之路，兜兜转转，大抵不过如此。

阮孚：不负一囊一木屐

陈韡《哨遍·陈抑齐乞致仕》云：

算一生，大都能消几屐，劳神到老成何事。趁齿落已双，凿丝在两，归寻闲里滋味。不见青云路有危机。金缕歌声，渐变成悲。

如果老板见你是个人才，宽容你的很多恶习，还总想提携你，委以重任，你会如何反应？感激涕零？浪子回头？马首是瞻？

这些反应自然都在情理之中。毕竟，世界这么大，人口这么多，能遇到慧眼识珠的伯乐，多难得啊，不厚报知遇之恩不就成白眼狼了吗？

以此标准衡量，阮孚貌似就是个地道的"白眼狼"。

阮孚是东晋人，任达嗜酒，跟羊曼、郗鉴等八人是死党，人称"兖州八伯"，阮孚为"诞伯"——放荡怪诞的老家伙。

说起来，他这个"诞伯"算得上家传：其叔祖和父亲分别是"竹林七贤"的阮籍和阮咸。所以，他的放浪形骸是有遗传基因的。

他放诞到什么程度呢？

衣冠南渡之后，阮孚先后任安东参军、丞相从事中郎，算是当时的青年才俊。但他整日蓬头垢面，不修边幅，基本上每天喝两次酒，每次十二小时。后来他又任黄门侍郎、散骑常侍，属皇帝近侍。一般人在领导眼皮底下工作，无不如履薄冰、战战兢兢，他呢，却经常拿官帽上的金貂去换酒喝。这种荒诞不经的行为，自然总会受到有关部门的"重点关照"，弹劾的奏章一封接一封，搞得皇帝都不得不亲自找他诫勉谈话，希望他"宜节饮也"。对此，他从来都不放在心上，照喝不误。即便如此，皇帝也从不打算处分他。为何？当然是因为皇帝觉得他是个人才，可堪大用。

事实也是如此。后来王敦叛乱，阮孚参与平叛，果然立了战功。而且他眼光很准，看事很有前瞻性。327年，成帝司马衍继位，阮孚断定：皇帝年幼，外戚庾亮把持朝政，但庾亮根基不稳，又急功近利，意欲削减地方军权，必将很快发生内乱。果然，不久就发生了苏峻的叛乱。

说实话，领导对他这个怪才的确很够意思，不但容忍了他那么多怪癖，而且还不断委以重任。平定王敦叛乱立功之后，皇帝封他为南安县侯，转吏部尚书，领东海王师。

可阮孚的态度就有些不识抬举了。对于这些封赏，他竟以有病为由，推辞不就。后来，皇帝病重，大臣温峤受命入宫听诏，路过阮孚家时，邀他同去。能在皇帝临终前接受托孤，那不仅是一种莫大的荣誉，更是一个谋取权力的天赐良机。对这样一块大馅饼，阮孚照例是——不屑一顾。温峤死拉活拽，才将这"棒槌"拖上车。哪知即便如此，行至半路，阮孚还是借口上厕所，

回首萧瑟处
探寻宋词背后的历史尘烟

下车后一溜小跑回了家。

领导揪着他的头发狠命往上提拔,他却使劲向下坐屁股。这事,想想都替领导尴尬。

莫非阮孚脑子进水了?

对于历史人物的评价,是一定要置于当时的历史环境中才能做出的。阮孚的时代,是中国历史上有名的大分裂时代。八王之乱,五胡乱华,北方沦为异族之手,城头变幻大王旗;南方则由东晋偏安,却也是矛盾重重,各方势力你方唱罢我登场。这种乱糟糟的状况,让很多人感到厌恶,这其中就包括阮孚。

由于史料的匮乏,无从知晓阮孚的心路历程。但一些蛛丝马迹,还是能透露出一二信息。

按理说,阮孚有才华,也有施展抱负的机会和舞台,应该会禁不住技痒难耐来大展拳脚吧,但他偏不。这只能说明他对司马政权,甚至说当时一切统治阶层的彻底绝望,以及彻底不合作的姿态。

那个世道,已经不是豺狼当道,而是豺狼当权、豺狼遍地。所谓施展抱负,不过是为这只豺狼围猎,还是帮那只豺狼吃人的问题。恰如赵传歌中唱的那样:我还能怎么做,怎么做都是错。

"兴,百姓苦,亡,百姓苦,[①]"如此人间炼狱,自己身披狼皮、指有利爪,真是怎么做都是错了。那些"豺狼"的宽容和大度,只限施予对他们有利用价值的人。自己如若因此同流合污,

---

[①] 张养浩:《山坡羊·潼关怀古》。

岂不愧对天地良心？也许只有什么都不做，才是最正确的选择吧。

因此，他拒绝一切诱惑，高官，不做；厚禄，不贪，自己吃干净饭，喝透亮酒。

据说，有一次阮孚游历会稽，手持一皂囊。有人问他：囊中何物？他答：里面只有一枚铜钱，这还是担心袋子因为没有装任何东西而害羞，特意留着这一枚铜钱照顾钱袋情绪。

这也是成语"囊中羞涩"的来历。这一幽默的回答，既体现了他的潇洒旷达，也说明了他作为一个堂堂高官，绝不搜刮民脂民膏的凛然清风。

既然要拒绝，那不如干脆拒绝得彻底一些。然而，毕竟是朝廷重臣，毕竟是身处江湖之中，想金盆洗手、退隐山林，哪有那么容易。

但这个念头一旦生根，就抑制不住了，还经常在不知不觉中流露出来。他有收藏木屐的癖好，有一天，有人去他家拜访，恰巧看到他正在给所收藏的木屐打蜡，一边打蜡还一边自言自语道："未知一生当著几量屐？"①

是啊，人一辈子能穿几双木屐呢？沉迷于那些多余的东西，而忘记了自己的初心和最想要的东西，这不也是一种生命的浪费吗？苏东坡的《西江月》有"世事一场大梦，人生几度秋凉？夜来风叶已鸣廊。看取眉头鬓上"之词，生命这东西，真是浪费不

---

① 刘义庆：《世说新语·雅量》。

起呢!

于是,他开始抓紧退出的步伐。

正巧广州刺史死在任上,出了空缺,他就向朝廷上书,苦苦请求外放,终于得到批准,被任命为镇南将军,总督交、广、宁三州军事,领平越中郎将、广州刺史。他即刻领命出发。然而,行至半途,就暴亡了,时年仅49岁。

这自然有些蹊跷,但史书就是这样记载的。不过,在浙江武义,却流传着这样一个说法:阮孚赴任途径武义时,趁着苏峻叛乱、朝廷焦头烂额之际,居然玩起了诈死,来了一个金蝉脱壳,跑到武义的明招山上隐居了。至今,阮姓还是武义的一个大姓,阮孚捐建的明招寺仍然矗立,明招山上还有"阮侯庙"遗迹,《武义县志》也记载明招山上曾建"阮孚祠""怀阮亭""蜡屐亭"等,明招山中一山甚至被命名为蜡屐山。

据说,归隐后的阮孚,经常穿着打好蜡的木屐,带着那个只有一枚铜钱的皂囊,游山玩水,累了便坐,坐下便饮,饮了便醉,醉了便睡……

韩康:当街卖药抱遁心

张雨《梧叶儿·赠龟溪医隐唐茂之》云:

移家去,市隐闲,幽事颇相关。刘商观弈罢,韩康卖药还。点检绿云鬟,数不尽龟溪好山。

有些人,拼命标榜自己是闲云野鹤、方外之士,其实那都是装的,他们只是在待价而沽,刷声望、刷存在感,譬如卧龙岗上那个散淡的人。

而有些人，开口能言，却什么也不说；肚中有货，却谁都不肯卖；心里有数，却就是不跟你玩。他们就像一缕清风，在天地间经过，却从不打算留下什么痕迹，甚至最好连名字都消融于空气。他们不羁于世，不属于任何人，他们别无所求，只愿无牵无绊，自由自在。譬如韩康。

不过，对韩康来说，他却经常生活在一种悖论之中。

韩康字伯休，是东汉末年京兆霸陵（今陕西西安东）人，专门游历名山采集药材，拿到长安街头出售。但韩康卖药，全无药贩的市侩之气，而有国士的傲气与风骨，那就是口不二价——说多少钱就是多少钱，多一分不要，少一分不卖，绝不议价。这样做生意，固然过于死板，但由于药真货实，倒也并不愁卖，而且一卖就是30年。

这一天，一个妇人过来买药，选定之后，偏要还价。韩康仍旧坚持自己的原则，绝不议价。妇人见此人顽固如石头，气道：你莫非就是那个从不议价的韩伯休?!

要是现在，妇人有此一问，卖家必然欣慰欢畅——这可是千金难买的口碑和品牌啊。然而韩康听了，却长叹一声说：我混迹市井卖药本为避名，可如今连个市井泼妇都知晓了我韩伯休，还卖药作甚！不由得心灰意冷，药也不卖了，径直躲进霸陵山中隐居去了。

这世间有些时候就是充满这样的荒谬：有些人机关算尽博取名利，却落得个竹篮打水；而有些人视名利为粪土，避之唯恐不及，偏偏无心插柳柳成荫。韩康没想到自己小心翼翼地低调，换来的竟是自动加V、圈粉无数，搞得几乎地球人都知道了。更没想到的是，他的名气甚至惊动了高层，连皇帝都为他点赞、加关注、成了脑残粉。

很快，朝廷就接连几次派专人进山寻访，许以高官厚禄，征他出山。事情变得越来越超乎韩康的想象了。从传播学的角度看，这事的确有趣，很有研究价值。但显然皇帝和韩康并不关心这个。皇帝藏在心底的想法应该是：民间如此有影响力的意见领袖，不为我所用，必为隐患啊，只有将其纳入我的彀中，才是良策。而韩康则想：即便牢笼用黄金编成，用珠玉镶嵌，毕竟还是牢笼。既然梦想在天空，就无须在意地上的诱惑，于是坚辞不就。

但皇帝岂是好打发的。汉桓帝竟然亲自备厚礼、修专路、派钦差、驾豪车去请他。这样再不接受，就不是不识抬举，而是抗旨不尊的大罪过了。韩康没有办法，只好假意答应，却在进京的路上，瞅个空子，逃进了深山老林之中，找了个人迹罕至的地方藏起来，一直到寿终正寝。

唐吴筠为此曾作诗咏怀，诗云：
伯休抱遐心，隐括自为美。卖药不二价，有名反深耻。
安能受玄纁，秉愿终素履。逃遁从所尚，萧萧绝尘轨。

视浮名、利禄、官位为洪水猛兽，韩康的态度做法算得上极致了。虽然历史上像韩康一样的人，也有一些，如尧舜时代的巢父、许由，东汉初年的周党、逢萌、王霸，但这些人毕竟属于异数。这仅仅用个性和人各有志来解释，是无法完全令人信服的。

也许，他们是中国传统文化中难得的觉醒者，就像韩康卖药，医的是别人的病，治的却是自己的心，30年口不二价，不仅是一种坚守，更是一种修行，一种心性的磨炼。这种修行，终于使他们获得了智慧的开蒙、尊严的自觉和见识的深邃，正如王霸拒绝朝廷征召时所言：天子有所不臣，诸侯有所不友。你是大树，背靠你虽可乘凉，但亦可引来雷劈；我是小草，虽然风霜雨雪、野火燎原都是灭顶之灾，但春风过处，又将是"草色遥看近却无"。也许我很渺小，无法改变什么，但作为天地间存在的独一无二的个体，仍然让我感到自豪和快乐。

所以，他们面对大海，不再梦想立于潮头，面对舞台，不再企图成为主角，面对黑暗，不再奢望寻找光明，而是选择另一种方式来活出真我。

万事怎能不称好

——从水镜先生到历史的周期率

1185年,辛弃疾遭罢黜正赋闲在上饶家中。一天,信州太守郑汝谐设家宴相邀,稼轩欣然赴约。郑宅位于上饶城一隅,唤作"蔗庵"。宅中有一小阁,名曰"厄言"。

席间,二人推杯换盏,皆已微醺。这时,稼轩注意到席间几种古怪的酒具:厄、鸱夷和滑稽。"厄"为一种酒满则倾、无酒则仰,姿态随物而变的酒器;"鸱夷"腹如大壶,类似酒瓮;"滑稽"则是从鸱夷中汲酒用的取酒器。这些都是古时物件,不知郑汝谐从何处得来。又记起郑宅那个取名"厄言"的小阁——"厄"之含义,就言论来说,不就是随声附和、毫无主见吗?——而自己正因坚持北伐中原、收复河山,拗了那当权大佬们的偏安苟且之意,才落得如今这个下场。于是,心中激愤之情又起,遂填《千年调》抒怀。词云:

厄酒向人时,和气先倾倒。最要然然可可,万事称好。滑稽坐上,更对鸱夷笑。寒与热,总随人,甘国老。

少年使酒,出口人嫌拗。此个和合道理,近日方晓。学人言语，未会十会巧。看他们，得人怜，秦吉了。

词中抓住卮、鸱夷、滑稽三种酒具，及药材"甘国老（甘草）"、鸟儿"秦吉了（鹩哥）"的形态特质，借题发挥，讽刺那些官僚群丑唯上是从、明哲保身、不以国事为重，而正直耿介、一心为国的有志之士反遭排挤迫害。笔力辛辣，入木三分，特别是一个"万事称好"，活灵活现地描摹出那些唯唯诺诺庸碌之辈的可笑可憎丑态。

"万事称好"其实是个典故，典故的主角则是《三国演义》中神秘的"水镜先生"。

好好先生

"水镜先生"即司马徽，名德操，在《三国演义》中是个高深莫测的世外高人，曾向刘备推荐了"卧龙"诸葛孔明和"凤雏"庞士元。历史上，司马徽也确是如此，算得上有识人之才的慧眼伯乐。

但与其毒辣的眼光相比，司马徽的性格特点则更引人深思。

司马徽的性格很温厚，温厚到什么程度呢？有个老乡丢了一头猪，咬定是跑到司马徽家去了。司马徽二话不说，赶紧把自己的猪送给了老乡。没过几天，那头丢失的猪享受完说走就走的旅行之后，又自己溜达回来了。老乡这才知道错怪了司马徽，急忙将猪送还。司马徽非但没有得理不饶人，反而衷心感谢人家：能把猪送回来，真够意思！

还有一次，司马徽家养的蚕宝宝该上蚕山结茧了。而这时邻人却来找他借蚕帘。他还是二话不说,将蚕帘借给了邻居。别人不理解他为何把自己急需之物借给他人。他解释道:"人未尝求己,求之不与,将惭。何有以财物令人惭者。"① 人家好不容易张一回嘴,如果因区区财物而拒绝,岂不是让人家难堪吗?

由此可见,处处宽容忍让、以吃亏为福的司马徽,个人修养是极好的,堪称道德模范、中国好人。如果只是在乡野田园,只是涉及家长里短,那他肯定是最讨人喜欢的老头儿。

但这种美好的私德如果延展到公共领域中,放到家国天下的大舞台上,味道就不一样了。

当时正是东汉末年,群雄割据,刘表为荆州牧,坐拥数千里疆域、带甲兵十余万。刘表本人姿容伟壮,谈吐儒雅,在天下名流中很有威望,所治荆州安居乐业、群民悦服。更因其开经立学、爱民养士,所以从各地来投靠的学者有上千人之多,司马徽也在其中。

然而,入荆州不久,目光毒辣、见识卓越的司马徽就看出,刘表貌似宽厚雍容,一派长者风范,实则性多疑、好猜忌,气量狭窄、心眼很小。因此司马徽打定主意,若想保全自己,唯有以不变应万变,任你有千条妙计,我总有一定之规。

从此之后,"司马徽牌电视机"的所有频道都只播出同一个节目,节目内容就是一个字:好!

与人聊天,从不指摘别人不足,无论对方美丑对错,都只

---

① 刘义庆《世说新语·言语》刘孝标注《司马徽列传》。

道：好！

众人聚会畅谈，凡臧否时事时，他总是捻须微笑，只道：好！好！

别人问他，身体安否？他无论是否健康，也都只道：好！好！好！

一天一个朋友跑来向他哭诉自己儿子不幸夭折，老先生竟还是摇头叹道：很好！很好！

老妻实在看不过眼了，责备他说：人家把你当作可以信任的朋友，才向你倾诉丧子之痛，哪有闻噩耗而说很好的道理呢！

老先生乜着眼看了看老妻，还是微微点头，说：你这话，也很好！很好！

由此，司马徽便得了个"好好先生"雅号。

"好好先生"的人缘自然是不会差的，但更重要的是，这种"好好好""是是是"的混沌颜料确实是一种最好的保护色。后来，有个对司马徽了解颇深的人向刘表推荐他，说：司马徽是个奇人，只是未遇知音。刘表于是亲自前去拜访，但看到"好好先生"那糊里糊涂的样子，便不屑一顾道：原来此人名不符实，不过是见识粗鄙的小书生而已。

每个人从骨子里都渴望被尊重、被肯定、被颂扬，这是人性的特点，也是人应有的正常反应。但偏偏就有人不爱惜自己的羽毛，甘愿受人轻视、遭人唾弃。不过，这种自污其名的做法，固然违背人性，却也避免了"木秀于林风必摧之"的风险、"良药苦口"可能带来的报复，能够给予自己泯于人海、随大流的安全感——毕竟，面对生存的威胁，一切都要退居其次。

所以，会有那么多人把明哲保身作为行为准则、金玉良言，不论是非，不管对错，无视黑白，绝不对任何人、任何事表露自己的真实观点，在每说一句话之前，都要瞻前顾后，掂量再三，确保不授人以柄、不批逆龙鳞、不给自己挖坑。他们永远把"领导定律"奉为圭臬：第一条，领导总是对的；第二条，如果领导错了，请参照第一条。只要不得罪人、不遭人妒忌、不惹麻烦，做一个"万事皆好"的糊涂蛋又当如何？

于是，此风掠处，贤者装聋作哑，愚者噤若寒蝉，奴者趋炎谄媚，就算偶尔冒出几个不识时务的"啄木鸟"，也很快被当成鸡给杀掉，骇住更多的猴子。在集体的沉默与纵容中，真相越来越模糊，正气越来越稀薄，秩序越来越混乱，前途也越来越渺茫。但谁会关心这些呢？在众人皆醉的时候，独醒，是一种蚀骨的孤独，而孤独，是可耻的。

然而，当众人皆装睡的时候，独醒，就是一种令人汗毛倒竖的惊悚了。

必然的结果

陈寿在《三国志》里这样评价刘表："外宽内忌，好谋无决，有才而不能用，闻善而不能纳。"不过，客观说来，刘表也并非暴虐昏聩之徒。当年荆州乱成一锅粥，朝廷给了他个荆州牧的空头衔，手底下却没有一兵一卒；而且京城距荆州千里迢迢，中间还隔着袁术这个拦路猛虎，说是委以重任，不如说是让他去送死。但刘表硬是单骑入荆州，凭着高超的政治手腕，成功借助地方豪族，仅用一年时间就站稳了脚跟，平定了叛乱，将荆州这一盘散沙整合在了一起。

他割据荆襄，实力也算得上雄厚；投奔他的人才也有千余，且境内就藏有"得一可安天下"的卧龙、凤雏两位大神，居然不能为其所用；晚年更是一手造成了二子夺嫡的分裂局面。坐拥优质的财力、物力、人力资源，而始终没有大的作为，最终身死之后地盘迅速被曹操吞并，十八年的苦心经营付之东流，个中原因固然复杂，但其性格多疑、格局促狭、难以容人应是重要因素之一。

刘表有一个幕僚，名叫刘望之，也算是当时的名士。望之两个朋友受人诽谤陷害，被刘表处死了。望之也因为直言相谏与刘表产生龃龉，一生气丢下印信撂挑子回家了。望之弟弟刘廙很有见识，劝哥哥赶紧出走避祸。望之不听，到底被刘表杀害了，刘廙也被逼投奔了曹操。

耿介刚直的刘望之死了，万事称好的司马徽活了下来。如果从独善其身的角度来看，刘望之识人不明、看事不透，迂腐幼稚，显然被司马徽甩出几条街；可如果从天下大义的高度观之，司马徽就又比刘望之少了几分勇气、锐气、豪气和骨气。在乡野村间时，那种修身齐家的宽仁达观，一经移植到治国平天下的大平台上，就变得庸俗猥琐、世故圆滑了。

不过，这板子自然不能都打在司马徽的屁股上。因为，我们不能苛求每个人都能达到孟子所说的"威武不能屈"的标准，无

回首萧瑟处
探寻宋词背后的历史尘烟

论哪个时代、哪个地方,"虽千万人吾往矣"的勇武忠烈之士,终归是少数派。一个时代、一个地方的危亡与否,也许不在于有多少反对的声音,而在于整个社会是否充斥着沉默的或者闭着眼睛高唱赞歌的大多数。

西周末年,周厉王施行暴政,与民争利,一时间民怨沸腾。厉王闻之大怒,实行高压政策,采用特务手段监视百姓言行,发现谁有非议,就抓住杀掉。如此一来,全国人民噤若寒蝉,百姓甚至都不敢说话,走在大街上只能以目光相互示意。于是,厉王再也听不到任何影响心情的话,得意地说:所有非议都被我平息啦,他们都不敢胡说八道啦!

此时,我们能责备这种集体失语吗?我们是不是最该追问,是谁,或者是什么,让这些人变成哑巴和应声虫?

这其实是两个必然结果的一个死局:极权与独裁必然导致言路闭塞、万马齐喑;而集体失语、万事称好又必然导致衰败和灭亡。譬如那个掩耳盗铃的周厉王,正当他为自己的英明决策沾沾自喜时,召公警告他说:"防民之口,甚于防水。水壅而溃,伤人必多,民亦如之。"但厉王我行我素,三年后,终于爆发了著名的"国人暴动",厉王遭到驱逐,西周王朝大厦根基动摇,周王室从此日趋衰微。

无论是一个时代、一个国家,还是一个团队、一项具体工作,莫不如此。如果还有人敢表示愤怒、表示异议,那么不管情况有多糟,至少还不会令人绝望。怕只怕天上已经黑云压顶,海面却风平浪静。那时离恐怖的大海啸一定不会远了,正如鲁迅所言：沉默啊，沉默，不在沉默中爆发，就在沉默中灭亡——既然不允许用嘴投票，那么，大家只能用脚、用手投票了。

召公对·野王对·窑洞对

其实，这个道理并不深奥，也并不需要多大学问就能搞懂，甚至一些野老村夫就能深谙此道。

东汉还未建立，光武帝刘秀尚在河北打拼的时候，一次路过野王（今河南沁阳），想顺便打猎，恰巧看到两个老头正在追逐鸟兽，便问鸟兽逃向何处。两个老头指向西方说：这地方有许多老虎，我们每次追赶鸟兽，老虎也追赶我们，大王您还是不要去打猎了。刘秀不以为然道：既然如此，就做好充分防备，老虎又有何惧！两个老头听了哈哈大笑道：大王谬矣，从前汤在鸣条（今山西夏县之西，河南封丘东）追猎桀，而在亳（今河南商丘）建立商朝；周武王在牧野追猎纣，而在郏鄏（今河南洛阳）建立周朝。这两位天子，所做的防备难道不充分吗？所以，追猎别人的人，别人也会追猎他，就算有所防备，又怎么能大意呢？

野王二老这番话中的深意，与一千九百年后那个著名的"窑洞对"颇为相似。1945年7月初，毛泽东在延安会见黄炎培。黄炎培说："我生六十多年，耳闻的不说，所亲眼看到的，真所谓'其兴也勃焉'，'其亡也忽焉'……一部历史'政怠宦成'的也有，'人亡政息'的也有，'求荣取辱'的也有。总之没有能跳出这周期率……希望找出一条新路，来跳出这周期率的支配。"

司马徽之所以"万事称好"，是因为不这样，就有可能像刘望之一样死于非命；刘望之之所以会死于非命，是因为惹怒了荆州的土皇帝刘表，土皇帝一生气就要遇佛杀佛；土皇帝之所以敢肆无忌惮地施暴，是因为他手中的权力太大了，几乎没有什么能制衡得了他。绕了一圈，到底还是那两个必然结果的一个死局，亦即黄炎培口中的历史周期律。

由此不难看出，道理的确很浅显，无论是古人还是今人；也无论是乡野村夫还是大臣君主，都很清楚这一点。甚至连问题的答案都已有人解答。

毛泽东听完黄炎培的话，回答说：“我们已经找到新路，我们能跳出这周期率。这条新路，就是民主。只有让人民来监督政府，政府才不敢松懈。只有人人起来负责，才不会人亡政息。”

其实，早于毛泽东两千多年的召公，也已经给出了类似的答案。在警告周厉王的同时，召公就提出了消弭之策：“是故为水者决之使导，为民者宣之使言。”治理水患，要变堵为疏；治理国家，要让百姓畅所欲言。

所以，问题的关键一定不是如何给出答案——答案并非什么机密，两千多年一直都摆在那里——关键是如何执行好这个答案，用如今时髦的说法就是：如何让权力在阳光下运行，如何把权力关进制度的笼子。

可怜芳兰当门生

——这些神人为何能辨天灾却躲不过人祸

一

苏轼《水龙吟》曰:"自中郎不见,桓伊去后,知孤负、秋多少。"仇远《西江月》又云:"长亭犹有竹如椽,可惜中郎不见。"二人词中所涉"中郎"均同指一人,乃东汉末年蔡邕蔡伯喈。

在宋人词中,蔡邕皆以制笛大师面目示人。据说蔡邕在会稽高迁时,偶然途经一小亭,见亭子的第十六根竹椽异于它竹,遂取之制笛,果然音色绝异,宛如天籁。因亭子唤做柯亭,故此笛以柯亭闻名于世,流传千古。刘伯温《横碧楼记》曰:"予又闻柯亭有美竹,可为笛,风清月明,登楼一吹,可以来凤凰,惊蛰龙,真奇事也。"

蔡邕不只会制笛,还会斫琴。蔡邕流亡吴县,看到一个人生火做饭,灶间的劈柴是一些桐木。那些桐木在火中劈啪作响,蔡邕觉得其中一根响声有异,就赶紧求主人抽出那根桐木,制作成琴,弹拨之下,琴声竟出奇的纯美清幽,只因尾部有烧焦的痕迹,故称做"焦尾琴"。

当然,制作乐器不过是蔡邕的业余爱好,他本人"少博学……好辞章、数术、天文,妙操音律[①]";还写得一手好字,其书写的《六经》经文刻于石碑,立于太学门外之初,前来观瞻和临摹的人,所乘马车每天都有千辆,塞满了附近的大街小巷。不仅如此,此人人品极好,又兼倜傥俊雅,实在是东汉末年当仁不让的"国民男神""无敌学霸"。

不过,这些技能如与他另一特长相比,就又相形见绌了,那就是,他能辨灾异。

汉灵帝光和元年(178),东汉帝国好像是感染了病毒的计算机,气候紊乱,灾祸频发。灵帝知道蔡邕精通天文历法和阴阳五行,便将他诏入宫中,密问七件灾异之事。徐连达先生总结为:一虹蜺;二白衣人入德阳门;三雌鸡化雄;四日蚀地动,风雨不时,疾疠流行,迅风折树;五星辰错谬;六蝗虫冬出;七平城门武库屋坏。

此七事,即便如今看来,仍然匪夷所思,有的甚至连现代科学都无法解释。而皇帝却要蔡邕现场作文,逐条释明,不得遗漏。

对于这七道"哥德巴赫猜想式"的难题,蔡邕却不慌不忙,轻轻松松一挥而就,引经据典将这些神秘事件一一解析辨明,令

[①] 范晔:《后汉书·蔡邕列传》。

人信服。当然，这些解答是不会、也不可能从现代科学角度做出的，而是以天人感应为依据，"以经义说政治、人事，以阴阳、五行、方术附会经义，并用此以警悟权威高于一切的皇帝，使之警戒自厉以消弭灾异。"① 能如此论证严谨、有根有据，必须要有渊博到恐怖的学识才可能自圆其说、天衣无缝。由此可见，蔡邕确为当时不可多得的一代通儒。

只是可惜，如此英才，还未及展翼高飞，就折翅陨落了。

二

公元189年，汉灵帝驾崩，儿子刘辩继位，是为少帝。少帝时，外戚与宦官相争，导致天下大乱，西凉军阀董卓趁机进京，自任司空，废少帝刘辩、立献帝刘协，实行白色恐怖，并酝酿篡位。这董卓倒也不是一味蛮干，也懂得笼络人才为己用。而蔡邕这个"超级网红"自然树大招风。董卓派人征召蔡邕，蔡邕称病婉拒。董卓岂是容易打发的主儿，发来狠话，说蔡邕如果不识抬举，就灭他九族。

被灭十族也不眨眼的方孝孺，毕竟古往今来只有一个。蔡邕无奈，只得就范。没想到，那残忍嗜杀的董卓也有识才的慧眼和容才的肚量。三天之内，蔡邕就在御史、尚书、谒者三个重要岗位转了个遍，然后升任巴郡太守，又留在京城担任侍中，最后官至左中郎将，封高阳乡侯，可谓"火箭式"干部，宋词中"中

---

① 徐连达：《徐连达评说中国历史的205个细节》，2012年上海大学出版社。

回首萧瑟处
探寻宋词背后的历史尘烟

郎"之典,即源于此。

董卓这种不符合"干部选拔任用条例"的乱搞,虽然荒唐,但也足以看出对蔡邕的器重。蔡邕当然看不惯董卓的一向作为,知他势力必不能长久,也想找个机会逃走避世。但无奈自己名气太大,人又太帅,走到哪里都上头条,根本走不脱,只得作罢①。

既然惹不起,也躲不起,那就尽其所能做些有用之事吧。于是,蔡邕凭借董卓的器重,作了不少劝谏。董卓虽是个混蛋,却也采纳了蔡邕的一些建议。

不过,这种状态并没持续多久。因为三年之后,董卓就被司徒王允联合吕布给干掉了。

董卓专权时,不管是主动依附的小人,还是被迫屈从——如蔡邕的君子者,并不在少数。这个属于大环境使然,历史原因,法不责众,新庄家想清洗也清洗不了。虽然当时站错了队,有了历史污点,但这时如果肯明确表态,立即转舵,作痛心疾首、悔恨莫及状,也没人能拿你怎样。事实上,大多数人也确是明智如此。

然而,聪明绝顶的蔡邕,缺乏的正是这种政治敏锐性,或者说是政治投机性。

董卓被诛后,王允掌权。在一次王允主持的董卓批判酒宴上,当所有人都义正词严地揭发、义愤填膺地控诉、义形于色地

---

① 《后汉书·蔡邕传》载:蔡邕对堂弟蔡谷说:"董公性刚而遂非,终难济也。吾欲东奔兖州,若道远难达,且遁逃山东以待之,何如?"谷曰:"君状异恒人,每行观者盈集。以此自匿,不亦难乎?"邕乃止。

诅咒帝国公敌董卓时，蔡邕想到的却是董卓的知遇之恩，居然不合时宜地发出了一声叹息，脸上甚至浮现出不忍之色。

这当然被视作为一种挑战。在这种尘埃还未完全落定的复杂时期，作为胜利者的王允急需分辨敌我，揪出一切收起爪牙伺机而动的潜在余孽。而蔡邕恰恰就傻乎乎愣往枪口上撞来，王允岂能放过这杀鸡骇猴的好机会。

王允大概需要强行抑制心中的喜悦，才能逼真地展现自己的愤怒。他大义凛然地斥骂道：董卓乃罪大恶极的国贼，差点就倾覆了汉室江山。你作为朝廷重臣，就该同我们一样恨不能生啖其肉，但你却感念个人恩情，而忘掉大义节操！如今董贼伏诛，你竟然为他伤悼哀痛，岂不是想和他共同谋逆作乱吗？

蔡邕就这样稀里糊涂地打成了现行反革命，被逮捕入狱。虽然诸位同僚都惋惜蔡邕的才华，纷纷向王允求情，但占领了道德和政治制高点的王允，铁心要以此人之血祭旗。于是，一代旷世逸才到底瘐死狱中。

蔡邕之死，冤也不冤。既然选择了玩政治，又怎能动感情呢？当政治的铁血，遇到性情的热血，悲剧几乎就已注定。

三

悲剧还注定发生在另一个人身上。这个人与蔡邕同样才华横溢，他叫杨修。

东汉时，上虞孝女曹娥，投江救父，世人感动，立碑为记。蔡邕在上虞时，拜谒曹娥碑，于碑阴处题"黄绢幼妇，外孙齑

回首萧瑟处
探寻宋词背后的历史尘烟

(jī)臼"八字,世人皆不解其意。《世说新语》载,曹操过曹娥碑,主簿杨修随从。见碑阴蔡邕所题八字,曹操问杨修解否。杨修回答:已解。曹操说,你先别说,容我一想。行三十里后,曹操终于悟出,二人分别写下。只见杨修解道:黄绢,色丝也,于字为绝;幼妇,少女也,于字为妙;外孙,女子也,于字为好;齑臼,受辛也,于字为辞,所谓"绝妙好辞"也。曹操展开自己所写,与杨修一模一样,于是感慨道:我才不如你,相差三十里。

就这样,蔡邕与杨修以这样的方式,完成了一次跨越时空的精神交流。然而,这种脑筋急转弯式的聪明,不仅无助于他的飞黄腾达,反而是误了卿卿性命。

后面的故事,应该尽人皆知了,什么"一合酥""阔字谜""鸡肋"等等文字游戏,旁人看得有趣,作为当事人的曹操却厌恶得很。不过,以曹操的肚量,倒也不至于因为这些小事妒杀于他。导致他最后引颈受戮的,其实很可能是他自恃才华,踏入了本不该踏入的政治禁区。

那时,曹操已是垂暮之年,在确立继承人的问题上,摇摆于曹丕与曹植之间。而聪明的杨修,更看好才高八斗的曹植——曹操的确有好几次差点就立了曹植为太子——成了曹植的"智囊",出了不少讨曹操欢心的主意。但在夺嫡之争中,曹植到底败下阵来。杨修也因为介入过深,难以脱身。曹操一旦确定曹丕为太子,便决意遏制曹植,剪除其羽翼,而杨修因"颇有才策",必然首当其冲成了第一根拔除的羽毛,最终被曹操随便安了个罪名,一刀杀了。

杨修的才华，曹操、曹丕、曹植父子三人是非常欣赏的。曹操任用杨修为主簿，"军国多事，修总知外内，事皆称意"；曹丕继位后，曾经轻抚杨修生前赠给他的王髦剑，感慨杨修之冤，特命人找来王髦赏赐，以此凭吊杨修；曹植更是对杨修推崇备至，认为当时的那些名士一概比不上杨修，甚至腻腻乎乎地称"数日不见，思子为劳①"，竭力将其网罗至麾下。

可是，杨修还是死在了曹氏手中。杨修死前，曾对朋友说："我固自以死之晚也（三国魏鱼豢《魏略》）。"以杨修之聪明，应该对政治斗争，或者说是储位之争的残酷有所预料，不然也不会发出"死之晚也"的哀叹。却到底忍不住铤而走险、火中取栗。

才华解得开刁钻古怪的字谜，却无力驱散杀机暗藏的政治迷雾。在权力的博弈中，才气就像孔雀的尾巴，除了装点门面之外，不仅无助于一飞冲天，反而成为翱翔天际的累赘，甚至更容易将自己暴露在猎人的枪口之下。

四

如果说一向爱才惜才的曹孟德，对杨修是不得不除，那同样以爱才惜才闻名的刘玄德，对张裕则是除之后快了。

这里的张裕自然不是葡萄酒，而是三国时蜀郡的一名预言家，初为益州牧刘璋的别驾从事。

---

① 曹植：《与杨德祖书》。

回首萧瑟处
探寻宋词背后的历史尘烟

刘备入蜀时，张裕陪同刘璋在涪县（今四川绵阳）会见刘备。酒酣之际，刘备看到张裕脸上茂密的大胡子，调侃道：当年我在涿县老家时，那里姓毛的特别多，东西南北住的都是毛，涿县县令于是说"诸毛绕涿而居啊"！张裕听后，见刘备脸上无须，冷笑一声，当即回击说：以前有个人作上党郡潞县县长，后转任涿县为县令，辞官回家后，有人给他写信，觉得称他潞长，就漏了涿令，称涿令，又怕落了潞长，于是干脆称呼他为"潞涿君"。

这话现在听来让人一头雾水，原因在于古今汉字读音不同。

古时，"涿"与"㐬"同音，读"dū"，《广雅·释亲》云：㐬，臀也。刘备说"诸毛绕涿居乎"，实则是恶搞张裕的脸，像是屁股上长了一圈毛。而张裕说"潞涿君"，即讥讽没有胡子的刘备为"露臀君"。

这种玩笑如果是几十年交情的老哥们来开，无非是相互哈哈一笑而过罢了。但这二人可是第一次见面啊，况且，刘备刘皇叔入蜀还是刘璋请来对付张鲁的。刘备开张裕的玩笑，固然有点唐突轻浮，张裕反诘刘备，却也显得刻薄尖酸了些。

领导开你的玩笑，那叫诙谐幽默平易近人；你开领导的玩笑，那就是孟浪作死没大没小了。刘备贵为皇叔、一方诸侯，大庭广众之下被这么一呛，心中如何不恼。幸好刘备是有名的"喜怒不形于色"的演技派，咬咬牙，总算勉强敷衍过去了。

后来，刘备反客为主，击败刘璋，夺取了西川，包括张裕在内的刘璋旧臣便都成了刘备的员工。

当然，这个时候颇具领导艺术的"露臀君"，不会跟一脸毛的张裕过不去，反而任他为益州后部司马。

蜀地平定之后，刘备想与曹操争夺汉中，精通占卜之术的张裕劝谏刘备说，千万不能争夺汉中，不然一定出军不利。刘备不听，结果到底击败曹操，将汉中争到了手，于汉中称王。

本来，作为臣属，有所谏言实属正常，无论对错，都应宽而待之。何况汉中之战，虽然取胜，但损兵折将，汉中的百姓也被曹操迁走很多，算是一场惨胜。另一臣子周群战前也反对打汉中，说"当得其地，不得其民也。若出偏军，必不利，当戒慎之！"①汉中战罢，刘备对周群又赏赐又升官，可对张裕，却以"谏争汉中不验"为由，将其下狱，打算处死。

此令一出，众臣哗然。诸葛亮更是亲自上书，为张裕求情。

诸葛亮可能也与其他人一样，以为刘备还在记恨曾经的"露臀君"之辱，想借机敲打敲打那狂妄的张裕。多大点事啊！因口舌之争报复臣子，诸葛亮一定心中暗笑主公心眼怎会如此之小，自己堂堂军师，求个情，给主公找个台阶下，一定会大事化小、小事化了的。

岂料，诸葛亮竟被驳了面子。刘备撂下这样一句狠话："芳兰生门，不得不锄"。

五

原来事情没有想象得这么简单。

---

① 陈寿，裴松之：《三国志·蜀志·周群传》。

回首萧瑟处
探寻宋词背后的历史尘烟

这张裕不仅是一名谋士,更是个神秘科学大师,相面、占卜、观天、演卦,样样精通。某个私人场合,他对朋友说了自己的预言:庚子之年,天下就会改朝换代,刘氏国祚将尽,主公虽取得益州,但九年之后的壬寅、癸卯之间,必会失去。

不过,张裕很快就被人告了密。

古时,人们对这些玄而又玄的东西很是敬畏,因此,当权者就特别警惕、厌恶所谓的什么谶语、童谣、预言。张裕这话,无异于诅咒他刘氏王朝命不长久,典型的妖言惑众,蛊惑人心。但这个罪名又不便宣扬出去。于是正好借口张裕预测汉中之战不准而将其铲除。

就这样,张裕被杀,曝尸街头。

这样一来,有人就说:张裕完全属于不作不会死类型的,管不住自己的嘴,没事胡说八道,把领导惹毛了,能有好果子吃?

其实,事情仍然不是这么简单。

从刘备初入蜀地的那一刻起,也就注定了张裕的下场。

刘备入蜀,包括张裕在内的大部分益州本土士人都是反对的。刘璋家族本也不是益州土著,在占据益州的过程中,已然经过一番腥风血雨。在刘焉、刘璋父子两代的经营下,政治格局刚刚稳定下来。这时,又有外人进来搅局,显然会受到益州本土势力的猜忌和敌视。刘备进川之前,未必不知道张裕等人的态度。这也许就是二人刚一见面便互爆粗口的原因所在。后来,刘备成了益州之主,张裕也随之归顺。刘备虽然待张裕不薄,但双方心中的芥蒂丝毫未能消除,不然,即便算出蜀汉政权的国祚命数,张裕也不想、不会、不敢乱说；刘备也不可能第一时间就得到密报——明摆着是在张裕身边安插了眼线。

说到底，张裕并不是因为一句玩笑或者一个预言而丢掉的性命。

如同蔡邕一样，张裕也是能辨天灾，而不识人祸。

如同杨修一样，张裕也预料到了自己的下场。他善于相面，每每举镜自观，自知将来受刑而死，于是常将镜子摔在地上。只是可怜，明知会欲火焚身，仍免不了飞蛾扑火。

芳兰虽美，奈何生错了地方。

【英雄·美人】

绿窗谁是画眉郎

——可怜画眉温柔手,"五日京兆"可杀人

一

眉,历来是美女的一个 Logo,今人称美女即为"美眉",而古人则以"眉斧"为美人代称。宋人许棐(fěi)咏昭君的《明妃》诗云:"汉家眉斧息边尘,功压貔狳百万人。好把香闺旧脂粉,颜妆艳色上麒麟。"

眉妆也颇多讲究。苏轼《眉子石砚歌赠胡阂》云:"君不见成都画手开十眉,横云却月争新奇。"诗注曰:"川画《十眉图序》:'蛾眉、翠黛、卧蚕、捧心、偃月、复月、筋点、柳叶、远山、八字',是为十眉。"而这其中,大约远山眉最为长盛不衰,《西京杂记》就曾说卓文君"眉色如望远山,脸际常若芙蓉";而于唐宋又最为流行。杜牧《少年行》云:"豪持出塞节,笑别远山眉"。白居易《和梦游春诗》云:"眉敛远山青,鬟低片云绿"。晏几道《清平乐》云:"远山眉黛娇长,清歌细逐霞觞"。黄庭坚《西江月》云:"远山横黛蘸秋波"。等等,不一而足。其中,最

回首萧瑟处
探寻宋词背后的历史尘烟

有名的也许当属欧阳修的《诉衷情·眉意》了：

清晨帘幕卷轻霜，呵手试梅妆。都缘自有离恨，故画作远山长。

思往事，惜流芳，易成伤。拟歌先敛，欲笑还颦，最断人肠。

女子的千般哀怨、万缕相思，都在对镜梳妆的一刻，凝结在那一对又细又长的远山眉中了。独自画眉，这自是闺怨的一种。因此，有没有情郎给自己画眉，似乎成了幸福与否的重要标志。

金庸先生《倚天屠龙记》的结尾，即是以画眉做结：

赵敏嫣然一笑，说道："我的眉毛太淡，你给我画一画。这可不违反武林侠义之道罢？"张无忌提起笔来，笑道："从今而后，我天天给你画眉。"

想那张无忌，融九阳真经、乾坤大挪移等神功于一体，手上有奔雷崩山的功夫，却用这大手捏着细细的眉笔，轻轻为美人化妆，真可谓"铁肩担道义，辣手画蛾眉"。

张无忌是江湖中的大侠，而在朝堂之中，却也有如张无忌一样的温柔侠客。

南宋刘过《蝶恋花·赠张守宠姬》说："帘幕闻声歌已妙。一曲尊前，真个梅花早。眉黛两山谁为扫。风流京兆江南调。"

词虽是咏本朝张太守为宠姬画眉，用的却是西汉张敞之典。

二

张敞即词中的"风流京兆"。这个人，可谓西汉宣帝时官场上的一朵奇葩。

称他为奇葩，是有道理的。他的奇，奇就奇在手腕奇高，胆子奇大，能力奇强。

毋庸置疑，张敞是个道地的能臣干吏。他虽然出身官二代，却是从基层的乡镇干部（乡有秩）一步步干起来的，既处理得了公文案牍等笔墨工作（太守卒史），又打理得了粮仓、车马等一应杂务（甘泉仓长、太仆丞），既混过中央机关（太中大夫），又在地方上下放锻炼过（函谷关都尉），可谓是能务虚，会务实，耍得了笔杆，也拿得起枪杆，干得了小事，也成得了大事，当得好封疆之吏，也做得了门卫保安。

一般人的为官之道是"三不"：不惹事、不担事、不干事。这家伙也是"三不"，但内容恰恰相反：不误事、不怕事、不躲事，甚至没事去找事。

他所管辖的山阳郡（今山东菏泽），是个太平之地，全郡九万三千户，五十万人，只有七十七个未归案的盗贼。作为太守，他本可高枕无忧，优哉游哉。但他偏不。听说胶东一带盗匪嚣张、贼人横行，以至于攻官府、抢囚徒、掠集市、劫列侯，整个胶东都陷入惶恐之中。他于是毛遂自荐，主动向皇帝打报告，说自己"不敢爱身避死，唯明诏之所处，愿尽力摧挫其暴虐，存抚其孤弱[①]"。

皇帝很高兴，召见了他，并任其为胶东相，赏赐黄金三十斤。他趁热打铁，请求皇帝特事特办，能够对将来捕贼有功者许

[①] 班固：《汉书·张敞传》。

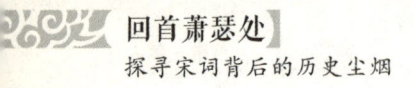

以重赏。

就这样,他在胶东相的任上,大展拳脚,打黑除恶,通过公开悬赏捉拿、破格提拔捕盗功臣、内部分化贼人使之自相残杀等等手段,很快就使猖獗一时的匪患消弭殆尽。这种举重若轻的治乱手段,令胶东官场为之震动,百姓无不敬服。

但这不过是牛刀小试。

三

很快,一纸调令,张敞升官了,被任命为京兆尹。

但这个官可不是那么好当的。京兆尹即首都长安市长。首都不同于一般地方,遍地高官显贵,处处皇亲国戚,地皮硬,关系错综复杂,哪怕是条毫不起眼的小杂鱼,焉知其舅舅的表哥的三姐夫的五姨父的二大爷的连襟不会是某个公主的姘头?投鼠忌器,端的是牵一发而动全身,一个不小心,砸了饭碗事小,命丢了都不知道是得罪了哪位大神。

所以,前几任的京兆尹虽然也都是从各地选拔来的能吏,但一入京师,便畏首畏尾,处处掣肘,屁股还没坐热,就都灰溜溜被炒了鱿鱼,没一个好下场,京畿的治安也越来越差,"长安市偷盗尤多,百贾苦之"。"京兆尹"虽是高官,却身处高压线网之中,实打实的高危职业。

对此,张敞仍然风轻云淡。别人在这个岗位上"久者不过二三年,近者数月一岁,辄毁伤失名,以罪过罢"。他呢,却一干就是九年,乌烟瘴气的京师也被打理得井井有条、稳定繁荣。

他的做法就是：战术上擒贼先擒王，蛇打七寸；战略上胡萝卜加大棒，恩威并施。

先说战术。经过缜密的侦查探访，京师黑社会的幕后老板被锁定为几个富二代。他悄悄将这几个小子拘来，却并不惩处，而是威逼利诱其出卖党羽来将功折罪。神鬼怕恶人，这几人看出张大人很不寻常，绝对是个狠角色，便乖乖投降，主动配合。为防止打草惊蛇，张敞封这几个家伙当了小官，让他们回去后大肆宣传，摆酒庆贺。众贼听说老大当了官，便纷纷过来拍马屁。哪承想，这些黑老大趁酒醉之际，偷偷用赤土染红小弟们的衣襟。有了这个记号，张敞要做的就是守株待兔、一勺烩了。仅一天时间，就捕获了数百贼人。这些家伙无不罪大恶极，有的甚至一人就身背百余起罪案。众贼被依法惩处之后，长安城"袍鼓稀鸣，市无偷盗"，阴霾终于尽散。

再说战略。前几任血淋淋的教训告诉张敞，在天子脚下，一味羁縻绥靖不行，一味好勇斗狠更不行。如同战争的目的是为了和平一样，法律的目的在于维护秩序，如果宽大处理比严刑峻法更有利于秩序的稳定，那何乐而不为呢？因此，他虽然"赏罚分明，见恶辄取"，却是执法从严，处罚从宽，打一棍子揉三揉，然后再大肆"表贤显善"、树立先进典型，传播正能量，弘扬大汉帝国核心价值观。如此一张一弛，搞得豪富权贵没了脾气，恶霸盗匪没了胆量，平民百姓没了怨言。

当然，这种战略是因地制宜的。譬如在天高皇帝远的冀州（今河北衡水），他的手段就要凌厉多了。

回首萧瑟处
探寻宋词背后的历史尘烟

四

在京兆尹的位子上干了九年之后,张敞因受杨恽案牵连,被迫罢官逃亡。但缺少了他的治理,京师渐渐又现乱象。更让皇帝闹心的是,冀州也出了大乱子,巨盗危害乡里,不能杜绝。这让皇帝倍加念起张敞的好来。于是,"救火队长"张敞被从流亡中起复为冀州刺史。

张敞刚一到任,强盗就打算给他个下马威,连连犯案。张敞毫不示弱,立即使出雷霆手段,派得力干将查明贼窝,直捣黄龙,一举诛杀了贼寇首领。但张敞清楚,这里的强盗之所以如此猖狂,皆因幕后主谋乃是广川王刘海洋(广川王府在今衡水冀县)的小舅子以及堂弟刘调。为绝后患,张敞立即追捕刘调等人。刘调以为张敞管天管地不敢管王府,便躲进广川王府避难。岂料,张敞绝不肯让刘调溜掉,哪里顾得了那许多,竟亲率官兵和数百辆战车包围了王府,强行入府搜查,硬是将藏在屋椽上的刘调等人揪了下来,就地正法,并将人头悬于宫门外示众。

如此胆大包天的事,也只有张敞干得出来,一时间举国震动。张敞"宜将剩勇追穷寇",立即上书弹劾广川王,使广川王被削去很多封户。伐倒大树,猢狲自散。张敞仅仅在任一年余,冀州的盗贼就绝了种。

紧接着,他又被派到太原治乱,一年后,太原也太平了。

就这样,张敞在全国来回奔波忙碌,哪里有火警奔哪里,成了有口皆碑的"救火队长"。然而,纵然能力奇强、政绩奇优,他终其一生只做到二千石的官职，升迁之路在省部级这里就遇到了天花板。个中原因，萧望之的观点很具代表性。

五

宣帝去世后，元帝刘奭即位，有人推荐张敞做太子的老师。皇帝征求前将军萧望之的意见。作为张敞的多年好友，萧望之负责任地说，张敞能力奇强，善于治乱，但是，为人"材轻，非师傅之器"。所谓"材轻"，即资质轻浮之意。

这倒不是萧望之不够朋友，他的看法，其实也正是当时人们对张敞的主流认识。

传统的认知中，作为官僚士大夫，理应方正沉稳不苟言笑，要像大树一样伟岸森然，就算成不了大树，至少也要像电线杆一样了无生趣。

可张敞距离这个标准相去甚远。张敞不像是棵大树，更不是呆头呆脑的电线杆——别忘了，他其实是一朵"奇葩"，他的魅力，不仅仅体现在"奇"上，更多则体现在一个"葩"字上。

"葩"，即花。所谓花，旖旎者有之，妖媚者有之，多刺者有之，而张敞，性格的另一面，也如花一样，任性吐蕊，淋漓散香，绽放得肆无忌惮，快意张狂。

某日，长安城的章台街上，忽然不徐不疾驰来一驾马车。听到马蹄声，街两侧林立的青楼楚馆中探出不少搔首弄姿的女子粉面来。章台街繁华喧闹，一驾马车本不会引起什么波澜，但有见多识广的乐伎还是发现了与众不同。那马车并非一般纨绔子弟打

回首萧瑟处
探寻宋词背后的历史尘烟

扮得花里胡哨的骏马豪车,而是简朴庄重,竟像是官员所乘车驾。马车上,车夫在前面驾车,后面一人端坐车内,以手中的竹扇遮面,不住扭头看那门前窗内的花团锦簇,侧耳倾听那燕语莺声。有眼尖的认出来,那人居然是京兆尹张敞张大人!

朝中的王公大臣向来是不到章台街这种有伤风化的地方来的——当然,不是不想,不过是以其他更隐蔽的方式来干这种事的——而京兆尹张大人竟然在光天化日之下,章台走马,调查研究乎?体验生活乎?还是随便转转乎?不过,无所谓什么原因了,反正当这条花边新闻轰动整个官场的时候,没人会在意什么理由。

当然,张敞也不会在意的。别人的看法他从来不会在意,太在乎别人的评价,岂不就是太憋屈了自己?不是有这么一句话吗:彪悍的人生不需要解释。懂你的人自然会懂,不懂你的人,或者不想懂你的人,就算你有入情入理的洋洋万言也是难以说服的。

张敞真正在意的,是自己内心的感受。从这个角度看,他的确难以担当诸如丞相、三公九卿之类政治意味浓郁的重任。他这个人,太过于随心所欲,太过于情绪化、性情化,有时候甚至还很过激。比如说那个争议颇大的"五日京兆"。

六

人以类聚,张敞与杨恽交好,可知杨恽也一样为性情中人。也正因此,杨恽愤世嫉俗,口无遮拦,终于触怒宣帝,被以大逆不道罪诛杀。张敞也被人举报为杨恽同党，遭到弹劾。宣帝爱惜张敞之才，迟迟不下罢官诏令。这事满朝皆知，张敞自然也知道，但他并不因此惶惶终日，工作起来仍然有条不紊，一切如常，丝毫没有懈怠颓废之势。

不过，别人就没有他这般定力了。"刑警队长"（贼捕掾）絮舜听说上司就要乌纱不保，觉得在这个人事剧变的档口，如果还傻乎乎埋头苦干，无疑是在做无用功，便挥挥衣袖，丢下张敞交办给他的案子，打算回家去睡大觉。同僚劝他，他却轻佻地说：我替此公已尽力不少，如今他最多只能再做五天京兆，哪里能再办案呢？

听说这话后，张敞勃然大怒，立即将絮舜逮捕入狱。汉时规定，冬月行刑。而此时冬月将尽，为了赶在冬月结束前定案，张敞责成吏卒昼夜审理，终于定了絮舜死罪。张敞还不解恨，在絮舜临刑前，派主簿向絮舜示威说："五日京兆又如何？冬月虽尽，你还能活命吗？"

此事于张敞说来快意恩仇，但絮舜虽是势利小人，却罪不至死，张敞此举确实过激，心胸未免狭窄。但奇葩的世界，俗人又如何能懂？张敞政绩斐然，但始终无法攀上仕途的峰巅，反而因一件冤案遭到株连，就算再怎么玩世不恭，心中也终究郁郁难以释怀。他又是要强孤傲的性子，重压之下貌似岿然不动，实则是在咬牙坚持。偏偏这时絮舜不长眼，敢捋他的虎须，顺理成章也就成了他的"减压阀"，情绪瞬间爆发也就可以理解了。

但这也正暴露出张敞并非一个高明的官僚。从骨子里说，他其实只是一个技术型干部,或者说是个具有艺术家气质的技术型干部。在他看来,人生就是一个漂亮的储蓄罐,做好每一件工作,就好比是投入一枚硬币,如此孜孜以求,储蓄罐终究有满的一天。然而,人生其实是一个千疮百孔的储蓄罐,只是不断投入硬币远远不够,更重要的是,还需要拿出更多的精力,千方百计对储蓄罐修修补补。

而张敞不这样想,也不这样做。他永远都是特立独行的,缺点有多大,优点就有多大,有多可恨,也就有多可爱。

七

他做京兆尹时,长安城盛传他好为妻子画眉,且技术高超,所画之眉甚是妩媚。对此,清代李渔《张敞画眉行赠韩国士合卺》赞曰:"若非真可画眉人,谁使敢之匹京兆。"

为妻画眉,于今自是雅事,而在汉朝人看来,简直就像两千多年后的"艳照门"。不过,闺房之事,自己不说,外人又何从知晓?这也正是张敞风流率性地体现了。这事传扬开来后,有人以为抓住了张敞的小辫子,便向皇帝打了小报告。

皇帝竟也较真,特意召来张敞责问。张敞很淡定:"臣闻闺房之内,夫妇之私,有过于画眉者。"

皇帝这方面的经验当然比张敞丰富多了,正所谓:都是千年的狐狸,再玩聊斋就没意思了。都是明白人,点到为止,皇帝于是一笑而过,不再深究。

不过,这到底还是成了张敞"终不得大位"的重要原因之一。

对此，张敞有无悔意不得而知，倒是清代文人张潮说的敞亮："大丈夫苟不能干云直上，吐气扬眉，便须坐绿窗前，与诸美人共相眉语，当晓妆时，为染螺子黛，亦殊不恶。"①

在张潮看来，鱼与熊掌难以兼得，其境界终归是输了张敞一筹。

只是，像张敞一样，右手温柔画眉笔，左手霹雳杀人刀的奇葩，在那两千多年前等级森严、暮气深沉的官场史中，毕竟是稀有物种。那些深闺怨妇最想吟哦的，怕就是贺方回《减字浣溪沙》中那句"绣陌不逢携手伴，绿窗谁是画眉郎。春风十里断人肠"吧。

---

① 张潮：《十眉谣·小引》。

冰肌玉骨桃花血

——花蕊夫人难解的宿命

  蜀地的仲夏溽热非常，白天潮湿气闷，尤为难耐。八九岁的小尼姑阿朱，一身青色僧袍早已被汗湿透，身子给黏糊糊的内衣裹着，说不出来的难受。但她清楚，目下身处蜀宫禁地，就算是热死，也不能有丝毫逾礼之举。她是随师傅进宫的。进宫干啥，师傅没说，她也不敢问，只知道自小在庵中修行，乏味得紧，能有机会出来见见世面，心中自然欢喜。

  这日晚间，宫中传下话来，说蜀主于摩诃池相召。她们慌忙随太监觐见。阿朱跟在师傅身后一路小跑，只见宫殿巍峨，高墙森然，宝器璀璨，奇花绽放。直把阿朱瞧得眼花缭乱，目瞪口呆，眼睛几乎不知该落向何处。她做梦也不曾想到，这世间竟有如此精致奢华的地方，怕是天上的仙宫也不过如此吧。

  七拐八转之后，忽觉水气随风扑面，一阵清凉，一座建造在摩诃池上的宏大水榭宫殿出现在面前。只见雕梁画栋，流光溢彩，水波荡漾，揉碎空中明月；清风徐来，飘飞殿内纱帘，一股幽香透鼻，两个玉人入眼。一个四十多岁的俊朗男子正在案边挥毫写字，旁边的凉簟上，斜卧着一个慵懒的美人，似乎有如梦如幻的光晕从周身散发出来。阿朱看得痴了，恍惚见到一对神仙眷侣。她想，这定是那蜀主孟昶和他的爱妃花蕊夫人吧。这时，男子写罢，将一阕《玉楼春》交到那美人手中，美人朱唇轻启，念道：

冰肌玉骨清无汗，水殿风来暗香暖。绣帘一点月窥人，倚枕钗横云鬓乱。

起来琼户启无声，时见疏星渡河汉。屈指西风几时来，只恐流年暗中换。①

八十多年后，索居眉州的老尼阿朱，回忆起当时的情景，仿佛仍在眼前。特别是美人诵读的那阕小词，犹在耳边。一日，附近纱縠行苏家的七岁小男孩跑来庵中玩耍，缠着她讲故事。她知道的故事不多，就把蜀宫之行讲给小男孩听。她是当故事哄孩子的，可是聪慧过人的小男孩，却牢牢记住了这个故事。又过了若干年，小男孩到了不惑之年，成了名满天下的大才子东坡先生，但记忆中那阕艳词，还能模模糊糊记得起首两句。他误以为那是《洞仙歌》，兴之所至，便将之填齐：

---

① 宋胡仔《渔隐丛话前集》卷六十录：《漫叟诗话》云：杨元素（绘）作本事曲，记《洞仙歌》"冰肌玉骨"云云。钱塘有一老尼，能诵后主诗首章两句，后人为足其意，以填此词。余尝见一士人诵全篇。（文略同《墨庄漫录》，作"冰肌玉骨清无汗，水殿风来暗香暖。帘开明月独窥人，欹枕钗横云鬓乱。起来琼户启无声，时见疏星渡河汉。屈指西风几时来？只恐流年暗中换。"）苕溪渔隐曰：《漫叟诗话》所载本事曲云："钱唐一老尼，能诵后主诗首章两句。"与东坡《洞仙歌》序全然不同，当以序为正也。文中所选《玉楼春》文，引自《婉约词豪放词》，三秦出版社，2007年版。

回首萧瑟处
探寻宋词背后的历史尘烟

冰肌玉骨，自清凉无汗。水殿风来暗香满。绣帘开，一点明月窥人，人未寝，欹枕钗横鬓乱。

起来携素手，庭户无声，时见疏星渡河汉。试问夜如何？夜已三更，金波淡，玉绳低转。但屈指西风几时来，又不道流年暗中偷换。

共看池头满树花[①]

她姓徐，抑或姓费。不过，这无关紧要，重要的是，她是一个美人，用国色天香来形容她，全世界都不会反对。她的家世也很好，父亲据说是后蜀国的大臣，自己也总喜欢穿着棉布白裙45°角仰望天空，写一些绮丽唯美的诗歌，算得上是超级白富美+顶级女文青。这种条件，如果不能嫁给极品钻石王老五，简直天理难容。

事实也的确是这个样子。故事朝着童话的方向顺理成章地发展着。她嫁给了他——整个蜀国最帅气、最有才、最富有、最有权的男人——蜀主孟昶。

童话里总是说：公主嫁给了王子，从此幸福地生活在一起。

她也是这样认为的。她的君王是那么的爱她，说她"花不足以拟其色，蕊差堪状其容"[②]，于是称她"花蕊夫人"，又封她为慧妃。她们每天的生活真的就像是在童话里一样，两个人，一样的趣味，写写诗，弹弹琴，赏赏花，品品茶，喝一杯青梅酒，吃

[①] 花蕊夫人：《宫词》。
[②] 据传为后蜀国主孟昶所言，未见出处。

两块桂花糕,高兴了,跳一曲霓裳舞,烦闷了,荡几下花秋千,春看红杏秋邀月,夏游荷塘冬寻梅,简直是没有一天不快活,没有一天不雅致,难怪她会在诗中这样写道:"离宫别院绕宫城,金版轻敲合凤笙。夜夜月明花树底,傍池长有按歌声"①。

最让她感动的是,知道她最喜芙蓉花,他便从天下各地寻得芙蓉良种,遍植于宫禁之中,又命全城无论官民,也都要大量种植,甚至在都城城头之上也全部栽满。于是,整个成都"四十里为锦绣",犹如建在花团之中,"蓉城"的雅号由此而生。每日在芙蓉丛中流连,她的粉面与花蕊辉映,他的柔情与花香相融,真是宫中无甲子,寒暑不知年。她不禁这样抒发自己的感受:"五云楼阁凤城间,花木长新日月闲。三十六宫连内苑,太平天子住昆山。"②

她以为,在自己的童话中,她的王,会永远做一个风花雪月的"太平天子",自己,也会永远做一个没心没肺的"花蕊夫人"。

可是,事实上,孟昶最多只能算是个两头苦、中间甜的甘蔗式"太平天子"。

孟昶诞生的那个年代,正是中国历史上的顶峰——大唐帝国崩溃的时候,军阀割据,遍地兵燹,乱纷纷你方唱罢我登场,史称"五代十国",柏杨又称之为"小分裂时代"。孟昶的老爸孟知祥也是一方诸侯,创立了后蜀国。孟知祥死后,孟昶继位。

---

① 花蕊夫人:《宫词》。
② 花蕊夫人《宫词》。

回首萧瑟处
探寻宋词背后的历史尘烟

　　当时外有强敌窥视，内有权臣跋扈，他这个国主随时都有被赶下宝座的危险。此时，孟昶作为少年天子，却城府深沉，一直隐忍不发，韬光养晦十余年，终于以雷霆手段，肃清了那些桀骜不驯的老臣。同时，他虚怀若谷，虚心纳谏，颇有唐太宗之风范。少年人，难免贪玩纵欲，何况是可以为所欲为的皇帝。他痴迷房中之术，选了很多秀女入宫。但听到大臣韩保贞的劝谏，竟幡然醒悟，当即将秀女遣返回家，并重赏了韩保贞。他还感于吏治腐败之害，以史为鉴创作了一篇《官箴》，颁于群臣，里面"下民易虐，上天难欺""尔俸尔禄，民膏民脂"的警句振聋发聩。恰恰那时，中原混战，各路豪强无暇觊觎坐拥蜀道天险的蜀地，后蜀得以休养生息，逐渐富甲一方。

　　一切迹象表明，如果他一直按照这样的明君圣主之路走下去，后蜀也许能于乱世中异军突起，东征北伐，一统河山。

　　然而，当他坐稳宝座之后，胸中的大志竟然完全融化于天府之国的富庶与闲适之中，仅仅满足于一隅偏安。当初告诫臣子的《官箴》也被抛于脑后，开始穷奢极侈、纵情声色，甚至连尿壶都以七种宝石镶之。上有所好，下必效焉，有了皇帝的以身作则，整个后蜀帝国开始了最后的狂欢。朝中官僚皆争筑华屋美宅，夜夜笙歌，醉生梦死，奢靡成风；即使都城中的平民百姓，也整天风花雪月，三十几岁的人都分不清"菽麦之苗"[①]，偌大一个后蜀帝国，变成了一个销金之窟，几乎所有人都被蚀骨销魂，成了一摊摊再也扶不

[①] 吴任臣：《十国春秋·卷四十九》。

上墙的烂泥。

在这一摊摊的烂泥中，她这朵国色天香的芙蓉开得分外娇艳。

一枕西风梦里寒①

甘蔗吃到最后，终于甘尽苦来。

在蜜罐中浸淫多年的后蜀君臣，面对抢占后晋、后汉地盘的诸多机会，总是缺乏准备、无力雄起，从而坐失一次又一次问鼎中原的天赐良机。待到赵匡胤黄袍加身建立大宋，天下大势已然无法逆转。

公元964年11月，北宋大将王全斌攻蜀。孟昶派王昭远率军迎敌。这王昭远自小与孟昶相熟，凭着一副好口舌一路攀升，且自比诸葛亮。给大军壮行时，王昭远酒酣耳热，手持铁如意，不可一世地说：此次行军，岂止是拒敌于此，领着这二三万面部刺青的凶恶少年，东取中原简直是易如反掌！孟昶被忽悠得信心爆棚，愈发沉溺于虚幻中不能自拔。他又派儿子孟玄喆率精兵镇守剑门关，本以为凭着难以逾越的天险和运筹帷幄的儒将，会万无一失。

然而，令他想不到的是，北宋大军剑锋所指，蜀军竟然望风而逃。

"诸葛亮"王昭远吹出的美丽泡泡，一遇到锋利的刀尖，立即破碎，三战三败，一路溃退，最后被宋军活捉；太子孟玄喆颇

---

① 花蕊夫人：《宫词》。

回首萧瑟处

探寻宋词背后的历史尘烟

有其父之风,到边关镇守,还不忘带上娇妻美妾、伶人歌女,把打仗当成了儿戏,而真到面对敌军时,竟不战而逃,屁滚尿流地跑回了成都。几乎是瞬息之间,就风云突变,宋军兵临城下,成都黑云压顶。

老将石頵(yūn)向孟昶献策,认为宋军远来,势不能久,应当坚守拒敌。孟昶看了看栽满芙蓉的城墙,扫视了那些连五谷都分不清、连刀柄都攥不稳的兵士,心中颓然,不由得叹气说:我和先帝以华服美食养兵四十年,可一旦临敌,这些人竟连为我向敌人射一箭的勇气都没有,就算想坚守城池,又有谁肯誓死报国呢?

就这样,仅仅支撑了六十六天,孟昶的后蜀就土崩瓦解了,一纸降书将孟昶由九五之尊变成了阶下之囚。

春日龙池小宴开,岸边亭子号流杯。

沈檀刻作神仙女,对捧金尊水上来。

这是她所作《宫词》中的一首。往年早春时节,大地复苏,宫里也是春意盎然,赏花饮宴整日不休。她最喜在龙池边学那兰亭雅集时的曲水流觞。溪水从亭子里潺潺而过,往溪流中放入斟满酒的酒杯,顺流而下,流经谁的面前,谁就取而饮之。那酒杯自然不是寻常之物,而是精致的黄金樽。为不使金樽下沉,特意用檀木雕刻成仙女样子,将金樽置于仙女手中,自上游款款而来,宛若仙宫所赐佳酿,不仅雅极,而且美极。

然而,公元965年的早春,风中满是肃杀之气,根本没有一丝暖意,宫中也再无莺歌燕舞,有的只是凶神恶煞的宋军士兵。

在这之前，虽然风闻战事吃紧，但她知道蜀国恃险而富，况且又有十几万雄兵，成都以逸待劳，应该犹如金城汤池，永不可破。打打杀杀煞风景的事，是男人们的游戏，何须自己劳心费神？于是仍然"每日内庭闻教队，乐声飞上到龙墀"①。

可是，一觉醒来，城就破了，国就亡了，好日子就没了。她还没醒过盹，就已经和她亲爱的国君跌跌撞撞走在押解汴梁的路上了。

昨日还是集万千宠爱于一身的贵妃，今天就沦为惶惶终日的亡国奴、丧家犬。春未至，梦已远，西风如刀郫水寒。巨大的落差让她一时无从适应。面对横眉立目的宋兵和失魂落魄的孟昶，她心中恍惚：国，怎么说亡就亡了呢？

更无一个是男儿②

这当然不只是她一个人的疑问，千百年间，无数人都在思考这个问题。

孟昶作为一个皇帝，虽然没雄心壮志，更不奋发图强，生活又太过豪奢，识人用人也昏头昏脑，但他性子宽厚，安士息民，不怎么折腾老百姓，无为而治换来了蜀地的丰饶富庶，还是很得民心的。在被押解到汴梁的途中，在宋军冷森森的刀头下，数万成都百姓依然赶来为他送行，"哭声动地，昶以袂掩面而哭。自

---

① 花蕊夫人：《宫词》。
② 花蕊夫人：《述国亡诗》。

回首萧瑟处
探寻宋词背后的历史尘烟

二江至眉州,沿路百姓恸绝者数百人"①。

看到沿途这些悲泣的百姓,她在感动之余,更加困惑。"得民心者得天下",这个道理她懂,可为何还是沦落到今日之境地呢?

她凄凄惨惨走在路上,忽然,好像看到一些百姓对自己指指点点,"祸水""扫把星"等等只言片语,像飞刀一样钻入她的耳中,刺进她的心里。她开始时不解,继而愤怒,然后悲哀。她知道杜甫有诗云:"不闻夏殷衰,中自诛褒妲。"也读过刘禹锡《马嵬行》中的:"军家诛佞幸,天子舍妖姬。"妲己、褒姒、杨贵妃的故事她自然是听过的,但从未将这些人与自己联系到一起。难道不知不觉中,自己已和她们一样,"一顾倾人城,再顾倾人国",最终将蜀国葬送在妩媚的红颜之中吗?

想到这些,一柄重锤狠狠砸在她的心上,血滴溅出来。她觉得背上似乎背上一座大山,喘不过气来。走到嘉陵江边的葭萌古驿时,她不能自已,在旅驿壁上挥毫写道:"初离蜀道心将碎,离恨绵绵,春日如年,马上时时闻杜鹃。"②但一首《采桑子》只填了半阕,就被宋兵催促上路而作罢。她不甘心,自己没有干预过一次朝政,没有提携过任何裙带,没有诱导皇帝做过一件坏事,这红颜祸水的屎盆子怎么就扣在自己头上了呢?她不懂政治,也不想掺和进尔虞我诈的倾轧斗争中去,她只是想与情郎一起看看云卷云舒,闻闻花香草味,听听鸟鸣风吟,品品诗书茶

---

① 吴任臣:《十国春秋·卷四十九》。
② 宋吴曾:《能改斋漫录》。

酒，作为一个冰肌玉骨的女子，追求一种超凡脱俗的诗意生活，这有什么错吗？

直到押入汴京城，朝见了大宋皇帝赵匡胤之后，她终于找到了答案。

那日，金銮宝殿之上，陌生的宋天子高高在上，而熟悉的蜀天子像条狗一样匍匐在地，摇尾乞怜，她莫名就有了一阵强烈的呕吐感。

"素闻夫人诗才，不如作诗一首，咏咏亡国之由吧。"宝座上的宋太祖死死盯着她，竟然给她出了这么一道题。

她明白这个大宋天子想的是什么，心中不由得激愤异常，一首诗便脱口而出：

君王城上树降旗，妾在深宫哪得知。

十四万人齐解甲，更无一个是男儿。①

沉寂。那诗如同核爆，惊艳之后便是死般沉寂。

她看到那个曾经风流潇洒的蜀主，龟缩在地，瑟瑟发抖，不知是惊恐还是羞愧；而宝座上的宋帝，则还是死死盯着她看，但目光中之前的戏谑一扫而空，代之的是欣赏，是倾慕，是大盗面对珍宝的惊喜与贪婪。

那一刻，她明白了，在这红尘乱世中，她永远把握不住自己的命运。

七日后，被封为秦国公的蜀主孟昶，暴毙而亡。死因？不言

---

① 陈师道：《后山诗话》。

回首萧瑟处
探寻宋词背后的历史尘烟

而喻,太祖的卧榻之侧,岂容他人酣睡?

国破家亡,情郎归去,那她呢?流落何处,何时香消?史无记载,只有《十国春秋》含含糊糊地说她"心未忘蜀,每悬后主像以祀,诡言宜子之神"。

虽然语焉不详,但话中透露出的讯息,似乎暗暗印证了宋太祖赵匡胤纳她为妃的传说。孟昶既死,如果她是守节寡居,挂先夫遗像,自不必遮遮掩掩谎称送子之神。如果改嫁,谁敢、或者说谁能娶她?当然唯有太祖而已。

然而,就像童话里总是骗人的,传说也并不总是美丽。匹夫无罪,怀璧其罪,"倾国倾城"也许不能归咎于她的美貌,但她的美貌却足以倾了自己的性命。北宋奸相蔡京的二儿子蔡绦所著《铁围山丛谈》中载,太祖纳花蕊夫人为妃后,亦受魅惑。太祖之弟赵光义屡次进谏未果。眼见红颜祸水又要葬送大宋江山,赵光义不得不棋行险招。一日,太祖兄弟一起狩猎,花蕊夫人伴君在侧。赵光义"调弓矢引满,政拟射走兽,忽回射花蕊夫人,一箭而死"。

这些传说和记载虽不怎么靠谱,却也暗示着乱世中红颜的最终宿命。就算没有精铁铸造的利箭夺她性命,也总会有某支看不到的无形毒箭,射穿她的冰肌玉骨,溅出一片桃花血。

别有乾坤蕴履中

——鞋子的历史与文化内涵

一

蹴罢秋千,起来慵整纤纤手。露浓花瘦,薄汗轻衣透。

见客入来,袜刬(chǎn)金钗溜。和羞走,倚门回首。却把青梅嗅。①

初夏时节,汴京城内,暖暖的阳光和葱茏的花树,把一座大宅子氤氲在光影摇曳之中。宅子的后花园里,一架秋千兀自摆动。娇柔的少女刚才玩得兴起,后背微微渗出的汗,湿透薄薄的衣衫。从秋千上下来,便觉得手有些麻了,正慵懒地舒活舒活那玉葱般的手指,却忽然听到,花园月洞门那边传来男子的谈话声。透过太湖石大大小小的孔洞望去,竟隐约见爹爹和一个青年儒生慢慢踱过来。她心中没来由地一慌,脸颊上蓦地腾起两片红云,赶紧抽身向侧门疾走,连鬓上的金钗滑落了都顾不得捡起。

---

① 李清照:《点绛唇·蹴罢秋千》。

回首萧瑟处
探寻宋词背后的历史尘烟

走到门边才发觉,刚才脱掉绣鞋荡秋千,还未穿上呢。再回返已然不及,索性倚着大红的朱门,回首装作轻嗅门边那枝垂下的青梅,眼睛却偷偷瞄向这个总在梦中与之相会的男子……

易安这首《点绛唇》自然清新,妩媚明快,女儿情态,跃然纸上。然而,正如鲁迅先生所说,一部《红楼梦》,道学家看到了淫,经学家看到了易,才子佳人看到了缠绵,易安之词在某些人看来,词意浅薄,为文放荡,着实不堪入目。比如,与易安同时代的王灼就曾批评她的词是"闾巷荒淫之语,肆意落笔。自古缙绅之家妇女,未见如此无顾藉也"①。

王灼之言,固然偏激刻薄,但易安词,特别是前期的香闺词,确有香艳之感。那两首被直斥为淫秽色情的疑作《丑奴儿·晚来一阵风兼雨》②《浪淘沙·素约小腰身》③自不必说,即便是《点绛唇》这首小令,其"薄汗轻衣透"之语就足以令无数直男浮想联翩。而"袜刬"一词更会让彼时心怀恶趣味的文人鼻血直流。

这一点,今人理解起来可能有些困难。所谓"袜刬",即脱掉鞋子只穿袜子。而这与色情何干呢?

其实,女子之足古往今来都隐含着色与性的意味。南宋史浩

---

① 王灼:《碧鸡漫志》卷二。
② 《丑奴儿》:晚来一阵风兼雨,洗尽炎光。理罢笙簧,却对菱花淡淡妆。绛绡缕薄冰肌莹,雪腻酥香。笑语檀郎:今夜纱橱枕簟凉。
③ 《浪淘沙》:素约小腰身,不奈伤春。疏梅影下晚妆新,袅袅婷婷何样似?一缕轻云。歌巧动朱唇,字字娇嗔。桃花深径一通津。怅望瑶台清月夜,还送归轮。

的《如梦令》赞那三寸金莲曰:"罗袜半钩新月。更把凤鞋珠结。步步著金莲,行得轻轻瞥瞥。难说。难说。真是世间奇绝。"

字里行间所透露出的,正是女子裹在鞋子里的小脚对男人不可名状的性吸引力。

德国心理学家艾格雷芒特在《脚与鞋子的象征意义及其色情性》中说:"赤裸的脚是现性魅力的一种方式。脚和有关性的事物有着密切的联系。"《水浒传》里,西门庆勾引潘金莲,假装拂落筷子,弯腰捡拾,却在桌下偷捏潘金莲的小脚。按照王婆的计策,这一捏之下,她如若不闹,这事便成了。

而与玉足紧密相关的鞋子,也因之具有了浓浓的暧昧气息。金庸先生的《射雕英雄传》中,穆念慈比武招亲,遭杨康百般调戏,最后竟被抢去一只绣鞋,还被那轻薄儿嬉笑着"把绣鞋放在鼻边作势一闻",然后"放入怀里"。美国导演扎尔曼·金干脆就以《红鞋日记》为名,一口气拍了19部情色电影。

文人作为著名的恶趣味群体,更是为女子的鞋赋予了更多的意趣。陶渊明表示:"愿在丝而为履,附素足以周旋。"[①] 李白赞曰:"一双金齿履,两足白如霜。"[②] 醉翁欧阳修则涎着脸作《南乡子》调笑:

好个人人,深点唇儿淡抹腮。花下相逢、忙走怕人猜。遗下弓弓小绣鞋。

刬袜重来。半嚲(duǒ)乌云金凤钗。行笑行行连抱得,相

---

① 陶渊明:《闲情赋》。
② 李白:《浣纱石上女》。

回首萧瑟处
探寻宋词背后的历史尘烟

挨。一向娇痴不下怀。

这些都还好，算是比较正常的欣赏，而有些人的重口味，就真的令人咂舌作呕了。

明初的杨维桢"耽好声色，每于筵间见歌儿舞女有缠足纤小者，则脱其鞵（xié，同鞋），载盏以行酒，谓之金莲杯"。[①] 不仅如此，他还让友人瞿佑填词咏之，这首《沁园春·鞋杯》即为此奇文：

一掬娇春，弓样新裁，莲步未移。笑书生量窄，爱渠尽小，主人情重，酌我休迟。酝酿朝云，斟量暮雨，能使曲生风味奇。何须去、向花尘留迹，月地偷期。

风流到手偏宜，便豪吸雄吞不用辞。任凌波南浦，唯夸罗袜，赏花上苑，只劝金卮。罗帕高擎，银瓶低注，绝胜翠裙深掩时。华筵散，奈此心先醉，此恨谁知。

只是不知这金莲小鞋之中的美酒，经此一熏，会是怎样一种"风味奇"……

不想也罢。

二

相比之下，还是南唐后主李煜的口味更清新一些。他的《菩萨蛮》写道：

花明月暗笼轻雾，今宵好向郎边去。刬袜步香阶，手提金

[①] 陶宗仪：《南村辍耕录》。

缕鞋。

　　画堂南畔见，一向偎人颤。奴为出来难，教君恣意怜。

　　当然，所谓的清新，只是相较于杨维桢、瞿佑之流而言。显而易见，这首《菩萨蛮》是以女子的口吻来写与情郎的一次幽会。

　　那是一个初夏的深夜，薄雾如纱，月色朦胧，花香袭人，似乎注定会有什么令人意乱情迷的事发生。果然，一个女子，风摆杨柳般匆匆而来，那样急切，又那样小心。她生怕在这阒然静寂中生出一点点声响，竟然提着金缕鞋，只穿着白袜掠过落满花瓣的台阶，一路奔到画堂南边。啊，情郎果真在那里笑吟吟等着她，高悬的心儿总算落了地，不由得投入那向她张开的怀抱，浑身颤抖着依偎在他的胸前。"呀！为了赴约可难为坏了奴家，郎你定要肆意怜惜奴家，方才不负春宵不负花……"

　　情郎非是旁人，正是李煜自己。那手提金缕鞋的佳人呢，自然不是他的皇后大周后娥皇——老夫老妻的，左手握右手，哪里用得着偷偷摸摸这般刺激？不过，倒也不是外人，竟是李煜的小姨子、大周后的妹妹，据考证名为女英，即后来的小周后。

　　那时，女英刚刚15岁，还不曾嫁于李煜成为小周后。姐姐大周后因爱子夭折，急火攻心，病卧于床。她入宫探望，当然避免不了与姐夫李煜见面。

　　这并非二人的首次相遇，但李煜与大周后大婚那年，女英才只是几岁大的女娃。后来虽也因亲戚关系多次进宫，但李煜始终将之视为青涩女孩，未曾过多留意。

回首萧瑟处
探寻宋词背后的历史尘烟

可此番进宫,李煜蓦地发现,时间的暖风绿了芭蕉、红了樱桃,悄然间,小萝莉已出落成"神彩端静"的绝色佳人。从那一刻起,李煜的目光就再难从她身上离开,随之使劲抖起雄性所有最华美的羽毛,频频示好。

效果当然显而易见——谁让他是当时天下最英俊、最文雅、最多情、最有才华的帝王呢?对于一个可以写出最旖旎浓情的诗词、谱出最荡人心魄的乐曲、甚至能够随意调配一切国家资源的超级男神,难道还会有沦陷不了的女人吗?

就这样,当妻子尚在病榻上煎熬的时候,月色撩人的画堂南畔,他的双臂却拥住了手提金缕鞋的小姨子。

历史上各色各类的偷情如过江之鲫,是难以计数的,偏偏这次即便穿越千古,艳香仍然浓得化不开。这自然多亏了李煜绝伦的妙笔,硬生生把一件让人不齿的丑事,涂抹成如梦似幻、摇曳生姿的白莲花,永远定格在中国的文学史上。

李煜还曾以自己的口吻填过另一首《菩萨蛮》,也是写给女英的:

蓬莱院闭天台女,画堂昼寝人无语。抛枕翠云光,绣衣闻异香。

潜来珠锁动,惊觉银屏梦。脸慢笑盈盈,相看无限情。

前首是写夜里画堂外佳人投怀送抱,此首说的则是情郎日间偷入画堂调情。正在午睡的佳人被珠锁转动的响声惊醒,睁眼看见,出现在面前的,竟是刚才还在梦里与之幽会的情郎,不由得脸上荡起盈盈笑意,眸中闪动款款深情。

后主对女英的用情无疑是真挚的，而他的这种情也曾真挚地用在自己的妻子大周后身上。

大周后不仅也有"雪莹修容，纤眉范月[①]"的倾城之貌，而且还是李煜艺术上的知音。她"通书史，善歌舞，尤工琵琶"[②]，对于音律也颇为精通。一次雪夜饮宴，酒酣之际，大周后举杯邀后主起舞，后主故作矜持道：若想让我起舞，你需创制新曲一首。哪知大周后毫无迟疑，当即创作，"喉无滞音，笔无停思"，顷刻之间便谱成了《邀醉舞破》曲。她还曾将散失已久的《霓裳羽衣曲》残谱增删调整，整理成了新曲。这种艺术上的惺惺相惜，爱情上的心有灵犀，使大周后成为后主的挚爱。李煜曾作《木兰花》记述二人纵情欢歌的美好时光：

晓妆初了明肌雪，春殿嫔娥鱼贯列。凤箫吹断水云间，重按霓裳歌遍彻。

临春谁更飘香屑？醉拍阑干情味切。归时休放烛光红，待踏马蹄清夜月。

可是，即便如此，又能怎样呢？不过就是一场大病而已，男人竟然连这点寂寞都耐不得，很快就急巴巴地勾搭上了新欢，而这新欢竟然还是自己的亲妹妹！

那时大周后已沉疴难返，妹妹来探望时，她都昏昏然毫不知晓。直到某一天，她的精神忽然好些了，睁开眼，见妹妹竟侍立在旁，不由得大惊，问道：你何日入宫来的？妹妹答曰：已有好

[①] 李煜：《昭惠周后诔》。
[②] 陆游：《南唐书·后妃诸王列传》。

几日了。大周后恼怒异常，扭过身子不再理妹妹，而且致死也"面不向外"。

知夫莫若妻。十年的朝夕相处，她自是深谙丈夫的德行。自己如今恶疾缠身，容颜衰摧，而妹妹正是青春逼人的好年华。本来色衰就易爱驰，这番两相对照，怎能不"沉舟侧畔千帆过，病树前头万木春"[①]？可能她也知道，生自己妹妹的气其实毫无道理。但又有什么办法呢，谁让丈夫是一国之君，自己如何敢生他的气呢？与其说是生妹妹的气，不如说是生自己的气吧。

正如妹妹的那双金缕鞋，本该应发出声响，搅黄那对男女"好事"的，可到底没能阻止。

难道该怨鞋子吗？

三

柳永初入汴京，就被京城的繁华奢靡所震撼，填《玉楼春》以记之，词下片云："凤楼十二神仙宅，珠履三千鹓鹭客。金吾不禁六街游，狂杀云踪并雨迹。"所描绘的是皇城宫阙的巍峨壮观，文武百官的整肃庄重，以及节日里市井中的彻夜狂欢。词中"鹓鹭"原指两种鸟名，因其群飞有序，故常用来喻朝官班行；"珠履三千"也是喻指朝廷百官，其典出自《史记·春申君列传》。

春申君名黄歇，为战国时楚国相国，与齐国孟尝君、赵国平

[①] 刘禹锡：《酬乐天扬州初逢席上见赠》。

原君、魏国信陵君并称"战国四公子"。彼时，四公子竞相养士，每人门下都收罗了上千的食客，而春申君的更是超过三千人之多。

一次赵国平原君遣使来楚，为显示自己高端大气上档次，赵使特意以玳瑁簪子绾插冠髻，以珠玉装饰剑鞘，并且挑衅似的请求会见春申君的门客。春申君的回应则是低调奢华有内涵，三千门客中凡是上宾，其鞋子上都镶缀着珍珠——你戴在头上的宝贝，我却踩在脚下，这一无声胜有声的回击果然秒杀了赵使，"赵使大惭"，而"珠履三千"的故事也令春申君声名大噪。

不过，有钱任性的春申君固然以高薪延揽了大批人才，但这个土豪的结局却是四公子中最悲催的：他受门客李园所惑，娶了李园的妹妹，怀孕后送给楚王，梦想将楚国"和平演变"成他黄家的囊中之物，却遭李园兄妹反噬，被杀而身首异处。这个下场其实是可避免的，他的另一个门客朱英，曾为此向他献奇谋，足可令剧情反转，但他竟一意孤行，终至身败名裂。

由此，似乎可以得出结论，珠履虽然华美奢华，却是华而不实，即便再多，也不过是装点门面、哗众取宠罢了。珍珠的光芒遮掩了鞋子的本质用途，也晃瞎了春申君的眼睛。

但是，且慢，镶了珍珠的鞋子就不是鞋子了吗？用鞋子炫富还是走路，难道是鞋子决定得了的吗？鞋子表示，这个黑锅，背不起。

的确，脚踏炫目珠履的三千门客，并非都是金玉其外败絮其中的绣花枕头，其中也许并不乏朱英这种目光如炬、文韬武略的英才人物，况且朱英也从来没有忘记自己"谋士"的职责。可惜春申君看中的并非朱英们的这一作用，而只是将这些真正的"珍珠"混于众多的"鱼目"之中，陶醉在自己营造的璀璨幻境里，最终万劫不复。

其实，无论是金缕鞋还是珍珠履，之所以遭人诟病，不过是代人受过而已。

据说，高跟鞋是法国"太阳王"路易十四的发明。其动机有两种说法。第一种说法，路易十四个头不高，为了树立国王的威严，给人以高大威猛的感觉——嗯，直白地说，就是虚荣——他命令鞋匠给他在鞋子的脚跟处垫上高的软木跟，由此，高跟鞋诞生。第二种说法则是，当时很多宫女经常趁着夜色偷偷翻出宫墙到外面参加舞会。为了制约这些不守规矩的女子，路易十四让鞋匠设计出一种让宫女行动不便的高跟鞋，而且踩踏地板时还会发出嘎吱声，从而引起人们警觉。但几个月后，高跟鞋不但没能禁锢住宫女，反而因穿起来使人身姿更加挺拔，深受她们的喜爱，竟成了一股最炫民族风，最后连路易十四本人也穿起了高跟鞋。

把问题归咎于珍珠履带来奢靡虚荣之风的人们，可以参考高跟鞋产生的第一种说法，虚荣的路易十四并没有重蹈春申君的覆辙，在他的统治下，法兰西王国成为当时欧洲最强大的国家，他自己也成为法国历史上最伟大、也是世界史上执政时间最长的君主之一，被歌德誉为"自然造就的帝王中的完美样本"。怨恨妹妹这只"金缕鞋"不出声的大周后，则应该参考高跟鞋产生的第二种说法：任何压制艳情的做法都是愚蠢的，被压制的艳情不会消除，不过是转成了闷骚而已。防止艳情滋生的最佳办法，也许就是努力让自己，成为艳情的绝对主角。

四

所以，在政治家眼中，鞋可谓是一件物美价廉的百搭全能道具。春申君可以借此抢同行的风头，路易十四可以拿它增强自己的风采，而曹操则可以用它表明自己的姿态。

那是曹操与袁绍在官渡决战时发生的一则轶事。当时，袁绍势大，曹操兵少，而且粮草也所剩无几，战争到了举步维艰的时刻。这时，袁绍军中的谋士许攸，忽然来投曹操。已经睡下的曹操闻之大喜过望，"不及穿履，跣足而迎"[1]，让许攸大为感激，献上火烧袁绍粮仓的计谋，帮曹操赢得了官渡之战的胜利，同时也成就了曹操求贤若渴、礼贤下士的好名声。

若说曹操纯粹是在作秀，可能是冤枉了曹阿瞒。在饿得发慌的时候，恰巧被一张从天而降的"大馅饼"砸中脑袋，无论是谁也淡定不了。不过，兴奋到这种程度，的确有夸张的成分。更能证明这一猜测的辅助证据是，曹操的这一招，在他之前，早就有人用过——汉武帝时，暴胜之就倒屣相迎隽不疑；与他同期，也有人在用——蔡邕也曾倒穿着鞋迎接过少年英才王粲；在他之后，更是屡见不鲜——北宋邵雍就有模有样地倒屣出迎欧阳叔弼。曹操的"跣足"不过是"倒屣"的升级版而已。可见，"倒

---

[1] 罗贯中《三国演义·第三十回》。又见《三国志·武帝纪》："公闻攸来，跣出迎之。"

屣"几乎成了标榜自己德行高洁的典型做法。

其实,"倒屣"并不够奇葩,鞋子还有更奇葩的用法——遗履。

刘辰翁有一首长调《莺啼序》,其第二叠云:

别有佳人,追桃恨李。拥凝香绣被。争知道、壮士悲歌,萧萧正度寒水。问荆卿、田横古墓,更谁载酒为君醉。过霜桥落月,老人不见遗履。

南宋末年,内忧外患,风雨飘摇,但朝中皇帝昏庸、奸臣当道,刘辰翁空有一腔热血,争奈报国无门,后曾入文天祥幕府随其抗元,失败后隐居不仕,埋头著书,以此终老。此《莺啼序》为词牌中最长一调,这第二叠所言也无非是对那些醉生梦死之人的讥诮,对誓死抵抗侵略的仁人志士得不到理解重视的悲愤,以及对再无张良那样的英杰横空出世、力挽狂澜的慨叹。

其中,"过霜桥落月,老人不见遗履",说的正是黄石公与张良那次著名的行为艺术。

张良本为战国时韩国贵族,强秦致他国破家亡,他因此对秦始皇怀有刻骨仇恨,曾化身孤胆英雄,只身刺秦,失败后流落到河南下邳一带。一天,经过一座桥时,桥上一个穿着粗布衣服的老头直走到他面前,故意将自己的一只鞋子丢到桥下,并且不客气地命令他:小子,下去把鞋给我捡回来!这突如其来的侮辱,使张良很是诧异,气得差点就要挥拳相向了。但看到老头一大把年纪,便强忍住怒火,跑到桥下为老头捡回了鞋子。哪知老头得寸进尺,竟然傲慢地继续命令道:给我穿上!张良自然不爽,但想到既然做好事，不如做到底，便跪下来恭恭敬敬给老人穿上鞋。老头见此，大笑而去。还没等张良回过味来，老头去而复返，说：孺子可教矣，五天后的清晨时分，来这里见我！张良此时已觉出老人不同寻常，便跪倒应诺。五天后，天刚亮，张良来到桥上时，老头已在等候。老头生气道：跟老人家会面，反而迟到，怎么能这样！五天后早点来！五天后，鸡刚啼鸣，张良就赶到桥上，可老人还是早来一步。老人怒道：为什么又迟到！五天后再早来！这回张良下了决心，五天后半夜三更就在桥上静候。老头来到后很高兴，点点头说，就该如此。然后授《太公兵法》于张良，并嘱之曰：读此则为王者师矣。原来，老头就是被道教纳入神谱的半仙黄石公。张良熟读此书后，果然修炼成了"运筹策帷帐之中，决胜于千里之外"的一代英杰，帮助刘邦建立了大汉王朝。

这其中的关键道具，就是那只堪称"试金石"的鞋子了。黄石公用这只鞋子，狭隘地说，是试出了张良的血性、教养、德行、眼力、耐力、智商和情商，也替刘邦试出了中流砥柱、左膀右臂；夸张点说，这鞋子甚至试出了中国历史上的第一个黄金时期，试出了华夏子孙民族认同感的一个源点。

这种评价虽然言过其实，但能把一个伟大的人物和一个伟大的王朝紧密连接到一起，鞋子绝对是功不可没的。

所以，刘辰翁才不禁哀叹"过霜桥落月，老人不见遗履"，政局糜烂如此，连上天也不肯再有所垂青，不肯再派一个黄石公来面授天书，将南宋拖出覆灭的深渊。

其实呢,刘辰翁的吊古伤今还真是没有看清问题的实质。就算再有"老人遗履"给当世"张子房",又能如何呢?所谓治得了病,治不了命,将一朝兴亡系于一人之身,这样的史观无疑是犯了幼稚病。时势可以造就英雄,但英雄需得顺应时势,不然终归会变成悲情英雄。鞋子不过是个道具而已,剧情如何向下发展,还是要取决于演戏的人。

因此,如若黄石公南宋末年再次下凡遗履授书,得书者注定是两类人物,一类是勉力支撑将倾之大厦,但最终与大厦一起轰然倒塌的袁崇焕、孙传庭式的殉葬者;另一类就是压死骆驼的最后一根稻草如刘裕、李勣式的掘墓人。

五

然而,文人恶趣味的"鞋杯"也好,春申君炫富的"珠履"也罢,抑或是政治家们暗藏玄机的道具,其实都扭曲了鞋子的本质属性:护足,行走。

所谓鞋,因时代、材质、样式、用途不同,有各种各样的别称。麻革所编为履为屦,草鞋为屩(juē,草鞋),木底的为屐,兽皮所制为鞮为鞳,高筒的为靴,拖鞋为靸。但无论有多少"马甲",鞋的基本功能都应该是对脚的保护,助其行走奔跑。东晋的谢灵运发明了"谢公屐",屐底有齿,可灵活安装,上山卸去前齿,下山卸去后齿,安全且助力,实在是有申请专利资格的绝妙登山鞋。李白的《梦游天姥山留别》中就有"脚着谢公屐,身登青云梯。半壁见海日,空中闻天鸡"之语。史达祖《庆清朝》

中说"尘侵谢屐,幽径斑驳苔生",乃叹久不出游之意。

鲁迅在《故乡》中说:地上本没有路,走的人多了,也便成了路。这自然是有鞋的功劳在里面的。无论是地上的路,还是世间的路,一马平川时,鞋子的作用并不明显。只有在崎岖坎坷、荆棘密布时,才能体会到鞋子是多么的重要。

还是曹操的故事。曹操临终前,有遗嘱曰:"吾婢妾与伎人皆勤苦……余香可分与诸夫人,不命祭。诸舍中无所为,可学作组履卖也。"① 意思是说,他觉得妻妾歌姬跟着自己不容易,所藏的熏香就不要用作祭祀了,都分给各位夫人吧;其他人如果无事可做,就学着制作带子、鞋子,生计无着之时还可以拿去出售。

一代枭雄的遗言如此鸡零狗碎,全无气吞山河的王霸气概,东坡评曰:"平生奸伪,死见真性。"② 其意是说此公一辈子奸猾狡诈,临死终于暴露了小人本色。唐人罗隐《邺城》诗也叹道:"英雄亦到分香处,能共常人较几多。"

说曹操"死见真性"倒也不虚,不过,所谓的"真性"未必是小气猥琐。也许面对即将到来的漫漫长夜,他才意识到,在人生之路上跋涉,目的真的那么重要吗?为了所谓的价值、所谓的意义、所谓的成功,而舍弃心灵的宁静、灵魂的平和,真的值得吗?虽然他曾经感慨地说"神龟虽寿,犹有竟时。腾蛇乘雾,终为土灰"③,但不到人生的终点,这些感慨其实连他自己也不会有

---

① 曹操:《遗令》。
② 苏轼:《孔北海赞》。
③ 曹操:《龟虽寿》。

回首萧瑟处
探寻宋词背后的历史尘烟

太深切体会的。此时的曹操,终于不再把鞋子当成政治道具,处心积虑地表演,而是还原鞋子的本来面目:保护,行走。

其实,解读曹操的这种微妙的心境,倒可参照东坡《临江仙·送钱穆父》词中的末句:"人生如逆旅,我亦是行人。"聚散离合、沉浮起落,又何必太过在意,虽然"天涯踏尽红尘",不妨"依然一笑作春温"①。

当然,这种超然,自不是凭空生出来的,而是用磨难累积升华而成的。当初,东坡遭贬黄州,不仅仕途黯淡,甚至连命途也堪忧。在黄州的第三个春天,他到沙湖游玩,途中忽逢大雨,大家都没带雨具,同行之人皆觉狼狈。而东坡毫不介怀,手拄竹仗,脚踏草鞋,谈笑风生,凄风苦雨也奈何他不得。很快雨过天晴,一轮红彤彤的夕阳迎头相照,这时他忽然省悟,原来所谓的荣辱与得失、落魄与风光只是转瞬之间的事。什么都经历了,才晓得不过如此而已。于是,一首《定风波》脱口而出:

莫听穿林打叶声,何妨吟啸且徐行。竹杖芒鞋轻胜马,谁怕?一蓑烟雨任平生。

料峭春风吹酒醒,微冷,山头斜照却相迎。回首向来萧瑟处,归去,也无风雨也无晴。

也许,只有甩去附加在鞋上面的虚荣、算计、苟且等等诸多饰物的遮蔽、拖累和束缚,才能显露出鞋的本质本色,才能心无牵扯、行无负担进而"轻胜马""任平生"吧。

---

① 此二句皆出自苏轼:《临江仙·送钱穆父》。

一斛明珠照楼空

——用苏轼词的"金线"串起的几个珍珠般的歌姬侍妾

蓄乐伎、纳侍妾,是古代豪族贵胄、官宦名流的寻常之举,并非出格行径,甚至算得上是风雅韵事。那些美丽聪慧、多情敏感的姑娘,大多受过严格而专业的训练,对吹拉弹唱、吟诗作赋都有着令人惊叹的深厚修养。苏轼朋友赵晦之的一个侍妾,吹笛的技艺就非常精湛。一次,苏轼得见表演,叹为观止,遂填《水龙吟》一首赠之。

楚山修竹如云,异材秀出千林表。龙须半翦,凤膺微涨,玉肌匀绕。木落淮南,雨晴云梦,月明风袅。自中郎不见,桓伊去后,知孤负、秋多少。

闻道岭南太守,后堂深、绿珠娇小。绮窗学弄,梁州初遍,霓裳未了。嚼徵含宫,泛商流羽,一声云杪。为使君洗尽,蛮风瘴雨,作霜天晓。

词的上阕赞美笛子的材质特异,音质清亮,犹如天籁,感叹自从长笛演奏大师蔡邕、桓伊离世之后,此笛再未发出过如此美妙的旋律,白白辜负了多少岁月。下阕说,直到今日,岭南太守

211

回首萧瑟处
探寻宋词背后的历史尘烟

赵晦之的侍妾,凭着高超的演奏技巧,才使笛子再次流淌出清冽干净的音律,将侵袭太守的蛮风瘴雨荡涤殆尽。

能令震古烁今的艺术大师苏东坡刮目相看,古时乐伎侍妾的艺术造诣可见一斑。

不过,这些蕙质兰心的女子,寄居于豪门大户,虽然好过在青楼柳巷沉沦枯萎,但毕竟身似浮萍,随风飘零,终究还是苦命的人。她们能够把生活变得艺术,现实却无法回馈给她们艺术的人生。

后堂虽深,绿珠难藏

"后堂深、绿珠娇小。"词中,吹笛侍妾所类比的这个绿珠,正是如此的红颜薄命。

绿珠是西晋时期的绝色佳人,能歌善舞,尤善吹笛。据宋代乐史所撰《绿珠传》载,绿珠本姓梁,白州博白县人(今广西博白)。当时的全国首富石崇,在任交趾(今越南)采访使时,发现了这个美貌绝伦的女子,便用三斛珍珠(十斗为一斛)换为自己的乐伎。

石崇这个人很聪明,也有一定的才干,但为人凶狠残暴。任荆州刺史时,竟然拦路抢劫过往客商;据说他家有姬妾千人,但从不怜香惜玉。宴请客人时,让姬妾劝酒,客人不喝或剩有余酒,他就会毫不犹豫地砍下美人的脑袋。

不过,对于绿珠,石崇却视为至宝,收起豺狼的性子,变成了温情脉脉的情郎。二人一个"写曲填词",一个展喉起舞,看起来好似神仙眷侣一般。

然而，在那个奉行丛林法则的黑暗野蛮年代，就算你是食物链中的豺狼，但在你的上面，还有更凶狠的恶虎在挥舞着利爪。

当时，朝中的政治斗争非常残酷，皇后贾南风擅政专权，不可一世。石崇便投机站队，紧紧抱住了贾南风外甥贾谧的大腿。哪知，赵王司马伦施展阴谋手段，诛杀了贾南风，搞倒了贾氏一族，石崇也自然跟着倒霉，被罢了官职。

赋闲在家的石崇，本以为战败的自己，既然付出了罢官免职的代价，那么就算是硝烟散尽，尘埃落定了吧。虽被逐出政治舞台，但毕竟富可敌国，每天听听绿珠吹笛，看看美人跳舞，风流浪荡，也不失为人生乐事。可谁料到，自己的厄运才刚刚开始，而导火索正是他的绿珠。

石崇从来不是一个低调的人。当初为了跟王恺斗富，随便搬出的珊瑚树都有三四尺高。既然自己手上的绿珠有倾国倾城的容颜、有精湛绝伦的技艺，能令所有珍宝黯然失色，他又如何忍得住不向外人炫耀呢？于是，绿珠艳名远播，几乎成了全国男人的梦中情人。

旁人眼馋也就罢了，石崇虽然失势，但瘦死的骆驼比马大，一般人也是惹他不起的。不过，作为他的政敌，孙秀可不这么想。

孙秀是赵王司马伦的得力狗腿，早就对绿珠垂涎三尺，这回石崇罢官，他更是对绿珠志在必得。于是，孙秀以胜利者的姿态，派手下跑到石崇家里索要美人。

回首萧瑟处
探寻宋词背后的历史尘烟

  此时石崇爪牙尽失，只得忍气吞声，选出几十个姬妾让来使挑选。可这显然没法蒙混过关。来使道：这些佳丽果然明艳动人，但我奉命来寻绿珠，不知是哪一个？石崇也曾经是称霸一方的狠角色，哪里受得了如此得寸进尺的欺凌，闻之大怒道：绿珠吾所爱，不可得也！来使冷笑：君侯博古通今，应该识时务、晓利害，希望三思之后再做决定。石崇却犯了倔脾气，再次断然回绝。

  石崇的强硬，一半来自对绿珠的珍爱，一半也是有着自己的小九九。这事让他惊觉，原来斗争并未结束，该来的总会来，与其引颈受戮，不如暴起反抗。得罪孙秀，就等于得罪了赵王司马伦，人家恐怕已经磨刀霍霍了，自己必须要迅速行动。他甚至天真地想，即使失败了，大不了是流放到交趾、广州罢了。于是，他联合其他党羽，暗中鼓动淮南王司马允、齐王司马冏诛杀司马伦和孙秀。可是，老天不佑，孙秀很快察觉了这事，于是报复石崇的进程马上提速———一道山寨圣旨传下，石崇便成了头号通缉犯。

  当孙秀的军队包围石府时，绿珠正陪着石崇在楼上喝酒。

  为了爱人，石崇怒拒孙秀，绿珠的心中一半是阳光，一半是阴霾。自己一个弱不禁风的小女子，在这乱世之中不求什么锦衣玉食，只愿能有立锥之地。而命运将她带到石崇身边，她不晓得他在外面是怎样一个人，她只知道，他是自己的男人，敢对一切觊觎自己女人的家伙说不。虽然自己只能做一个低贱的侍妾，但这就足够了，就算门外有漫天风霜雨雪、遍地洪水猛兽，依偎在这个男人身边，心就是踏实的。

不过，阴霾太过强大，阳光难以驱散。

楼下甲光向日金鳞开，楼上落花狼藉酒阑珊。绿珠婉转的笛声，被淹没在嘈杂的马蹄声中。绿珠唇边的竹笛与石崇手中的玉杯几乎同时落地。石崇晃晃悠悠起身向外望去，绿珠则把目光都给了石崇。只是，她没能再从石崇那里找到自己期望的镇静和睥睨，她的心沉了下去——原来童话里都是骗人的，他不可能是自己的王子。

"我今为尔得罪！"石崇猛然回头朝她吼道，声音爆裂，却没有一点阳刚之气。

不过，在她听来，那真是一声霹雳，她所有绮丽的梦，都被击得粉碎——

因为我，他才引祸上身，我果真就是一个红颜祸水扫把星吗？是啊，他给了我珍馐美味，给了我华服霓裳，给了我男欢女爱，给了我诗意的生活，而我却给他带来了灭顶之灾。是我的命太硬，还是他的命太苦？本以为，他是一座可以依靠的大山，到头来发现不过只是冰山而已，烈日暴晒下很快就软成了水，可他却抱怨是我招来了太阳。好吧，既然如此，不如就让我承担这一切吧，就让我结束这一切吧！

于是，她泣道："当效死于官前。"说罢，从高楼之上一跃而下。

有人说，绿珠是因痴情而殉情，而我看，莫若说她的死是因绝情而绝望。那些所谓的有情郎，平时嘴里的浓浓情意，一到这

回首萧瑟处
探寻宋词背后的历史尘烟

种生死关头,就都会变成浓浓硫酸,喷出来,能把对方的心蚀成死灰吧。

历史的车轮前行近400多年之后,另一个"绿珠"仍然难逃悲剧的轮回。

武周时,小官僚乔知之有一侍婢窈娘,聪慧美丽,能歌善舞,乔知之爱如掌上明珠。武则天侄子魏王武承嗣听闻窈娘美艳,将之强抢到府内。乔知之满腹怨恨,作诗《绿珠篇》:

石家金谷重新声,明珠十斛买娉婷。此日可怜君自许,
此时可喜得人情。君家闺阁不曾难,常将歌舞借人看。
意气雄豪非分理,骄矜势力横相干。辞君去君终不忍,
徒劳掩袂伤铅粉。百年离别在高楼,一旦红颜为君尽。

作罢,悄悄送入武府交与窈娘。窈娘冰雪聪明,读之悲愤欲绝,尤其是最后一句,乔知之暗示要她为他守节殉情的用意昭然若揭。原来自己只不过是一个高级玩具而已,他乔知之玩不到了,也不允许别人得到。至此,窈娘生无可恋,自杀而死。

当然,乔知之这种小男人,下场与石崇差不多,都没逃过遭诬陷被诛杀的结局。只是不知道,他们这种作死还要让人陪葬的家伙,黄泉路上,佳人是否还愿意与之结伴而行。

燕子楼空,佳人难安

绿珠窈娘们的不幸,在于遇人不淑。但如果遇到情深义重的主人,难道就能躲过红颜薄命的梦魇吗?

苏轼知徐州时,一天晚上夜宿燕子楼,梦到这楼以前的女主

人关盼盼，醒来便填了一首《永遇乐》：

  明月如霜，好风如水，清景无限。曲港跳鱼，圆荷泄露，寂寞无人见。紞（dǎn）如三鼓，铿然一叶，黯黯梦云惊断。夜茫茫，重寻无处，觉来小园行遍。

  天涯倦客，山中归路，望断故园心眼。燕子楼空，佳人何在，空锁楼中燕。古今如梦，何曾梦觉，但有旧欢新怨。异时对，黄楼夜景，为余浩叹。

  大唐的绝代佳人，二百七十余年后，与大宋的旷世才子，在这个月明风好的夜晚邂逅了。她对他说了什么，让向来达观的东坡竟然生出"天涯倦客"的苍凉浩叹？他又想问盼盼什么，但被更鼓声和落叶声惊破梦境，行遍小园，却再也寻不到她，得不到她未及做出的回答。

  也许，盼盼对东坡诉说的，就是那曾经令她神往又神伤的"旧欢新怨"吧。

  关盼盼，唐德宗年间的名妓，通诗文，善歌舞，与当时的徐州守帅张愔两情相悦，成了张愔的爱妾。白居易游历到徐州，受到张愔的热情款待。席间，张愔请出盼盼起舞助兴。看到盼盼摇曳生姿的舞蹈，白居易不禁诗兴大发，为盼盼作诗一首，其中有句曰："醉娇胜不得，风袅牡丹花。"而自此一别，白居易再没机会与张愔夫妇会面。直到12年后，向来与张愔夫妇相熟的张仲素来访，说起往事，才得知自那日别后两年，张愔就去世了，归葬于洛阳。而盼盼眷念亡夫，不肯再嫁，留在徐州张宅的燕子楼上，春秋十载，独守空房。张仲素感慨佳人孤寂，以盼盼口吻，

回首萧瑟处
探寻宋词背后的历史尘烟

作《燕子楼》三首：

楼上残灯伴晓霜，独眠人起合欢床。
相思一夜情多少，地角天涯不是长。

北邙松柏锁愁烟，燕子楼中思悄然。
自理剑履歌尘散，红袖香消一十年。

适看鸿雁岳阳回，又观玄禽逼社来。
瑶瑟玉箫无意绪，任从蛛网任从灰。

白居易读罢，唏嘘不已，遂也以《燕子楼》为题，和诗三首：

满窗明月满帘霜，被冷灯残拂卧床。
燕子楼中霜月夜，秋来只为一人长。

钿晕罗衫色似烟，几回欲著即潸然。
自从不舞霓裳曲，叠在空箱十一年。

今春有客洛阳回，曾到尚书墓上来。
见说白杨堪作柱，争教红粉不成灰？

故事到这里，一桩千古疑案就产生了。

依后世的传言，故事是这样的：关盼盼是张建封（张愔之父）的爱妾，建封死后，关盼盼独居燕子楼，守节十年，作《燕子楼》诗三首，被张仲素拿去给白居易看。乐天和诗三首，意犹未尽，又作绝句一首《感张仆射诸妓》：

　　黄金不惜买娥眉，拣得如花三四枝。

　　歌舞教成心力尽，一朝身去不相随。

盼盼看到这四首诗，尤其是"一朝身去不相随"句，哀怨世人讽她只守节、不殉情，心中悲愤难平。自我辩驳说，自丈夫死后，妾身不是不愿殉情，只是唯恐百年之后，世人误以为我夫沉溺女色，致使爱妾殉葬，从而玷污我夫清白，所以才苟活至今。幽怨之余又和诗一首：

　　自守空楼敛恨眉，形同春后牡丹枝。

　　舍人不会人深意，讶道泉台不去随。

之后心如死灰，绝食而亡。

故事至此，方才了结。但白居易也从此背上了以诗杀人的罪名。

不过，如今又有学者反复考据，通过对张建封、张愔父子和白居易、张仲素几人的履历，几首诗的时间顺序、内容、风格等线索的逐条分析，证明这个故事漏洞百出，事实并非如此，白乐天才得以翻案。第一，关盼盼实为张愔之妾；第二，盼盼所作的三首《燕子楼》版权应归张仲素所有；第三，白居易的《感张仆射诸妓》乃是感于张建封之死而发，早于后面盼盼的故事多年；第四，盼盼所作绝命诗系后人伪作，且无证据证明盼盼因此绝食而死。

历史就是这样的暧昧，时间越长，遮蔽的云烟就越厚，真相也就越模糊迷离。以苏轼的博学，也难以透过层层迷雾，看清盼

回首萧瑟处
探寻宋词背后的历史尘烟

盼的红颜是因何而凋敝。

宋人陈荩也曾咏燕子楼,诗云:乐天才似春深雨,断送残花一夕休。笃定地宣判白居易就是以诗杀人的凶手。而对于此诗,东坡大为赞赏,说此诗"直使鲍、谢敛手、温、李变色也"①,显然也是认同陈荩的观点。

所以,那天晚上,盼盼走进东坡的梦里,也许,诉说的就是此中杂陈的五味。

柔弱女子,经逢乱世,沦落风尘,本就多舛。幸得贵人相救,偷得几日欢愉,本以为命途就此转折。谁知良辰美景容易丢,赏心乐事别家院,有情人总是遭天妒。情郎早逝,带走的不仅有欢爱的激情,更有生活的热情。自己曾在风月场中摸爬多年,人世间的冷漠丑陋见得太多,男人的薄情寡义、喜新厌旧、自私懦弱也早已看倦,能遇到张愔这样的男子,已是上天的格外开恩。夫君去了,还怎么敢奢望再遇佳偶?虽然如今还风华正茂,但韶华转眼即逝,与其人老珠黄遭人遗弃,不如在这冰冷的尘世间,独守空房,拥着曾经美好的记忆温暖自己的余生。

本想就此波澜不惊地终老一生,后世却将这个原本简单的故事编排得如此跌宕起伏。一杯本是纯净透明的山泉水,被不断混入各种佐料:讽诗之酸、悲愤之苦、血泪之咸、鞭挞之辣……终于搞得面目全非,成了一杯变了质的血红的葡萄酒。这不仅让白乐天白白背上千古骂名,也使盼盼成了任人摆布的木偶,扰得她

---

① 蔡绦:《西清诗话》。

魂灵不得安宁。

东坡郁郁难平，却被更鼓遽然惊醒。世事纷纷扰扰，亦真亦幻。想那盼盼只是想清静无为地了却残生，白乐天不过是表示对恒久之爱的赞叹，对红颜孤寂的痛惜，却还是被一些人或有意或无意地泼脏水、造舆论、移花接木、无中生有。众口铄金，三人成虎，怎不让人百口莫辩，心灰意懒。

而此时的自己，又何尝不是政治版的关盼盼、白乐天？朝中正是新党当政，新法纵然初衷向善，但推行中弊端多有暴露，问题越积越多。他直言上书，力陈新法不足，劝谏皇帝不要急功近利。却因此招新党怨恨，遭到弹劾。虽然清者自清，事情最后不了了之，但他已经感到一双令他毛骨悚然的黑手正慢慢向他袭来。京城是权力中心，亦是是非之地，不宜久居，他便自请外放，先后到杭州、密州、徐州任职，算来已有七年之久。每到一地，他都竭尽全力，为民造福，自然也受到百姓爱戴。可那黑手始终阴魂不散，处处作梗。他这个"天涯倦客"，已经身心俱疲，"望断故园心眼"，一心只想那"山中归路"，却"夜茫茫，重寻无处"，怎不令人心生浩叹。

总有一些人，为了所谓正确的目的，可以毫无底线地不择手段。关盼盼既然忠于丈夫，可以守节，为何不去殉情？那样才是礼教纲常的完美结局。为了这个理想中的"圆满"，他们打着正义的旗帜，占领道德的制高点，肆无忌惮地歪曲、伪造事实。于是，白居易成了他们的棋子。而就算关盼盼的身体躲进燕子楼内，精神也要被杀死在历史之中。

他们的逻辑就是，主义永远高于过程。过程中的一切障碍——不管你是如关盼盼一样卑微的歌妓、贱妾，还是像白居易、苏东坡一样的天才诗人、绝世好人，都要统统清除剿灭。

苏轼终究没能躲过这一劫。这首词写后仅仅一年，著名的"乌台诗案"爆发。

燕子楼空，佳人已不知迷失何处；乌台狱冷，才子怎奈何颠沛此生。

主君易老，柳枝难别

被卷入"讽诗杀人"冤案的白居易，据说听闻盼盼绝食而死，心中也深受震撼，体味到为歌妓侍妾者的不易，遂遣散身边的两个宠姬，放她们另投明路去了。

老年的白居易遣散宠姬确有其事，不过，"讽诗杀人"既为冤案，那说他遣散宠姬的做法是受此影响，自然是无稽之谈。

实际情况是，白居易67岁时，患了风疾，半身麻痹，生活陡然间布满愁云。他也似乎一下将世间的欢愉看淡了，于是卖掉了自己最钟爱的那匹骆马，又遣散了府中那些歌伎。歌伎中，最为出挑的是两个，一个叫樊素，善歌唱；一个叫小蛮，能舞蹈。白居易曾写诗赞曰：樱桃樊素口，杨柳小蛮腰。这也成为后世形容美人的经典广告语。

樊素和小蛮跟随乐天已逾十年，虽然只是歌伎，但乐天那风流和善的性子，待她们自然不薄。长久以来的诗酒吟唱、雅趣闲情，他们之间，更多的可能是艺术上的切磋交流、精神上的默契和谐。说是主仆，莫若说是家人、朋友、伴侣更切实际。

岁月从不肯放慢脚步，樊素、小蛮很快由青涩的女孩，出落成风姿绰约的美人。但乐天却一天天衰老下去，直到风疾缠身，剩命半条，他不得不认真替她俩考虑以后的人生。趁着俩人青春正好，还保有交换美满归宿的资本，不如早早放手。如若等到自己病歪歪拖些年死后再走，那真叫"明日黄花蝶也愁"① 了。也罢，也罢，怎忍心为求自己晚年乐趣，而误了她们的大好青春呢？你们走吧，去找一个好人家嫁了吧，去寻找自己的未来，去拥抱属于自己的幸福吧。

可是，人的感情岂是一句散了就能断了的？

那一日，骆马就要被牵去卖了。临出门时，这匹有灵性的畜生似乎知道就要永远离开这个家，竟然回首长嘶，饱含眷恋。旁边的樊素立时泪崩，悲戚道：您骑此马五年，从未有过差池；我侍奉您十载，也没出过闪失。如今我樊素并未色衰，还可为君一歌；骆马仍然健壮，犹能给您代步。今天如若双双离去，就再不能回转。所以，骆马才会嘶鸣，樊素才发悲声。如此人有情、马有义，怎么只有您如此冷酷无情？

此言闻罢，乐天仰天长叹，心中思绪翻滚，不禁疾呼道：马儿啊马儿，莫嘶鸣，且将你牵回马棚；樊素啊樊素，勿悲泣，你快快返回闺中。老夫虽已体衰病重，毕竟不与那将死的项羽相同，何必一日之内弃乌骓、别虞姬，苦成黄粱一梦？樊素啊樊

---

① 苏轼：《南乡子》。

回首萧瑟处
探寻宋词背后的历史尘烟

素,再给我唱一曲杨柳枝,我要满斟一杯酒,与你一醉方休忘却那时空!①

东坡的《蝶恋花》云:"一颗樱桃樊素口。不爱黄金,只爱人长久。"是啊,若是情投意合,又怎舍得生离死别?只是岁月无情,岂能由人任性?一时的忘情,虽然又换来一段欢愉,但理智终究压倒了乐天的情感。最后,樊素和小蛮还是被逼着离开老迈的主人,开启了不知福祸的新生活。

不过,自她们走后,乐天的心就空了。他拖着病体,追忆着往日的歌声倩影,低声轻吟:

两枝杨柳小楼中,袅袅多年伴醉翁。
明日放归归去后,世间应不要春风。②

相濡以沫,初心难撼

说实话,当初离了青楼,脱了乐籍已是幸事,如若再还了自由,就更令人期待。樊素虽然"不爱黄金,只爱人长久",但到

---

① 白居易:《不能忘情吟》:鬻骆马兮放杨柳枝,掩翠黛兮顿金羁。马不能言兮长鸣而却顾,杨柳枝再拜长跪而致辞。辞曰:主乘此骆五年,凡千有八百日。衔橛之下,不惊不逸。素事主十年,凡三千有六百日。巾栉之间,无违无失。今素貌虽陋,未至衰摧。骆力犹壮,又无骶隙,即骆之力,尚可以代主一步;素之歌,亦可以送主一杯。一旦双去,有去无回。故素将去,其辞也苦;骆将去,其鸣也哀。此人之情也,马之情也,岂主君独无情哉?予俯而叹,仰而哂,且曰:骆,骆,尔勿嘶;素,素,尔勿啼。骆反厩,素反闺。吾疾虽作,年虽颓,幸未及项籍之将死。何必一日之内,弃雅兮而别虞兮。乃目素兮素兮,为我歌杨柳枝。我姑酌彼金罍(léi),我与尔归醉乡去来。
② 白居易:《病中诗十五首·别柳枝》。

224

底没有与诗人相扶终老,终归是"春水东流雁北飞"①,泯入了日常市井的烟火中,消失在历史与文学的舞台上。这当然无可厚非,而且也正是诗人虽不舍但亦愿见到的。

不过,也有一些人,不论是岁月更迭,还是世事浮沉,则始终不离不弃,陪伴在主君身边。

宇文柔奴朱唇轻启,一曲清歌便从皓齿间飞出,婉转轻柔犹如炎炎夏日中飘落的片片雪花,让人听了浮躁顿消,心中一片空明。

苏轼听得几乎痴了。他没有想到,五年多的时光流逝,万里迢迢的雨打风吹,竟然没有在佳人脸上沉淀出丝毫沧桑的痕迹,红颜仿佛愈加娇嫩,微笑间,似乎还有丝丝岭南梅香四溢。

这宇文柔奴其实是苏轼死党王定国的侍妾。"乌台诗案"后,与苏轼交好的师友几乎都受到牵连,其中王定国所受处罚最甚,被贬谪到了广西宾州。岭南的烟瘴蛮荒人所共知,流放到那儿几乎等同于奔赴地狱。于是王定国所蓄养的那些歌伎也都走的走、散得散了,唯独柔奴留了下来,与王定国携手共赴那穷山恶水。

宋哲宗继位后,新党失势,司马光等旧党重掌朝政,苏轼、王定国被召回朝中。患难老友久别重逢,自是一番感慨。不过,更令苏轼惊讶的是,王定国竟仍然丰神俊朗,好似"人间琢玉郎";而柔奴也是肤如凝脂,粉面如花,于娇艳之外更见风韵,不由得问道:据说岭南烟瘴之地,风土不是很好吧?柔奴却坦然

---

① 钱起:《送韦信爱子归觐》

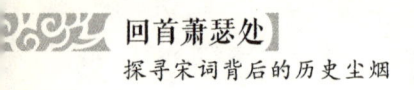

回首萧瑟处
探寻宋词背后的历史尘烟

应道：内心安定的地方，就是我的故乡。

苏轼由是醍醐灌顶。人生无常，世事乖张，很多时候个人无力左右，怨天尤人者，损肺伤肝，徒增白发；逆来顺受者，行尸走肉，暮气昭昭；超然于外者，磨难磨去的是浮华，露出的是如玉的温润。就算天公虐我千百遍，我心安处风轻云亦淡。柔奴一个普普通通的女子，有这种豁达洒脱的境界，的确令苏轼刮目相看。于是欣然填词《定风波》：

常羡人间琢玉郎，天应乞与点酥娘。尽道清歌传皓齿，风起，雪飞炎海变清凉。

万里归来颜愈少，微笑，笑时犹带岭梅香。试问岭南应不好，却道：此心安处是吾乡。

不过，东坡大可不必过于艳羡王定国，他身边其实也有自己的"点酥娘"，那就是他的侍妾王朝云。

朝云是东坡在杭州任职时，从风尘中带出的女子，一直跟随在他的左右。贬谪黄州期间，倒霉的苏学士人人避之唯恐不及，朝云恰在此时成了他的女人。虽然她不是正妻，却与苏轼心意最为相通。东坡一肚皮的不合时宜，只有朝云能一语点破。

朝云伴随东坡，起于黄州，而终于惠州，可以说风雨同舟、患难与共。这中间，虽也因东坡短暂的仕途得意，有过一段难得的惬意生活。但大多数时间，都是跟着丈夫颠沛流离，艰辛度日，即使东坡身边的诸多美妾纷纷离去，她也不改初心。特别是在东坡第二任妻子王润之去世后，她毅然将家庭的重担都担在了自己肩上。见惯了人情冷暖的东坡，对于朝云的不离不弃，心中感激万分，写了很多诗词来赞美怀念这个红颜知己，最著名的当属以梅花的风姿神韵，来比喻朝云高洁脱俗的《西江月·梅花》：

玉骨那愁瘴雾，冰姿自有仙风。海仙时遣探芳丛，倒挂绿毛幺凤。

素面翻嫌粉涴，洗妆不褪唇红。高情已逐晓云空，不与梨花同梦。

然而，朝云心比铁坚，体质却如扶风弱柳，加之惠州气候恶劣，身体每况愈下，到底没能熬到苏轼触底反弹回归中原的那一天，最终在凄苦中香消玉殒。苏轼忍痛将朝云葬于惠州西湖孤山下，筑六如亭，并撰一联以纪之：

不合时宜，惟有朝云能识我；

独弹古调，每逢暮雨倍思卿。

这些美丽聪慧的人间精灵，用自己的挚情才思，给波诡云谲的政治天空涂抹上一丝绚丽的颜色，为洋洋洒洒的文学世界勾勒出几多窈窕的剪影，使厚重的历史凭空多了些柔婉空灵的韵味。但当时的现实，却给了她们太多的横眉冷目、凄风苦雨，后来的历史，又给了她们太多荒谬不公的评价。但她们仍然如同圆润的珍珠，无论身处何时何地，总是默默散发着应有的光泽，照亮历史的暗角。

奈何韦郎误玉箫

——痴情女子薄情郎的故事为何总是重演

南宋光宗绍熙二年（1191），暮春，合肥，赤阑桥边，如丝的绿柳，在暖风中轻轻摆动，像极了她飘逸的长发。

一个青衫书生，从桥上慢慢走下，沿着淝河曲折的河沿踽踽而行。没走多远，忍不住转头回望。只见赤阑桥那头，绿荫如雾，几户人家隐没其中，难以分清她家的门墙。

悠悠一声长叹，他轻轻摇摇头，继续失魂落魄地向前走。此时，已然日暮，夕阳的余晖洒满河面，点点金鳞中，淝河上一片寂寥，只零零星星几叶孤帆，不知要流落何处。

远处，巍峨的城楼只剩下苍凉的剪影；背后，逶迤的群山，竭尽全力也扛不住那沉去的残阳，最后一抹余晖终于隐去，天地万物一下笼罩在苍茫的暮色之中……

书生姓姜名夔，字尧章，号白石道人，精通诗词、书法、音律。据说是东坡之后又一难得全才，却屡试不第，终其一生不过一介布衣，江湖飘零，只靠卖字和朋友接济勉强度日。

他曾久居合肥，在这里，一对精通琵琶古筝等乐器的姊妹花，成了他的红颜知己。他几次离开合肥，又几次回到这里，除去生计问题，想必更割舍不下的，定是此处的一片柔情吧。

然而，十几年过去了，他的诗词音律精进了许多，也在文人圈里混出了不小的名气。只可惜，天生与官运绝缘，又不像今人懂得将"大才"精明地转化成"大财"。流浪的人谈谈情、说说爱也就罢了，奢谈什么男婚女嫁好像就成了笑话。就这样，这个春天当他再次回到合肥时，终于发现，绿柳桃花尚在，佳人已经飘然离去了。

其实，他心里应早有准备，对人家也无从怨起，却还是感觉沉入了无穷无尽的悲哀惆怅之中。

两行清泪无声无息地流下来，一阙《长亭怨慢》也随之吟出。

渐吹尽，枝头香絮，是处人家，绿深门户。远浦萦回，暮帆零乱向何许？阅人多矣，谁得似长亭树？树若有情时，不会得青青如此！

日暮，望高城不见，只见乱山无数。韦郎去也，怎忘得玉环分付。第一是早早归来，怕红萼无人为主。算空有并刀，难剪离愁千缕。

他记得，之前分别的时候，自己的承诺：我不会像那韦郎一样，一去不返，白白辜负了你们的痴情。他还记得，那时美人的叮嘱：留给我们的时间不多了，务必早早回来，莫要让我们红颜付流水。

但如今，他没做那负心的韦郎，佳人还是离他而去，这叫他如何入喉这杯五味杂陈的酒!

其实,这也怪不得谁,谁让他面临的是古往今来谁都难解的问题呢。

玉指环

史达祖《寿楼春·寻春服感念》云:

飞花去,良宵长。有丝阑旧曲,金谱新腔。最恨湘云人散,楚兰魂伤。身是客、愁为乡。算玉箫、犹逢韦郎。近寒食人家,相思未忘苹藻香。

史达祖词中的"韦郎",与姜夔词中的"韦郎"为一人。姜词中的"玉环",正是史词中韦郎赠予"玉箫"的情物。

唐代范摅的《云溪友议》记载了这个惊艳的传奇故事。

韦郎姓韦名皋,是大唐中期著名的儒将。据说韦皋少年时,曾在江夏(今湖北武昌)游历,寓居于当地富绅姜辅家中,闲暇时教授姜辅幼子荆宝读书写字。荆宝虽与韦皋兄弟相称,却以师长之礼待之,特意让自己的使女,十岁的玉箫照顾韦皋的起居。

两年后,姜辅外出求官,举家跟随,韦皋便住进了附近的头陀寺中。玉箫则被荆宝留下来,时常过去继续照顾韦皋。岁月流逝,小女孩玉箫悄悄出落成袅袅婷婷的女郎,而韦皋也由翩翩少年郎成长为青年才俊。郎才女貌,一对璧人,时间久了,免不得情愫渐生。

就在此时,韦皋的叔父从家乡捎来书信,让他的朋友、江夏当地官吏陈常侍速速送韦皋回家。陈常侍唯恐夜长梦多,不许韦皋告别，让他即刻上船。

正在韦皋又急又愁之际，玉箫和正好回家的荆宝得到消息，匆匆赶到码头。鹦鹉洲头，韦皋与玉箫执手泪眼相望。荆宝知晓二人感情，便让玉箫随韦皋返乡。而韦皋害怕家中责罚，不敢擅自接纳玉箫，便送给玉箫一枚玉指环作为定情信物，并信誓旦旦地约定：少则五载，多则七年，一定回来迎娶玉箫。

然而，韦皋回乡之后，很快走上了求取功名的道路。二十余年间，风云际会，时势造英雄，当年的布衣书生已成了镇守蜀地的剑南节度使。

这二十年中，韦皋很忙，只是不知道，在夜深人静的时候，他有没有想起江夏的那个卑微的小丫头，有没有记得鹦鹉洲头许下的诺言。

也许有吧，但那又怎样呢？对女子来说，感情，或者说家庭，就是生命全部的归宿；而男子呢，感情似乎更像生活的调味品，家庭不过是他建功立业的起点，抑或驿站。当初的情深意切，绝不是演戏，山盟海誓，也并非游戏。女子会把这些当成真，活在一个永远不会醒来的梦里；男子当然也讲感情，也会感动得稀里哗啦，但对他们来说，所有的不过是一夜宿醉，醒来后，激情消退，提上裤子，打好领带，上班，开会，谈判，出差……事那么多，甚至整个世界都等着去拯救，哪有闲情逸致四十五度角仰望天空、泪流满面？

何况是在彼时的大唐，人生的价值都在那功名二字。好男儿志在四方，岂能沉溺于儿女情长，缚住了手脚，消磨了斗志，贻

回首萧瑟处
探寻宋词背后的历史尘烟

误了前程？若想英雄不气短，唯有慧剑斩情丝。不是我韦郎负你，实在是那时井底之蛙，年少轻狂，只以为两个人就是整个世界。你瞧，多么可笑，多么荒唐。如今，我们都成熟了，懂事了，各有各的轨道，各有各的圈子，一拍两散，互不相欠，何必彼此约束那么累呢？

当韦书生步入仕途的那一刻，一切都顺理成章了——我已上路，你却还在原地等候，能怪得了谁呢？

直到那一天，韦皋再次遇到荆宝。

韦相公不愧是能臣，到蜀地仅三天，就开始重断冤狱三百宗。断到其中一宗时，遇到了以明经及第、外放青城县令后含冤入狱的荆宝。韦皋为荆宝洗脱了冤狱，将其留在了身边。

初到蜀地，百废待兴，公务自是繁忙，韦相公一时无暇与故人叙旧。三个月后，一切步入正轨了，这才想起问问荆宝，玉箫何在？

玉箫何在？这么轻飘飘的一句问话，如何载得动玉箫的一腔痴情！

韦郎别后，鹦鹉洲畔便多了一个翘首以盼的窈窕倩影。一年二年如静水，三年四年水微澜，五年心海开始激荡，可滚滚东流的长江并没带来只言片语。不要紧，韦郎说过，最长七年，心太急了多让人笑话。除了选择相信，她别无选择。于是，再两年，当鹦鹉洲头的兰花开了七次，谢了七次，第八次开了的时候，她的心终于零落成尘不再发芽了。她木然叹道：韦郎啊韦郎，一别七年，你终究不会再回来了……

希望没有了，活着就没了意思。玉箫选择了以绝食来为这段有始无终的感情画上一个句号。弥留之际，玉箫仍在吟咏当初别离时韦郎写给她的诗：

黄雀衔来已数春，别时留解赠佳人。

长江不见鱼书至，为遣相思梦入秦。

姜家感于玉箫情痴，安葬她时，将韦郎送的那枚玉指环戴到她的中指上，一起下葬了。

本来，痴情女，薄情郎，故事到这里可以结束了，但偏偏还有一个狗血的结尾。

玉箫之死令韦皋痛不欲生，每日在玉箫画像前焚香诵经，以寄相思。后来，他遇到一个懂法术的半仙，能令人与故去的人见面。韦皋于是按要求斋戒七日，终于与玉箫的灵魂相会。玉箫出现了，感谢韦皋诚心助她托生，并再次约定，十二年后，愿再为侍妾，以报恩情。临别时，玉箫微笑着埋怨说：丈夫薄情，令人死生隔矣！

十二年后，韦皋已官至中书令，封南康郡王。这一年寿诞，一名僚属送给他的寿礼是一个年幼的歌姬，名字也唤做玉箫。韦皋仔细端详，竟然与当年的玉箫一模一样；再拉过手来，只见中指上隐隐有一肉环，恰似自己曾赠予玉箫的玉指环！韦皋不禁老泪纵横：我总算明白了，人之生死，不过一来一往，玉箫对我的承诺，真的兑现了！

《云溪友议》是笔记小说，顶多算是野史。故事前半截，大抵可信，后半部分就纯是无稽之谈了。薄情郎负了痴情女，到头来，却还要相思而死的女子来感负心汉的恩德，就算是埋怨也要施以微笑，甚至还要把下一个轮回再交付到同一个男人手中，这可当真让人怒发冲冠了。如若真是如此，那死前的玉箫是情痴，死后的就是花痴、是脑残了。

还是韦皋最后说得好，玉箫兑现了她的承诺。这倒是对他莫大的讽刺。

女校书

王建《寄蜀中薛涛校书》云：

万里桥边女校书，枇杷花里闭门居。

扫眉才子于今少，管领春风总不如。

若依《云溪友议》言，韦皋因玉箫情痴而"益增凄叹，广修经像，以报夙心。且想念之怀，无由再会"，也算得上个情种了。但实际上，玉箫并未令这位封疆大吏的桃色私生活有丝毫减损。

就在韦皋镇蜀之初——即获知玉箫殉情、"益增凄叹"的那个时期，他又搅入与蜀地一位才女的绯闻之中。

才女名叫薛涛，本是官宦人家的千金小姐，善诗文书法，只因家道中落，16岁时入乐籍，堕入了风尘。此时韦皋刚刚入蜀，有一次大宴宾客，薛涛作为陪酒女郎也应邀参加。

许是与生俱来的典雅气质，抑或是明艳不可方物的绰约风姿，薛涛就这么让人眼前一亮地闯入了韦大帅的世界。韦皋有意试她，便命她即兴赋诗。薛涛当然不是胸大无脑的花瓶，当即挥笔写出《谒巫山庙》：

乱猿啼处访高唐,路入烟霞草木香。

山色未能忘宋玉,水声犹是哭襄王。

朝朝夜夜阳台下,为雨为云楚国亡。

惆怅庙前多少柳,春来空斗画眉长。

无论是诗还是字,都是笔力俊逸,全无脂粉气,立时赢得满堂彩,韦皋也为之叹服。自此,薛涛成了韦大帅的红人,每有饮宴必邀之助兴。后来索性聘到帅府,红袖添香的同时,做起了公文案牍的工作。以她的才气,这些工作自是信手拈来,不费力气,韦大帅更是宠爱有加,竟然向朝廷上书请封她为"校书郎"。

校书郎虽只是九品芝麻官,却也并非随便谁都能做的,何况是一女子,更何况是一风尘女子。朝廷到底没有恩准,不过这并不影响薛涛因此而声名鹊起,她已成为了世人心目中的女校书。

这个时期,也许是童年之后薛涛的第二段快乐时光吧。她一定以为自己时来运转,遇到了生命中的贵人。这不怪她有此幻想:看那韦帅,风流儒雅,文武全才,人不过刚到中年,却已雄霸一方,而且皇恩正隆,事业蒸蒸日上,正是心目中如假包换的高富帅,更重要的是,此时郎有情、妾有意,难道爱情真是说来就来吗?

有了这种想法,难免得意忘形,恃宠而骄。薛涛作为韦帅的小秘,成了众人争相巴结的对象,一些官员为了得到领导的接见,纷纷向她行贿。薛涛也来者不拒,一概笑纳。不过她倒不稀罕这些贿银,全部上缴到了帅府。可是,她的这种行为还是造成了不好的影响,搞得韦帅有些被动。虽然贿银进了自己的府库,

回首萧瑟处

探寻宋词背后的历史尘烟

但这黑锅他可不愿意背。

那谁背呢?只能是那个陶醉在爱情幻想中的傻丫头了。

一纸判书让薛涛粉红色的少女梦遽然碎裂——罚赴到西南边陲的松州(今四川松潘)。

薛涛一下子懵了。昨天还在一起吟诗作赋,一片温情,怎么一转眼就公事公办,甩出个黑锅没商量呢?

可这真的不是玩笑,她必须面对这个残酷的事实。松州是蛮荒之地,不仅有穷山恶水,更有粗鲁的边防军和凶暴的土蕃铁骑。但最令她寒心、甚至恐惧的哪里是这些呢?

那一刻,她终于认清了自己,也认清了那个时而风雅、时而暴戾的韦相公。原来一切不过如此,是自己想多了。心中的温度降了下来,眼前的乱花也就枯萎飘零了,世界一下子变得那么清晰,清晰得让人毛骨悚然。

哦,多么痛的领悟!但既已看清,又何必再纠结呢?况且,自己的小命握在人家手中,又有什么资格傲娇呢?又如何敢奢侈自尊呢?于是,在赴松州的路上,她就作诗乞求:

黠虏犹违命,烽烟直北愁。
却教严谴妾,不敢向松州。[①]

如果你认为诗中的姿态已经够低,那再读她的《十离诗》,就会发现这简直太小儿科了。

驯扰朱门四五年,毛香足净主人怜;

[①] 薛涛:《罚赴边有怀上韦令公二首》(之一)。

无端咬着亲情客，不得红丝毯上眠。①

《十离诗》将自己比作了犬、马、鹦鹉、燕子、鱼等寄生之物，而将韦相公比作了主人、马厩、鸟笼、巢穴、池塘等掌控自己前途的无上权威。低，已低到了尘埃里，简直是在摇尾乞怜，说是丑态百出也不为过吧。

可她有的选择吗？

果然，韦皋看到这《十离诗》，终于心软了——其实，他也许只是想做个样子，顺便敲打敲打这个有些忘乎所以的小丫头吧——又将她召回了成都。

只是，回来的已经不再是之前的那个薛涛了。

回到成都后，也许是韦皋自觉有愧，薛涛终于脱去了乐籍，寓居于成都西郊浣花溪畔。她不再轻舞飞扬，安安静静地做起了笼中的金丝雀。

薛涛笺

张炎《台城路》云：

薛涛笺上相思字，重开又还重摺。载酒船空，眠波柳老，一缕离痕难折。虚沙动月。叹千里悲歌，唾壶敲缺。却说巴山，此时怀抱那时节。

生活，对于有的人来说，是柴米油盐，是一地鸡毛，是存单上的数字，是有酒今宵醉。而对薛涛来说，则是满口衔花，是青

---

① 薛涛：《十离诗其一：犬离主》。

回首萧瑟处
探寻宋词背后的历史尘烟

山夕阳,是绿英满香砌,是深红小幅的薛涛笺,是满溪红袂棹歌初①。薛涛生在这个世界,其实并不属于这个世界,所以,她总是试图在与现实不断的媾和中,绝望地保护着自己一个个美丽易碎的梦。因此,她必须牺牲一些自尊,来换取继续做梦的权利。

就这样,在浣花溪畔种满菖蒲的宅子里,薛涛用一首首清雅婉丽的诗,搭建着自己的精神花园。掌握她命运的韦皋也好,平日与之诗词唱和的杜牧、张籍、刘禹锡也罢,都不过是她这个精神花园的篱笆墙或者其中的花花草草,他们从来都没有成为花园的主人。日子一天天、一年年就这么随着浣花溪平静地流走了,平静得让她以为这一生再不会有什么涟漪。

直到元稹的出现。

元稹是中唐有名的才子,"九岁能属文,十五两经擢第,二十四调判入第四等,授秘书省校书郎,二十八应制举才识兼茂、明于体用科,等第者十八人,稹为第一"②,与白居易齐名,并称"元白"。

才子爱佳人,更爱有才的佳人。元稹早就仰慕薛涛大名,很

---

① 薛涛:《酬辛员外折花见遗》:"青鸟东飞正落梅,衔花满口下瑶台。一枝为授殷勤意,把向风前旋旋开。"又薛涛《贼平后上高相公》:"惊看天地白荒荒,瞥见青山旧夕阳。始信大威能照映,由来日月借生光。"薛涛《鸳鸯草》:"绿英满香砌,两两鸳鸯小。但娱春日长,不管秋风早。"北宋苏易简《文房四谱》云:"元和之初,薛涛尚斯色,而好制小诗,惜其幅大,不欲长,乃命匠人狭小为之。蜀中才子既以为便,后裁诸笺亦如是,特名曰薛涛焉。"薛涛《采莲舟》:"风前一叶压荷蕖,解报新秋又得鱼。兔走乌驰人语静,满溪红袂棹歌初。"

② 刘昫:《旧唐书·元稹传》。

想一亲芳泽,只是苦于无缘相见。这一年三月,恰好朝廷派他出差使蜀,这样难得的机会,元稹自然不会轻易放过。而当时的地方大员也想结交元稹,获悉元稹愿望之后,便心领神会地差薛涛去迎接元才子。

这次会面,可谓是金风玉露般的相逢。虽然薛涛大了元稹两岁,但是一个才子,一个才女,一个丰神俊朗,一个莲脸柳腰,而且彼此神交已久,想不碰撞出什么火花都难呐。

这段时间可能是薛涛人生中第三段、也是最后一段幸福时光。自从韦皋湮灭了她"揽草结同心,将以遗知音"的爱情幻想,她已经是"玉箸垂朝镜,春风知不知①"了。而元稹恰如一夜春雨,竟然轻而易举滋润了她干涸已久的心田,使一颗嫩苗破土而出,不可抑制地疯长,迅速长成一棵参天大树。"双栖绿池上,朝暮共飞还;更忙将趋日,同心莲叶间。"② 这是一种多么美妙的感觉啊,不是与韦大帅那种犬与主、马与厩的关系,也不是与那些达官贵人的逢场作戏,而是那种志同道合、相互倾慕的心灵交融,这才是真正的爱情,这才是人生如诗啊!

她其实很清楚,在这个门阀、等级森严的时代,这份爱情是多么得难得。因此,她心中始终怀着一种隐隐的不安。她实在是太在乎了,所以格外地珍惜,格外地享受,既然未来难以预料,不如干脆"但娱春日长,不管秋风早"③,尽量让欢爱在生命中留

---

① 薛涛:《春望词四首》。
② 薛涛:《池上双凫》。
③ 薛涛:《鸳鸯草》。

下更深的印痕吧。

只是,她还是没有料到,这爱如潮水,来得突然,走得也太快。仅仅三个月后,元稹就被调离了蜀地。

我们无从知晓别离的那一天,是怎样的情形。恐怕是心照不宣吧,薛涛不会提出什么过分的要求,元稹也不会做出什么过重的许诺,毕竟,他已是有妻室的人了——那时,他的妻子还未过世,他也还未写出那句"曾经沧海难为水,除却巫山不是云"[①]来;她这么一个心高气傲的女子,自然也不想去争做个低三下四的小妾——当然,即使她愿意,他也不见得敢收纳。既然这段缘分如此的诗意,如此的唯美,那就不要晒到阳光下,让它一直保持冰凌花的形态吧。

她如此想着,也许还会暗暗为自己的洒脱欣慰。然而,真的孤帆影远、江水空流之时,她才明白,那都是自己骗自己的,自己哪里有那么坚强、那么旷达,"雨暗眉山江水流,离人掩袂立高楼"[②],好不容易等来的这个人,就这样走了,犹如春梦了无痕,而醒来却发现自己那颗心已伤得那么深、那么痛。

恋爱中的双方,从来都不是平等的,况且还是这样一对身份、地位、年龄都有那么大差距的一对。对元稹,她投入的是自己毕生的激情;而对她,元稹付出的不过是一夜的激情。自此之后,二人再未谋面。一开始,还有书信往来、诗词唱和。他给她

---

① 元稹:《离思五首》(其四)。
② 薛涛:《送郑眉州》。

写诗:"别后相思隔烟水,菖蒲花发五云高。"① 她则寄去写在自制红色小笺上的诗:"长教碧玉藏深处,总向红笺写自随。"②。她想,两情若是久长时,又岂在朝朝暮暮,这样纯粹的精神爱恋也许才是更好的状态。

可她又错了,原来这不过是自己的一厢情愿,其实人家只是暂时还没遇到新欢,暂时以她填充寂寞无聊的空虚而已。再以后,很快就音信杳然了。原来,这之后,他的妻子韦氏就去世了,他着实伤了一阵子心,但很快,"取次花丛懒回顾,半缘修道半缘君"③ 的元才子就又忙着娶妾续弦了,哪有时间和精力再翻老黄历呢?

直到这时,她才明白,虽然脱了乐籍,但自己终究还是个无足轻重的"营伎"。"他家本是无情物,一向南飞又北飞"④,那些所谓的情郎,原来都是一个德行。

自此,薛涛彻底心灰意冷,脱下钟爱的红裙,换上了灰色的道袍,从住了很久的浣沙溪畔,搬到了碧鸡坊中的吟诗楼,一直到死。

当然,她依然在用自己独创的薛涛笺写诗,只是,再也没有情诗了。

据说,韦皋刚入蜀时,南越进献孔雀一只,依薛涛之意,于

---

① 元稹:《寄赠薛涛》。
② 薛涛:《寄旧诗与元微之》。
③ 元稹:《离思五首》(其四)。
④ 薛涛:《柳絮》。

帅府中开池设笼喂养。46年后的秋天，孔雀老死了。这一年，元稹病死了，第二年，薛涛也香消玉殒。而在这26年前，韦皋早已死于任上。

西厢月

秦观《调笑令·莺莺》云：

春梦，神仙洞。冉冉拂墙花影动。西厢待月知谁共？

更觉玉人情重。红娘深夜行云送，困亸（duǒ）钗横金凤。

薛涛的遭遇其实是在情理之中的，因为始乱终弃正是元稹的一贯作风。《西厢记》的故事妇孺皆知，无须赘言。《西厢记》所脱胎的《莺莺传》，作者就是元稹。而据鲁迅和陈寅恪考证，《莺莺传》中的张生原型即为元稹本人。

《莺莺传》中，张生为自己的卑鄙行为辩解说：大凡天之所命尤物也，不妖其身，必妖于人……予之德不足以胜妖孽，是用忍情。玩弄了人家，竟还往人家身上泼脏水，污为妖孽，所谓薄情郎，也真是做到极致了。

《云溪友议》记载元薛之恋时说，二人分手十几年后，元稹忽然心血来潮想接薛涛再续前缘，偏偏这时遇到了浙东名妓刘采春，立即就把薛涛抛于脑后，并且还说刘采春"篇韵虽不及涛，容华莫之比也"。

其口气和嘴脸何其相似。莺莺也就罢了，养于深闺，不谙世事，容易受骗，可薛涛在红尘中摸爬滚打那么久，阅人无数，尤善识人，怎么也如那飞蛾扑火一样，爱上了负心汉呢？且不论元稹与莺莺、薛涛之事真伪，难道古往今来，这种痴情女子薄情郎的故事还少吗？

而另一厢，与韦皋、元稹比，姜夔算得上是多情才子、一代暖男了。可他偏偏难以收获属于自己的爱情，这是多么的不公平！

可是，事实就是这个样子，虽然残酷，但奈何这才是这个世界的真相。

人也好，动物也罢，在一代代繁衍生息的过程中，最理智的做法就是选择拥有最优秀、最强大基因的个体。这其实是几亿几千万年进化的必然结果，已经深深刻入所有物种的潜意识中。所以，人都乐于追逐更靠近食物链顶端的韦皋和元稹。但是，情感岂会轻易地屈服于潜意识的选择，它另有一套自己的标准，就算姜夔与社会格格不入又如何，我就是喜欢，就是任性。于是，人就在这种矛盾中拉扯着、彷徨着。可是人、特别是弱势中的人，如果认定这个社会危机四伏，竞争太过惨烈，潜意识的势利往往会战胜情感的任性，因此，合肥的姊妹花，终究等不及姜夔那迟迟不到的花轿。

而靠近食物链顶端的韦皋和元稹，也因为自己足够强势，拥有了更大选择空间、更多的选择余地，在更强烈的诱惑之下，他们也很难从一而终。

所以，越是事业成功的男人，就越容易薄情；而事业失败的男人就算再多情，多的也只是苦情而已。所以，女人很容易就陷入这样的悖论之中：钟情于成功的渣男，却总被渣男所辜负；被

回首萧瑟处
探寻宋词背后的历史尘烟

失败的暖男钟爱,又总辜负爱她的暖男。

　　痴情女子薄情郎,抑或多情才子欢情薄。古今多少月,次次照西厢,这样的故事于是在历史上一次次重演,恐怕将来还会一直演下去。

以何报怨堪英雄

——从肚量胸襟看生命的格局

辛弃疾有一个好朋友,名唤叶仲洽,稼轩常与之诗词唱和。因而,此人虽未在青史上留名,但因稼轩之词而为人所知。仲洽生得粗犷,虬髯似戟,无酒不欢,却是个道地的文艺青年,不仅善画丹青,还能写一手好诗词。何以为证?自然是稼轩的广而告之——《水调歌头·席上为叶仲洽赋》:

高马勿捶面,千里事难量。长鱼变化云雨,无使寸鳞伤。一壑一丘吾事,一斗一石皆醉,风月几千场。须作猬毛磔,笔作剑锋长。

我怜君,痴绝似,顾长康。纶巾羽扇颠倒,又似竹林狂。解道澄江如练,准备停云堂上,千首买秋光。怨调为谁赋,一斛贮槟榔。

以打油诗做解,大意就是:仲洽有才华,能写又善画。貌似虬髯客,笔下气自华。豪饮酒一石,疏狂竹林下。本有经纬志,怎奈运不佳。今且吟风月,他日必发达。

词中,预言仲洽"必发达"时,稼轩用了一个典故:一斛贮槟榔。此典源自南北朝时东晋的一代能吏刘穆之。

槟榔的故事

　　刘穆之未发达之时，心有大志，满腹经纶，但奈何并非"富二代""官二代"，起点处于海拔之下，难免穷困潦倒，不修边幅。幸好妻子江氏娘家颇为土豪。为减轻家里负担，他经常到丈人家蹭吃蹭喝。时间一长，自然引起大舅子小舅子的鄙夷和不满，把他当成了吃软饭的小白脸，白眼没少翻，黑脸没少挂，怪话也没少说。对于这种种侮辱，一般人或者怒不可遏，或者引以为耻，妻子也劝他莫要自取其辱。偏偏刘穆之为人旷达，竟不以为意，饭照吃，酒照喝，搞得舅哥们也没了脾气。一次，丈人家举行宴会，怕他这个穷亲戚丢人现眼，特意放过话来，嘱咐他就别来凑热闹了。可这无疑等于通知他：此地有酒可喝。此君哪管三七二十一，乐颠颠跑去赴宴。宴后，主人家分发餐后水果——槟榔，他也涎着脸索要。见此，大舅哥终于忍不住讥笑道：槟榔本是消食之物，您经常食不果腹，要之何用？

　　这话刻薄，何况是当着众多宾客，纵是刘穆之心再大，怕也是难以下台。妻子得知夫君当众受辱，偷偷剪下自己的长发卖掉换来酒食，假托娘家兄弟名义向他赔礼。为保全夫君可怜的自尊心，妻子从此不在他面前梳头。也许是受此刺激，刘穆之从此不再混吃等死，而是积极寻求出路，终于遇到贵人——南朝宋的开国皇帝、当时还是东晋将领的刘裕，得以施展抱负，官运开始亨通，很快就做到了丹阳尹，即当时的首都市长。

刘穆之荣归故里，马上就召集大小舅子们来自己家做客。妻子以为丈夫要施以报复，便哭着替自家兄弟谢罪求情。刘穆之说，自己本无怀恨之意，何来你所怀之忧呢。果然，大小舅子们来了之后，一家人欢聚一堂，推杯换盏，好像原本就亲如手足一般。酒足饭饱之后，刘穆之拍手唤仆人呈上餐后水果——一个大金盘之内，满满都是槟榔，足有一斛之多。

一斛槟榔，满满一金盘的戏谑，不知道这些槟榔嚼到嘴里，大小舅哥们会尝出何等滋味。

刘穆之说自己本无怀恨之意，看来是口不对心的，如若从未将槟榔之辱放在心上，是不可能有此举动的。有人说，由此看出刘穆之睚眦必报、小人得志的嘴脸。我看恰恰相反，这不仅展现了刘穆之还算宽广的心胸，也是他人情练达的干吏本色。那些指责刘穆之的人，其实是没有见识到什么才是真正的睚眦必报。

飞将军和灞陵尉

辛弃疾还有一首词《八声甘州·故将军》，写道："故将军、饮罢夜归来，长亭解雕鞍。恨灞陵醉尉，匆匆未识，桃李无言……"

这里的"故将军"说的就是大名鼎鼎的西汉名将——飞将军李广。李广因罪被贬为平民，赋闲在家，常到山中打猎。一日在乡间饮酒晚归，行至灞陵亭，被灞陵尉喝止禁行。李广的随从说：此乃前任的李将军。这亭尉也是喝醉了酒，趁着酒劲抖起了威风："就算现任将军也不得违规夜行，更甭说什么前任将

回首萧瑟处
探寻宋词背后的历史尘烟

军了！"

中国自古就有宵禁传统，今天随心所欲享受的夜生活，在古代是难以想象的。唐代诗人温庭筠就曾因"醉而犯夜，为虞侯所击，败面折齿"[①]。

灞陵尉虽然态度恶劣，但终究是照章办事。李广自知理亏，只能收起"飞将军"的傲气，忍气吞声地夜宿灞陵亭下。哪知风水轮流转，没过多久，因对匈奴战局趋紧，朝廷重新启用李广，拜其为右北平太守。李广还未上任，就征调那个灞陵醉尉随军赴任，到了军中，二话不说，咔嚓一刀，就报了当日灞陵受辱的私仇。

跟李广的以牙还牙——不，是以刀还牙相比，刘穆之简直就是虚怀若谷了。

李广的这种"快意恩仇"，是其个性使然。后来，李广在攻击匈奴时迷路，被要求前去受审对质。李广说自己"年六十余矣，终不能复对刀笔之吏"，不甘受辱自刎而死。这种令人唏嘘的下场，其实也是个性的必然结果。

死灰复燃之后

当然，也的确还有比刘穆之更厚道的。西汉景帝时的大臣韩安国，因罪坐牢，狱中的牢头田甲经常侮辱他——这也是李广不愿面对牢狱之灾的原因所在——韩安国被欺负急了，怒道："死

[①] 刘昫：《旧唐书·温庭筠传》。

灰独不复燃乎？"熄灭的灰烬难道就不可能重新燃烧吗？那田甲回答得也够绝：然溺之。你能复燃，我就能用尿浇灭你！

哪知，很快韩安国就被重新启用，摇身一变，成了二千石的高官。田甲吓得连夜逃亡。但和尚跑了，庙还在。于是韩安国黑着脸威胁说：田甲你小子要是不回来上班，我就屠灭了你的全族。听到这个消息，田甲没办法只能回来负荆请罪。谁知韩安国脸色一变，竟然笑着说：现在你可以撒尿了！我怎么会跟你这样的毛毛虫一般见识呢？

对比之下，李广虽然爱憎分明，快意恩仇，但以暴报怨的莽夫气量，还是显得狭隘了些。刘穆之以一桌酒席和一斛槟榔原样反馈，既是对人家曾经的周济和贤妻的苦心做个交代，也算是对势利眼的一次小小警告，目的不过是让大小舅哥们长长记性，莫欺少年穷，莫要眼皮浅，河东河西三十年，你哪里知道风水明年到谁家？如此的以直报怨，滴水不漏，面面俱到，是典型的能吏心胸。对狱吏的欺辱，韩安国自然是愤怒的，但这愤怒并没有冲昏他的理智。他之所以放过狱吏，原因无外乎三点，一是狱吏固然可恶，但其行径是错，而非罪，靠道德能解决的问题，不应诉之于暴力或者法律；二是如果狱吏因此亡命天涯，很可能会妻离子散、甚至家破人亡，这并非安国所愿；三是如果与之斤斤计较，其实是将自己拉低到与刁钻小吏相同的水准，安国甚耻为之。这样的以善报怨——当然是小怨小恶，对大仇大恶自当别论——的确是一片如春风、似明月的君子襟怀。

羯族皇帝的"毒手"

以何种态度对待曾经的仇怨，不仅测量着为人的胸怀，也考验着处事的智慧。

同样是猛人，南北朝时后赵的开国皇帝石勒，他的选择与李广截然不同。石勒年轻时常与邻居李阳因争抢沤麻池而拳脚相向。待到石勒成了称霸北方的后赵明帝，他在首都襄国（今河北邢台）设宴款待自己的家乡父老，扫视一遍发现不见李阳，便说：李阳是条汉子，如何不肯来？当初为沤麻池打架，不过是穷哥们之间的小插曲，如今我得到天下的尊崇信任，怎么会因为这点鸡毛蒜皮的琐事向一个普通百姓寻仇？李阳这才敢来赴宴。对这个昔日与自己针锋相对的老对头，石勒和他拼酒、讲段子，竟无一点皇帝架子，喝到兴头时，揽着李阳的胳膊笑道：我以前讨厌你的老拳，你不也饱尝俺的毒手吗？哈哈，扯平啦扯平啦。酒罢，赏给李阳豪宅一所，封为奉车都尉。

如此云淡风轻，化仇怨于无形，不愧是一代豪杰，确实有帝王的大格局。此类事例在石勒身上还有不少。如他手下有一个臣子，名叫樊坦，为人纯朴。一次石勒见他衣服破烂，问其原因，樊坦话不经大脑就脱口而出：最近遭遇到羯贼打劫，我都被抢光了。说完才想起，这个石皇帝正是地地道道的羯族人。眼见杀身大祸难以幸免，石勒却笑着说：羯贼竟然如此残暴！我理当赔偿于你。樊坦知道石勒最忌讳别人对他胡人身份的不敬，只当皇帝这是反话正说，吓得连连磕头谢罪。石勒挥挥手说：我那些律令都是防备俗人的，不关你这老书生的事。居然赏赐给樊坦车马衣服以及钱财三百万。凡此种种，不一而足。

李广虽勇冠三军，其箭可裂石，却终未能封侯，最后落得个自杀身亡的悲剧结局，很难说与其心胸格局没有关系。凡成大事者，不仅比智商，更是比情商，此话是有些道理的。石勒能从奴隶到将军，再到皇帝，开疆拓土，称霸北方，与其轻私仇、重大业，以德服人、以德报怨，宽以待人、深得民心，是有直接联系的。

战神的表演秀

当然，看似轻描淡写的情绪掌控能力，岂是随机应变抖机灵抖出来的呢？这种襟怀格局其实是内在气质魅力的外在呈现。有些人也想照猫画虎做作一番，但心胸里缺了些豁达、恢宏、磊落，结果很可能是画虎不成反类犬。

韩信未发迹时，曾受漂母接济之恩和屠夫胯下之辱。下乡南昌亭长也曾数月供他白吃白喝，却因遭到亭长妻子的嫌恶，而怀恨在心。待到被封为楚王后，韩信对待三个故人分别做出不同的回馈：对漂母赏赐千金；对下乡南昌亭长仅赏赐一百钱，理由是嫌人家好人没有当到底；而对曾给予他奇耻大辱的屠夫，竟然封为中尉。

韩信这一场表演秀，看似做得漂亮，实则暴露出他的小肚鸡肠和虚伪诡诈。对漂母以德报恩，这没有问题；对亭长貌似是以直报怨，实则是以怨报恩——小红不爱吃蛋黄，每次都给小明

回首萧瑟处

探寻宋词背后的历史尘烟

吃，后来某一天把蛋黄给了小刚，小明于是大怒：凭啥把我的蛋黄给他吃？！韩信的逻辑也是这么的无厘头；对屠夫的以德报怨，目的正像他所说的那样："方辱我时，我宁不能杀之邪？杀之无名，故忍而就此。"[①] 当初他侮辱我时，我如果杀了他，就不会有后来的扬名立万，所以才忍了下来。潜台词就是：以德报怨，无非是为了沽名钓誉上头条！

其实，以韩信的德行，甭说是以德报怨了，就算是以德报恩他都难以做到。项羽的大将钟离眜不仅是韩信的好友，而且对他还有举荐之恩。项羽兵败，钟离眜躲到韩信的军中，但韩信为了争取刘邦的信任，还是把这个好友加恩人出卖了，把钟离眜气得大骂"公非长者！"——韩信你真不是个东西啊！

韩信是战神，在战场上仗打得漂亮；但在官场上，却是个白痴，最多算是三流政客的水准，连作秀都做得千疮百孔、漏洞百出，难怪落得个兔死狗烹的下场。

---

① 司马迁：《史记·淮阴侯列传》。

画扇怎不悲秋风

——诗意的弃妇依然是弃妇

辛弃疾虽是豪放派的代表,但英雄也有气短之时,气短难免情长。情之所至,就会偶尔婉约一下。且看这阕《东坡引》:

君如梁上燕,妾如手中扇。团团青影双双伴。秋来肠欲断,秋来肠欲断。

黄昏泪眼,青山隔岸。但咫尺、如天远。病来只谢傍人劝。龙华三会愿,龙华三会愿。

稼轩虽是词中大家,但在他看来,吟诗作赋不过雕虫小技尔。他真正的志愿是"金戈铁马,气吞万里如虎"[1]。在沦陷的故国,他23岁时于金朝后方起兵,领五十铁骑,疾驰数百里,孤军深入万军阵中,生擒叛徒,摆脱追兵,成功返回南宋境内,确是"壮岁旌旗拥万夫,锦襜突骑渡江初。燕兵夜娖银胡䩮,汉箭朝飞金仆姑"[2]。面对破碎的河山,他一心只想"了却君王天下事,

---

[1] 辛弃疾:《永遇乐·京口北固亭怀古》。
[2] 辛弃疾:《鹧鸪天·有客慨然谈功名因追念少年时事戏作》。

回首萧瑟处
探寻宋词背后的历史尘烟

赢得生前身后名"①，可无奈君主昏聩，奸臣当道，满腔的热血无处抛洒，直落得个"却将万字平戎策，换得东家种树书"②，终究"可怜白发生"③。

这首《东坡引》，是一个弃妇对夫君的冷落、寂寥落寞的自怜自艾，看似是哀婉的闺怨词。但想想稼轩的壮志难酬、闲居乡野，这怨妇不是稼轩自己又是谁呢？

不过，词中"妾如手中扇"的典故，倒的确来自历史上一个有名的弃妇——西汉成帝的班婕妤。

增成舍·幽兰

西汉到成帝刘骜时，除皇后外，皇帝的女人至少分为十四个等级：昭仪、婕妤、娙（xíng）娥、傛华、美人、八子、充仪、七子、良人、长使、少使、五宫、顺常、无涓。这些，即是传说中的后宫三千佳丽。

那时，她的头衔还只是少使，宫中一名低等的侍妾。

若说后宫是一片深沉的天空，那三千佳丽便是空中的繁星，让人看来眼花缭乱。而她，不过是这茫茫星河中的一颗，就算再怎么璀璨，可繁星所拱的月亮只有皇帝一个，他们之间几百光年的距离，足以黯淡她所有的光芒。如果任由斗转星移，也许终其一生都没有机会让皇帝看到一眼。

---

① 辛弃疾《破阵子·为陈同甫赋壮词以寄之》。
② 辛弃疾：《鹧鸪天·有客慨然谈功名因追念少年时事戏作》。
③ 辛弃疾：《破阵子·为陈同甫赋壮词以寄之》。

不过，某一天，在宫内闲逛的成帝刘骜，只是因为在人群中多看了她一眼，便再也没能忘掉她容颜。她就像一块温润的美玉，混迹于一片顽石之中，反而更加衬托出她的超凡脱俗。成帝恍然感觉一阵纷纷扬扬的花瓣雨随风飘洒，整个世界都浮动着缕缕清新的暗香。就这样，她成了成帝眼中一株"一香已足压千红"①的幽兰，身份也由少使一跃升为第二等的婕妤，赐居于增成舍之中。

面对这种猝不及防的幸运，一般女子的反应无外乎两种。一种是骄，如汉高祖的戚夫人、汉武帝的陈皇后、唐玄宗的杨贵妃等等，依仗皇帝的宠幸，骄奢淫逸，骄狂跋扈，为所欲为，不知收敛。"一骑红尘妃子笑，无人知是荔枝来"②，最终酿成苦酒，以生命的代价阐述了不作不会死的至理名言。另一种是横，乃骄的升级版，把君王的宠爱看作自己的私人财产，谁若是分走一丝一毫，立即妒火中烧，必置之于死地而后快，成了后世宫斗戏取之不尽用之不竭的素材源泉。最极端的例子当属汉武帝时广川王刘去的王后昭信，死在她手中的情敌至少有十四人，而且手段极其残忍，吕后的"人彘"与之相比，简直小巫见大巫，其血腥程

---

① 徐渭：《兰》。
② 杜牧：《过华清宫绝句三首》（其一）。

回首萧瑟处
探寻宋词背后的历史尘烟

度不忍复述①。

班婕妤却是此中另类。

成帝宠她爱她,一度到了须臾不愿分离的程度。于是,就打算与美人共乘一辇,在后宫中四处巡游。换做旁人,对这种出则同车、卧则同席的殊荣,早已受宠若惊、四处炫耀了。

可班婕妤竟然拒绝了。她没有被皇帝的宠幸冲昏头脑,她清醒地认识到,他们不同于寻常人家的夫妻。作为一国之君,一言一行其实都是在向天下臣民释放着强烈的政治信号。普通伴侣如胶似漆,可称天作之合,而君王如果因为卿卿我我从此不早朝,必然会落得个荒淫无度的恶名,怎么可以肆无忌惮地秀恩爱呢?她的心思正如她所住居所的名字:"增成舍",增加成功的因素——她当然希望与自己的丈夫双宿双飞,但她更希望大汉帝国能有一个英明贤达的天子。

于是,她向成帝解释说,臣妾看那些古画,凡是明君圣主,身边陪伴的都是肱骨贤臣,而那些亡国之君的周围,都是些宠妃爱妾,如果陛下让臣妾与您同坐一车,岂不与亡国之君类似了吗?

此话出于大义,说得义正词严,成帝哪有理由不接受?只得

---

① 广川王刘去的王后昭信见不得别人受宠,宠姬陶望卿、荣爱被她污蔑与他人通奸,被残忍处死。据《汉书》载,昭信如此残害陶望卿"昭信从诸姬至望卿所,裸其身,更击之。令诸姬各持烧铁共灼望卿。望卿走,自投井死。昭信出之,椓杙其阴中,割其鼻唇,断其舌……与去共支解,置大镬中,取桃灰毒药并煮之,召诸姬皆临观,连日夜靡尽"。对荣爱则是"缚系柱,烧刀灼溃两目,生割两股,销铅灌其口中。爱死,支解以棘埋之"。

256

作罢。皇太后听说了这事，立即对她另眼相看，称赞说：古有樊姬，今有班婕妤！樊姬为春秋时楚庄王的夫人。楚王喜猎，为警醒楚庄王不要玩物丧志，樊姬拒绝食用禽兽之肉，苦心帮助君王走上励精图治之路，终使楚庄王成为一代霸主。

然而，她可以做樊姬，成帝却不是楚庄王。

昭阳殿·罂粟

毫不夸张地讲，班婕妤的确是个"三好女神"：

好妻子——这个自不必言，能匡丈夫之过，能厚君王之德，有樊姬的美名，当然称得上温良贤淑的贤内助。

好姐妹——得宠之后，不骄横，不霸道，对成帝的正妻许皇后依旧谦恭有礼，恪守尊卑上下的规矩，关系处理得颇为得当。在不恃宠的同时，还不争宠，甚至主动分宠，把自己的侍女李平推荐给成帝，使李平也得到恩宠，成了和自己地位一样高的"卫婕妤"。

好诗人——她工于诗赋，文采灿若繁花，南朝钟嵘的《诗品》将其列为上品，称"从李都尉迄班婕妤，将百年间，有妇人焉，一人而已。"赞其诗"词旨清捷，怨深文绮"。

可是，她却不是一个好情人。

所谓情人，"情"当然是点睛所在。"情"之所以为"情"，在于其强烈的感性、任性和魔性。感性到极致，就是性感。性感像火，燃烧起来，对方的血液就沸腾了。任性做得恰到好处，就成了娇媚。娇媚似酒，几杯下肚，对方的筋就麻了，骨头就酥

回首萧瑟处
探寻宋词背后的历史尘烟

了。魔性另一个称谓是妖精。妖精如毒品，沾染之后，会越缠越紧、越陷越深、欲罢不能，对方的精神就沦陷了。

而班婕妤呢，她所具有的却是理性、知性和神性。她的理性提醒她，不可使君王沉溺声色；她的知性使她清丽脱俗；她的神性让皇帝肃然起敬。这些，当然都是好的，所有人包括成帝都知道，班婕妤这株盛开在深宫中的幽兰，是多么的完美。

然而，完美又有什么用呢？成帝所需要的，不是一个喜欢"诵《诗》及《窈窕》《德象》《女师》之篇，每进见上疏，依则古礼①"的完美"三好女神"。女神是用来膜拜的，只可远观，而不可亵玩。虽然他贵为天子，但实际上他不过是个平凡的男人。他没有什么雄心壮志，只想拥着一个娇蛮妩媚的情人，在枯燥乏味的宫廷生活中感受点刺激、找到些乐子，哪怕这个情人有一百种毛病，但只要合他的口味，是他盘子里的菜，那又有什么关系呢？

这样的情人很快就来了，而且一来就是两个——姐妹花赵飞燕、赵合德。

赵飞燕本是阳阿公主府中的一名宫女，身材曼妙，姿容倾城，有勾人的媚眼、摄魄的笑靥，尤善舞蹈。成帝微服出行，在阳阿公主家与赵飞燕一见倾心，将之召入宫中，飞燕又引入自己的妹妹合德，居于昭阳殿中，姐妹俩都被封为婕妤。从此，后宫的三千宠爱，便集于这一对如妖娆浓艳罂粟花的姐妹身上。

---

① 班固：《汉书·外戚传》。

"白日忽已移光兮,遂晻莫而昧幽。"① 昨天那个温情脉脉的男人,转眼之间就形同路人——不,甚至连路人都比不上,因为她很难有机会再见到他了。当她"每寤寐而垒息兮,申佩离以自思"②,还在哀叹恩宠如烟花一样易冷时,哪里想到,自己人生的悲剧才刚刚启幕。

赵飞燕从一个卑贱的宫女,火箭式蹿升为红得发紫的婕妤,却并不满足。她的终极目标其实是后宫之主——皇后。

此时,许皇后虽然在宫廷斗争中已然式微,已经由成帝床前的明月光,变成了衣服上黏着的一粒饭黏子,但并无大过,成帝也不好无缘无故将之废掉。赵飞燕知道,自己还需找到压倒骆驼的那最后一根稻草。好在时机很快就到了。

俗话说:不怕神一样的对手,就怕猪一样的队友。许皇后的姐姐许谒正是这样的队友,她竟然在宫内偷偷以巫蛊媚道来诅咒得宠的妃嫔和外朝的对头。早就盯住她们的赵飞燕很快洞悉了这一切,立即向太后举报,并诬陷说她们心怀怨念,诅咒皇帝。巫蛊之术历来为皇家大忌,太后大怒,处死了许谒,废掉了许皇后。

对这样的天赐良机,赵飞燕自然不肯轻易罢手,便一鼓作气,扩大战果,诬蔑班婕妤也参与其中,想借机除去这个以后可能会给她造成威胁的情敌。

这真是躺着也中枪。成帝亲自审问。班婕妤望着面前这个昔

---

① 班婕妤:《自悼赋》。
② 班婕妤:《自悼赋》。

日的情郎，如今冷若冰霜的皇帝，不禁悲愤难平，脱口说道："妾闻'死主有命，富贵在天。'修正尚未蒙福，为邪欲以何望？使鬼神有知，不受不臣之诉；如其无知，诉之何益，故不为也"①。善良正直尚且得不到福报，何况搞歪门邪道？如果苍天有眼，绝不会接受这些恶毒的请求；如果无眼，诅咒又有何用！我，怎么会如此愚昧无知！

此话逻辑严密，入情入理，而且充斥着一股高贵之气和幽怨之情。皇帝本来就不怎么相信，这个如女神一般冰清玉洁、贤淑聪慧的女子，会干这种肮脏龌龊之事，听到这掷地有声的回答之后，怜爱赞赏之心顿起，不仅赦其无罪，还赏赐了她黄金百斤。

然而，面对这堆黄灿灿的金子，她一点也高兴不起来。这个集美貌与才华于一身的女子，不仅有德行，更有大智慧。她是个知进退、懂取舍的人，明白这个是非之地绝不可久留。往者不可谏，来者犹可追，不如就此退出吧，"奉共养于东宫兮，讬长信之末流。共洒扫于帷幄兮，永终死以为期"②。于是，自请到长信宫侍奉太后，将自己寄于太后的羽翼庇护之下。

长信宫·玉阶苔

秋日，黄昏，长信宫中的一切仿佛都笼罩在晦暗之中。虽然宫门紧闭，但风还是从门缝中钻进来，呜咽着掠过庭院中慢慢枯萎的野草，拍打着破旧的窗棂。

---

① 班固：《汉书·外戚传》。
② 班婕妤：《自悼赋》。

她拿着一把扫帚,在院子里轻轻地扫着。落叶如蝴蝶飞舞,在绿苔密布的汉白玉台阶上打着旋。她把这些落叶扫在一起,就像在打扫心中的愁绪。夜幕渐渐降临,但她不愿进屋休息。外面虽然荒芜,但好歹还有野草、秋虫和风,还能感受到一丝生的气息。而屋里呢,静寂的案几,冰冷的床榻,呆滞的博山炉,以及令人窒息的空气,想想都令人绝望。

俯视兮丹墀,思君兮履綦。

仰视兮云屋,双涕兮横流。①

可在外面又能怎样呢?低下头,看到红色的丹墀,就好像看到他留下的脚印;抬起头,看到巍峨的宫殿,仿佛闻到他身上的气息,眼泪便忍不住流淌下来。

夜色越来越深了,寒气也越来越重了,唉,算了吧,还是进屋吧。

点燃一盏昏黄的油灯,室内似乎影影绰绰闪现着很多身影。是他的?还是自己的?茫然坐在案前,杯中的淡茶早就冷了,茶香也已散去。还是干点什么吧,让随便什么东西填满自己的心。于是找出针线奁来,打算用女红来忘却那些早该忘却的人和事。可打开针线奁,却赫然看到一把团扇。她拈起扇子,轻轻摆动两下,生出的微风摇曳着豆样的灯火。她忽然觉得,这太可笑,也太可悲。秋天了,要这扇子有何用呢?她还记得,这扇子正是他去年夏天赏赐给她的,那时……泪水又涌了出来,便化作了一首

---

① 班婕妤:《自悼赋》。

回首萧瑟处
探寻宋词背后的历史尘烟

《怨歌行》(又称《团扇歌》):

　　新制齐纨素,皎洁如霜雪。

　　裁作合欢扇,团圆似明月。

　　出入君怀袖,动摇微风发。

　　常恐秋节至,凉意夺炎热。

　　弃捐箧笥中,恩情中道绝。

吟毕,已泣不成声。纵是世事洞明如她,也仍然难以忍受这等人情冷暖。"岂妾人之殃咎兮,将天命之不可求"①,自己究竟造了什么孽,让老天降下如此的苦痛?

但既已如此,空自嗟叹又有何用?还是寻求一下自我慰藉吧。她在《自悼赋》中最后写道:

　　惟人生兮一世,忽一过兮若浮。

　　已独享兮高明,处生民兮极休。

　　勉虞精兮极乐,与福禄兮无期。

　　绿衣兮白华,自古兮有之。

人生一世如浮萍般无助,曾经沧海难为水,人世间的荣华富贵、男欢女爱,都已品尝了个遍,活过、爱过、笑过、恨过、痛过,生命已如此丰富饱满,还想奢求什么呢?当一切归于平淡,世间的那些山盟海誓,那些尔虞我诈,那些忠诚与背叛,那些浮名与欲望,都变得虚无缥缈,如梦似幻。如今,她心似已灰之木,身如不系之舟,别无他求,只"愿归骨于山在足兮,依松柏

---

① 班婕妤:《自悼赋》。

之余休①",百年之后能在那青山松柏之间与他相伴。

就这样,十年过去了。长信宫中她形单影只,而他则与赵氏姐妹纵情欢乐,最终,死在了赵合德的床上,成了历史上有名的风流鬼。

听到这个噩耗,她平静地请求,到陵园为他守墓。十年了,她肯定早就想到了这一天。只是,不知道她是怕这一天,还是在等这一天。

陵园的条件更差,但也许,她不会觉得苦。这个世界,已经没有什么可以牵绊她了。

几年后,她,一个完美的"三好女神",终于离开了这个让她悲欣交集的人世,真正的飞升成仙了。

---

① 班婕妤:《自悼赋》。